ダンデライオン

河合莞爾

目次

プロローグ01　空を飛ぶ娘

むかし、むかし。

あるところに、空を飛ぶ娘がおりました。

娘はおかっぱあたまで赤い着物を着て、いつも空を飛んでいました。娘は、空を飛ぶのがとても好きでした。空の上から見る景色は、山も川も、森も野原も、家も人も、おもちゃのように可愛らしく見えるからです。娘は、空を飛びながらいろんなところを旅していました。

ある日、空を飛ぶ娘は、空を飛んでいる時、深い深い山の中に小さな村があるのを見つけました。娘は空から降りて、その小さな村に遊びにいきました。

「この村は、なんという村?」

と娘が村人に聞くと、

「ここは、『しあわせな村』という村だよ」

「よかったら、ずっといてもいいんだよ」

と村人たちは口々にやさしく答えました。そこで娘は、しばらくこの村に住んでみることにしました。

どうしてこの村がしあわせな村なのか、娘にもすぐにわかりました。村のまわりには、おいしい食べものがいくらでもあったのです。

山の木には、甘い木の実が実っていました。山の地面には、いろんなキノコがはえていました。谷を流れる川には、魚やカニやエビがたくさん泳いでいました。時々は山で、シカやウサギやイノシシが獲《と》れました。どれもが全部、ほっぺたがおちるほど、とてもおいしいごちそうでした。

村のまわりには、タンポポがたくさん咲いていました。あたり一面がタンポポの花で黄色くそまっていました。村人たちは毎日タンポポを摘んで食べました。タンポポはとてもおいしくて、それに薬にもなったので、村人たちは病気ひとつしませんでした。

村人たちは、みんななかよしでした。みんなで田んぼや畑をたがやして、ウシやニワトリをかいました。山の草木や虫のまゆから糸をとって、山の草花でそめて、みんなおそろいの着物を作りました。一日の野良《のら》仕事が終わると、みんなで河原にいって、そこにわいているあつい温泉につかりました。

村にはなんでもありました。それになにをとっても、なにを食べても、お金はいりませんでした。娘はすっかり、しあわせな村が気に入ってしまいました。

娘は、この村に住みついて、一年近くも居続けました。するとある日、村人たちがこう言いました。

「今日は年に一度の、山のお祭りだよ。さあ、いっしょに山に登ろう」

娘は村人たちといっしょに、村の裏にある山に登りました。とても高い山でしたので、あまり足で歩いたことのない娘は、すっかりへとへとになりました。

ようやく山のてっぺんに着きました。そこはとても眺めはいいのですが、木も草も生えていない、さびしい岩場でした。その岩場に着いたとたんに、娘は村人たちに取り囲まれて、縄《なわ》でぐるぐる巻きに縛られてしまいました。

「悪く思うなよ、娘っこ。年に一人、いけにえがいるんだ」

「毎年くじ引きで一人を選んでいたが、今年はお前が来てくれて助かった」

村人たちは、ぴいいと指笛を鳴らしました。すると岩場に、真っ黒い大きな蛇が現れました。とてもとても大きい蛇でした。太さも長さも、山でいちばん高い杉の木ほどもありました。村人たちは、あわてて逃げていきました。

黒い大蛇は娘を見ると、大きな口からよだれを垂らしながら、嬉《うれ》しそうに赤い舌をちろちろと出しました。娘を食べるつもりなのです。

「蛇よ蛇、あたしを食べないでおくれ」

娘がそう言うと、蛇は頭を横に振りました。

「そうはいかない。しあわせな村にしあわせをあげる代わりに、年に一人ずつ、人間を食べさせてもらう約束だ」

「じゃあ、もうしあわせはいらないから、あたしを食べないでおくれ」

娘がそう言うと、蛇は驚きました。

「本当にいいのか？　しあわせはいらないのか？」

「いらないよ。それに、こんなのしあわせじゃないよ」

蛇は残念そうな顔になって、どこかへ消えていきました。

なんとか娘が縄をほどいた頃、村人たちが戻ってきました。村人たちは娘を見て、とてもあわてました。

「おい、娘っこ、どうして生きてるんだ」

「蛇に喰《く》われたんじゃなかったのか」

娘は答えました。

「もうしあわせはいらないって言ったら、蛇はいなくなった」

すると村人たちは、みんなで力なく岩場にへたりこみました。

「ああ、なんということをしてくれたんだ」

「やっぱり、村のだれかを食べさせるんだった」

「もう、今日でしあわせは終わりだ」

そして村人たちは、うなだれながらみんなで山を下りていきました。

突然、空の底が抜けたような大雨が降り始めました。娘は大きな岩の陰に隠れて、じっと雨がやむのを待ちました。雨は何日も何日も降り続けました。山の木の実もキノコも流れてしまいました。川の生き物も流されてしまいました。動物も鳥も、みんな遠くの山に逃げてしまいました。

何日がたったでしょう、雨はようやくやみました。空を飛ぶ娘は岩の陰から出てきて、赤い着物の袖《そで》を広げると、岩場から谷に向かって飛び降りました。そして青い空に舞い上がり、高い空の上を飛び回りながら下を眺めました。

しあわせな村は、もうありませんでした。すっかり大雨に流されてしまったのです。村のあったところには、柱一本残っておらず、ただタンポポだけが、一面に黄色い花を咲かせているばかりでした。

空を飛ぶ娘は、空の上からしばらく村のあったあたりを眺めていましたが、やがてそのままどこかへ飛んでいきました。

娘がどこへいったのかは、わかりません。おしまい。

プロローグ02　一九八八年　咲と夢

今から二十六年前、一九八八年のある日——。

「ねえ？　ゆめちゃん」

あたしが夢《ゆめ》ちゃんに言うと、夢ちゃんは必ずこう答える。

「なあに？　えみちゃん」

必ずこのやりとりをやってから、あたしは夢ちゃんと話を始める。

「ここ、何色がいいかなあ？」

あたしはテーブルの片側で、新聞チラシの裏側にクレヨンで絵を描いている。

「ここってどこのこと？　えみちゃん」

夢ちゃんは、同じテーブルのもう片側に漢字練習帳を広げ、学校の宿題の書き取りをやっている。

あたしは、ほらここよ、と絵の一部を指さした。

「お話じゃ、むすめがお山のてっぺんの岩場から、空に向かって飛んでいくでしょう？

この岩場って、灰色がいいかなあ？　それとも茶色？」

あたしたちがいるのは、あたしと、夢ちゃんと、お母さんが住んでいる小さな家の台所。そしてあたしが描いている絵は、あたしと夢ちゃんが大好きな昔話、「空を飛ぶ娘」の一場面だ。

あたしが今まで塗っていたのは、空。もちろん青いクレヨンで。その青い空の中を、おかっぱ頭で赤い着物姿の娘が飛んでいる。娘の下には緑色の山々があって、その間をくねくねと川が流れている。その川のほとりに村があって、小さな家がいくつか建っている。

右端に高い山がある。娘が登った山だ。その真ん中の一番高い峰が岩場になっている。ここが娘が大蛇に出会って、雨がやむのを待って、最後に空に舞い上がった場所だ。その岩場の色を塗ろうとして、あたしは何色のクレヨンを使うかで迷っていたのだ。

夢ちゃんは、すぐに答える。

「灰色がいいんじゃない？　だって、そこからむすめが空に向かって飛ぶでしょう？　むすめはいつも赤い色のきものをきてるから、茶色だとよく見えないもん。それに灰色のほうが岩場っぽいし」

「そうか！　そうだよね！」

あたしは頷《うなず》いて、緑色に塗った山の上に、まだ鉛筆で輪郭しか描いてない岩場を、灰色のクレヨンで塗りつぶしていく。

ほんとだ。夢ちゃんが言う通り。確かに灰色のほうが、娘の赤い着物が映えるし、いかにも岩っ、という感じの色だ。

「さっすがあ！　ゆめちゃん、学校行ってるだけあるう！」

夢ちゃんは八歳、小学校の二年生。あたしも八歳、でもあたしは小学校には行ってない。いつも家にいて、夢ちゃんが学校から帰るのを待っている。今日は六限目があったので、夢ちゃんが家に帰ってきたのは午後四時だった。今は四時半くらいだろうか。明るかった太陽も傾いて、ちょっと黄色くなってきている。

夢ちゃんは言う。

「えみちゃんだって、ほんとはわかってたでしょ？　だってあたしたち、いっしょに生まれて、いっしょに育ったから、いつも二人でおんなじことをやってきたし、いつもおんなじことを考えてるんだもん」

あたしは頷く。

「そうだよね。いつもいっしょだもんね。だってあたしたち、双子なんだもんね」

あたし咲《えみ》と夢ちゃんは双子、それも一卵性双生児だ。だから、顔も、姿も、全く同じ。二人で一緒に生まれたし、生まれた時からずっと一緒にいるし、遊ぶ時も勉強する時も一緒だから、好き嫌いも同じだし、考えることも同じなのだ。

でも最近になって、性格だけはだんだん違ってきたかも知れない。夢ちゃんは物静かで落ち着いているけど、あたし咲は明るくてお調子者で、少しおっちょこちょい。自分たちではわからなかったけれど、お母さんに言われて気が付いた。

「夢ちゃんと咲ちゃんは、今まで性格も同じだと思ってたけれど、だんだん大きくなってくると、夢ちゃんのほうが何だか大人っぽい喋《しゃべ》り方になってきたわねえ。咲ちゃんのほうがどちらかというと、甘えん坊さんの喋り方ね。顔も声も全くおんなじなのに、やっぱり別々なのねえ」

それはそうだ。双子というのは「二人の子」という意味だから。

でも、そんなお母さんの言葉を聞いてから、あたしたちは性格の違いを意識するようになったのか、余計に性格がはっきりしてきたように思う。そしてそれは、自分たちでもいいことだと思っている。だって、どこか違うところもないと、二人の全部が一緒だったらいろいろと面倒だからだ。

例えばこの間までお母さんは、あたしたちを産んだ本人のくせに、あたしたちのどっちがどっちかをいつも間違えていた。夢ちゃんがいる時に「ねえ、咲ちゃん」と呼び、あたしがいる時に「これ、夢ちゃん！」と怒り、最後には「ええと、あなたはどっち？」なんて平気で言う始末だった。でも最近は、間違えることも少なくなってきた。

あたしは、自分の右側にある陶器のマグカップを手に取って、中の牛乳を一口飲む。するとと夢ちゃんも、自分の左側にあるガラスのコップを持ち上げて、オレンジジュースを一口飲む。あたしは牛乳が好き、夢ちゃんはオレンジジュースが好き。これも最近になってはっきりしたことだ。

「ねえ？　ゆめちゃん」

岩場を灰色に塗りながら、あたしが夢ちゃんに言う。夢ちゃんは必ずこう答える。

「なあに？　えみちゃん」

「あたしも空を飛んでみたいなあ。このむすめみたいに。どうやったら空を飛べるのかなあ」

お母さんが買ってきてくれた、「空を飛ぶ娘」の民話を読んだときから、あたしは「空を飛ぶ」ということに憧《あこが》れるようになった。そして、空を飛んでいる時ってどんな気持ちだろうと想像しているうちに、空を飛んでいる夢をよく見るようになった。

夢の中でいつもあたしは、気が付くと民話の中に出てくる岩場のてっぺんにいる。そこはとても高い場所で、家も川も小さく見えてとても怖いのだけれど、あたしは思い切って娘と同じように谷に向かって飛び降りる。すると、ふわりと体が浮いて、あたしは空に向かって舞い上がるのだ。

空の上から下を見ると、下の風景が小さく見えてとても気持ちいい。でも、飛んでいるうちにだんだんと飛ぶ高さが低くなってくる。あたしは必死に、平泳ぎのように空中で手足を掻《か》く。夢の中ではそれが夢だなんてわからないから、本当にハラハラする。そして谷底に落ちそうになって、そこでいつも目が覚めるのだ。

夢ちゃんも、あたしと同じ口調で言う。

「あたしも、飛んでみたいなあ。気持ちいいだろうなあ」

「どうやったら飛べるのかなあ」

するると夢ちゃんが言う。

「きっと、むすめの着てる赤い着物にひみつがあるのよ。あの着物が、空を飛べる着物なのよ」

そうかも知れない、とあたしも思う。聞き耳頭巾《ずきん》という、かぶると動物の言葉がわかる頭巾のお話も読んだことがある。きっと娘が着ている着物が、空を飛べる着物なのに違いない。でも、それがどういう着物なのかは全くわからない。

「きっと、大人になったらわかるよね」

あたしの言葉に、夢ちゃんも頷く。

「そうね。大人になって、いっぱい勉強したらわかるよね」

あたしは、絵の中に描いた村を見る。かやぶき屋根の家が五つ描いてある。民話の本の挿絵を真似て、あたしは屋根も壁も茶色のクレヨンで塗っている。

「この『しあわせな村』って、どこにあるのかなあ？　行ってみたいなあ」

「空を飛ぶ娘」に出てくる村は、深い深い山の中にあるらしい。でも、それが何県のどこにあるのかは、お話の中には出てこない。

「どうして？」

夢ちゃんが聞く。

「だって、村のまわりになんでもあるから、お金のこととか考えなくていいんでしょ？　きのみとか、きのことか、おさかなとか、なんでもただでとってきていいんだよ？　でも、しかやうさぎを食べるのはかわいそうだし、いのししは怖いからいらない」

　あたしたちがお母さんに何かほしいというと、お母さんは必ず、お金がないからダメだと答える。どうしてうちにはお金がないのか、お母さんに聞きたいのだけれど、あたしたちは黙っている。それはたぶん、うちにはお父さんがいないからだ。そして、お父さんの話をお母さんにしてはいけないこともわかっている。

　あたしの言葉に、夢ちゃんも頷く。

「そうね。お金がいらないって幸せよね。それに、山の中にすんで、そのへんで何かとってきて食べるのって、すごく楽しそうよね。毎日がキャンプみたい」

「そうそう！　キャンプ！　行きたーい！」

　毎日がキャンプという絶妙な喩《たと》えに、あたしは大いに頷く。さすがに夢ちゃんは双子の姉妹だけあって、あたしの考えていることは何でもわかっている。

　岩場を灰色に塗り終わったあたしは、その下にある山をビリジアンで塗り始める。赤は赤だし、青は青なのに、緑はなぜか外国語で、それもグリーンじゃなくてビリジアンというのだ。これは一体、何語なんだろうか。

　緑色の山が完成すると、そのふもとにタンポポをいっぱい描こうとして、黄色いクレヨンを手に取る。

そしてふと、あたしは独り言のように言う。

「タンポポって、おいしいのかなあ？　お話の中では、村びとが毎日食べてるけど」

すると夢ちゃんが答えてくれる。

「きっと、苦いんじゃない？　だって、タンポポはおくすりにもなるって書いてあるでしょ？　おくすりって、なんでも苦いもん」

言われてみるとその通りだ。でも、あたしは一度でいいから食べてみたい。

「今度、公園に行った時に、タンポポとってこようかなあ。そうしたらおかあさん、料理してくれるかなあ」

「してくれないよお」

夢ちゃんは腰に手を当てて、お母さんの真似をする。

「またこんなもの採ってきてーっ、こんな道にはえてるくさが食べられるわけないでしょーっ、食べてもおいしいわけないでしょーっ、犬がおしっこかけたかもしれないでしょーっ、それよりごはんのときにもっとおやさい食べなさいーっ、ってしかられるよ、ぜったい」

「そうだよねえ」

あたしが溜《た》め息《いき》をつくと、夢ちゃんが言う。

「ねえ、知ってる？　えみちゃん」

「なあに？　ゆめちゃん」

「タンポポのタネが耳に入ると、耳が聞こえなくなるんだって」

あたしは大きく目を見開く。

「うそだよ！」

「ほんとうだよ！　だって、学校のだんしがいってたもの。だから、タンポポの白い綿毛が生えてるところを通る時は、りょうてで耳をしっかりおさえて、走っていそいで通りすぎないといけないんだって。でないと、耳にタンポポのタネが入って、耳が聞こえなくなっちゃうんだって」

その言葉にだんだん怖くなってきて、あたしも今日から気を付けようと思う。だって耳が聞こえなくなったら大変だ。TV《テレビ》だって観られなく、いや聞けなくなる。

「えみも、学校に行きたいなあ！」

そう、あたし、咲の今の願いは、いつか学校に行くことだ。

「ちょうれいで、『ひなたえみさーん』って先生に言われるの。そうしたらきりつして『はーい！』って手をあげるの。そして自分の机に座って、きょうかしょをひろげて、えんぴつでノートに字をかいておべんきょうするの」

そしてあたしは、ふうと小さく息を吐く。

「でも、えみは学校に行けないんだよね。だって、えみは体が弱いから」

すると夢ちゃんが、お姉さんぽく言う。

「そうよ。えみちゃんは体が弱くてすぐ病気になっちゃうから、学校には行かないの。

ゆめはふつうだから、学校に行かなきゃいけないの。でもね、学校に行かなかったら早おきしなくていいし、しゅくだいもしなくていいし、らくちんじゃない？　ゆめも、できればかわってもらいたいくらい」

「本当？」

「そうよ。学校もたいへんなのよ」

　夢ちゃんは、訳知り顔で頷《うなず》く。

「でも、そのうちえみちゃんの体がよくなって、うんと元気になったら、学校に行けるようになるかもよ？　そうしたらその時は、ゆめがおうちにいて、お母さんのお手伝いをするね。うん、そうしようか！」

「本当？」

　またあたしがそう言った時、玄関のドアが開く音がして、お母さんの大きな声が聞こえてくる。

「ただいまー。夢ちゃん咲ちゃん、いる？　二人とも台所？」

　たった今パートから帰ってきたらしい。ということは、そろそろ夕方の五時半だ。

　あたしは急いで返事する。

「はあい！　お母さん、ここにいるよ！」

「今の声はどっち？　夢ちゃん？　それとも咲ちゃん？」

　靴を脱ぐ音と一緒に、お母さんの声が聞こえてくる。あたしの声と、夢ちゃんの声の区別がつかないのだ。

突然、あたしの中にむくむくと悪戯心《いたずら》が起きて、あたしはお母さんに嘘をつく。

「今のは、ゆめだよ！」

すると、今度は夢ちゃんが笑いをこらえながら叫ぶ。

「うそだよ！　お母さん、今のはえみちゃんだよ！　ゆめはあたしよ！」

「ほんとだよ！　あたしはゆめよ！　今のはえみちゃんよ！」

「うそよ！　あたしがゆめよ！」

お母さんが、困り切った声で叫ぶ。

「もう、二人ともいい加減にして頂戴《ちょうだい》！　今の声は、本当はどっちなの？」

あたしたちは、もうおかしくておかしくて、ただただ笑い転げる——。


これはあたしたちが——咲が八歳、夢ちゃんも八歳の時のお話。

そしてこれから始まるのは、あたし、日向《ひなた》咲の物語。

あたしが、夢ちゃんと一緒に生まれて、夢ちゃんと一緒に育って、そして、十九歳で死ぬまでのお話だ。

01 勃発

息が苦しい。真っ暗で何も見えない。

身体が動かない。手を動かそうとしても、身体の横に縛り付けられたように微動だにしない。足のつま先はかろうじて動かすことができるが、膝《ひざ》を動かすことはできない。

一体どうなっているのだろう？ ここはどこなのだろう？

その時、腹の上に何か重いものが、どん、と乗った。内臓が押し潰《つぶ》されて軋《きし》み、思わずうっと声が漏れた。同時に口と鼻から、肺の中にあった空気が一気に押し出され、ますます息が苦しくなった。どうやら自分は、背中を床に着けて寝ていたようだ。

「お前さあ、生意気なんだよ」

腹の上から勝ち誇ったような声が聞こえた。男の子の声だ。今のは、この子が自分の上に勢いよく跨《また》がってきた時の衝撃だったのだ。

「ちょっと勉強ができるからって、俺たちのこと馬鹿にしやがって」

その声には聞き覚えがあった。同じクラスの男の子だ。

男の子が体重をかけながら、ぐりぐりと尻《しり》を動かす。その度に腹がねじれ、だんだんと気持ち悪くなってきた。さらに顔の上にも、強い圧迫感が加わった。男の子が両手で押しているようだ。顔が厚くて固くてざらざらしたものにこすられ、鼻に痛みが走る。その鼻に、かすかな汗の臭いを感じる。

そうか、これは体育で使う体操用のマットだ。どうやら自分は、体操のマットで身体をぐるぐる巻きにされているのだ。

「そうだそうだ！　いつもいばりやがってさ！」

「学級委員だからって、怖くなんかないからな！」

さらに二つ、別の男の子の囃《はや》す声が聞こえてきた。

——思い出した。この三人が、自分を体操用マットで簀巻《すま》きにしたのだ。

放課後、家に帰ろうと下駄《げた》箱の前に来た時、そこに一人の男の子が、にやにや笑いながら立っていた。

「村田《むらた》先生が呼んでるよ。体育館の用具室に来いってさ」

なぜ先生が用具室で？　一度は不思議に思ったが、自分は学級委員をしているので、近づいてきた運動会の相談だろうと勝手に解釈し、そのまま体育館の隅にある用具室に向かった。

用具室に入ると、いきなり誰かに後ろから突き飛ばされた。たまらず床に倒れると、そこには体操用マットが広げてあった。

「今だ！」

誰かの叫ぶ声がしたと思ったら、身体や脚に複数の手が伸びてきて、マットの上に押さえつけられた。上から固いマットが被《かぶ》せられた。そしてあっという間に、マットでぐるぐる巻きにされてしまったのだ。

「おい、苦しいか？」

腹の上で、また嘲笑《あざわら》う声がした。

「いつも俺たちを見下してるからこうなるんだ。先生だっていつもお前と俺たちを比べやがって、何かあると、あなたたちも見習いなさいとか言いやがってさ。ふざけんじゃねえよ。お前がいると、本当に迷惑なんだよ」

君たちを馬鹿になんかしてないし、いばってもいないし、見下してもいない——。そう言おうとしたが、声を出すことはできなかった。声を出せるだけの空気が、肺に残っていないのだ。かすかに息をするのがやっとだった。

突然、どすっという音が響き、脇腹に強烈な痛みが走った。横にいる二人のうちのどちらかが、マットの上から思いっ切り自分を蹴《け》ったのだ。一瞬息が止まった。必死に顔をねじって顎《あご》をこじ開け、マットと顔のわずかな隙間から懸命に空気を吸い込む。ようやく少しだけ、肺に空気が入ってきた。だが、この姿勢ではマットの中で顔が歪《ゆが》んで口が閉まらない。口の端からよだれがだらだらと垂れ始めた。しかしそれでも、窒息するよりははるかにましだ。

「知ってるか？　こいつの親父、泥棒だったんだぜ？」

自分に跨っている男の子の言葉に、他の子が驚く。

「ええ？　それ本当？」

「本当さ。うちの親が言ってたもん。こいつの親父は泥棒の一味で、金を盗もうとして仲間割れで殺されたんだって。それで母親もしんぞうが止まって死んじゃったんだって。だから今こいつが住んでるのは、伯母《おば》さんの家なんだって」

「そうか。親がいないから、こんなヘンな性格なんだ」

「親が泥棒だからだよ。いでんだよ」

「そうかあ。こいつ、はんざいしゃの子だったのかあ」

――違う！　お父さんは泥棒なんかじゃない！　犯罪者なんかじゃない！

反論しようとしたが、声が出ない。それどころか、首を左右に振ることすらできない。喉《のど》の奥でぐるぐると、猫のように唸《うな》るのがやっとだ。

「なあ、こいつ、殺しちゃおうか？」

腹の上から無邪気な声が聞こえた。

「こんなヤツ、いなくていいだろ。きっと大人になっても泥棒になるだけだろうしさ、今、死刑にしちゃおうぜ？」

別の声が、興奮して言った。

「そういえばさ！　子供は人を殺しても、罪にならないんだって！」

また別の、弾んだ声が聞こえた。

「本当に？　じゃあ、殺しちゃう？」

まるで、捕まえたカエルか何かで遊んでいるような会話だった。子供ゆえの、死というものの本当の意味を知らないがゆえの、恐ろしいほど無邪気な残酷さ――。

自分もそうだった。小学校に入って最初の夏。昆虫採集で捕まえたカブトムシに、玩具《おもちゃ》の注射器で青色や赤色の毒薬を注射し、背中から太い針を突き刺して、標本箱の底に留めた。カブトムシは六本の脚を空中で動かしながら、丸一日も生きていた。それを見ても、可哀相だとも思わなかった。なかなか死なないな、早く死ねばいいのにと思っていた。

でも今は、その時のカブトムシの気持ちがわかる。きっとカブトムシは猛烈な苦しさとともに、がくがくと身体が震えるほどの恐怖を感じていたろう。

今、自分が感じている、リアルな死の恐怖を――。

「死んじゃえ！」

どすん、とさらに誰かが腹の上に飛び乗ってきた。その強い衝撃に、腹から酸っぱくて苦いものが逆流してきて、口からげぼりとあふれ出した。胃液だ。

ごめんよ――。激痛に耐えながら、心の中で謝った。

誰に？　昔、小さな子供の頃、自分が殺したカブトムシにだ。この痛みは、あのカブトムシの痛みなのだ。この苦しみは、あのカブトムシの苦しみなのだ。

子供は、想像を絶するほど残酷だ。生まれたままの人間は、破壊衝動を剝《む》き出しにした、この上なく凶暴な生き物なのだ。男の子は歓声を上げながら、昆虫や小動物を潰す。女の子は微笑みながら、草を引っこ抜き、花を首から千切り取る。

やがて子供は、躾《しつけ》や情操教育によって「かわいそう」という概念を植え付けられ、生き物を殺すのはいけないことだと教えられる。そして、禁止された行為には心理的抑制が掛かるようになり、むやみに生き物を殺すことはしなくなる。

だが、殺してはいけないと教えられても、「なぜいけないのか」は教えてもらえない。人間の凶暴な本能を、見えないようにしているだけなのだ。落ちると危険な深い穴があったら、その上から蓋《ふた》をしておくように。

しかし、いくら上手に隠しても、穴はずっとそこに存在し、誰かが落ちるのを待ち続けている。そして、何かの拍子に蓋が外れれば、この深い穴はすぐに姿を現し、口をかっと開いて、人を飲み込むのだ。

「死んじゃえ！」

また誰かがマットの上に、乱暴に飛び乗ってきた。今度は胸の上だ。めきり、と肋骨《ろっこつ》が音を立てた。鼻の穴からどろりとした液体が流れ出した。鼻の奥で、鉄を舐《な》めたような味がした。これは胃液ではない。血だ。

心臓の音が不規則に高鳴り始めた。がんがんと頭が痛んできた。ごうごうという音が聞こえてきた。耳鳴り。まるで嵐の中にいるようだ。

その吹き荒《すさ》ぶ風のような音の中、意識が遠くなってきた。もう自分が全く息をしていないのがわかった。それなのに息苦しさは逆にどんどん薄れていく。すでに苦しいという感覚すら消えつつあるのだろうか。

暗い視界の向こうから、さらに深い暗黒が、口を開けながら近づいてきた。それは、虚無と呼ぶしかないものだった。

ああ、自分は死ぬのだ――。

虚無の中に頭から飲み込まれながら、そう思った。


ずうーっ。ずうーっ。ずうーっ。ずうーっ。

低音擦弦楽器のような、低く、くぐもった音が聞こえる。数秒間鳴っては、同じ長さだけ止み、また数秒間鳴っては、同じ長さだけ止み――。低い音は、規則正しいリズムで繰り返されている。

音が聞こえるということは、どうやら自分は生きているようだ。

しかし、これは何の音だろう？　よく聞いていると、音の間の数秒間も全くの無音ではない。かすかに、すうーっという空気の抜けるような音が聞こえる。

ずうーっ、すうーっ。ずうーっ、すうーっ。ずうーっ――。

カエルの鳴き声？　この低い音からしてウシガエル？　腹に響くような低い音――。

いや、この低い音は、本当に自分の腹の上から聞こえてくるようだ。ウシガエルが、自分の腹の上で鳴いている、のか――？

姫野広海《ひめのひろみ》は、ゆっくりと目を開けた。

小さくて、黒くて、顔の平べったい犬が、腹の上で寝ていた。顎を姫野の胸のあたりに乗せ、目をつぶった顔をこっちに向け、両前足で姫野の身体を抱いて、べったりと腹《は》這《ら》《ば》いになっている。

ぴんと立った耳。丸い額と、閉じた両目と、ぺちゃんこの鼻が同一平面上にある。日本人のように扁平《へんぺい》な顔だ。閉じた目の下ではたるんだ皮膚が皺《しわ》を作っており、鼻の下では、上唇が両側に垂れている。黒毛《ブリンドル》のフレンチブルドッグだ。

呼吸の度に小さな身体が上下し、鼻から規則的に低いイビキが漏れている。熟睡しているようだ。ウシガエルの声だと思ったのは、このイビキの音だったらしい。これは別に病気ではなく、ブルドッグ、シーズー、パグなどの短頭種の犬は、寝ている時によくイビキをかく。

「カンジ――」

呆《あき》れたようにも安心したようにも聞こえる声で、姫野は呟《つぶや》いた。

姫野の上に腹這いになってイビキをかいているのは、五歳になったばかりの姫野家の飼い犬、フレンチブルドッグのカンジだった。

カンジは姫野が寝ていると、すぐに腹や背中の上によじ登って寝ようとする。姫野が大好きでいつもくっついていたいのだ、というようにも受け取れるが、それよりもたぶん、姫野の体温で自分の腹が温かくて気持ちいいからだ。そう姫野は睨《にら》んでいる。

この犬種の標準体型に比べると、カンジはかなり小さいほうだ。それでもみっちりと身が詰まっているから、体重も八キロはある。だから腹の上にカンジが乗っていると、漬物石を載せているようなもので、はっきり言って迷惑この上ない。

「ヘンな夢を見ちゃったじゃないか、もう。お前のせいだぞ？」

もちろんさっきの夢は、カンジのせいで見た訳ではない。小学校の頃、同じクラスの男の子たちには、いろんな方法でさんざんいじめられた。それはきっと、小学生当時の自分の態度のせいだ。だから、自分のせいなのだ。あんな恐ろしい夢を見たのは。

——夢——？

あれは夢だったのだろうか。それとも蘇《よみがえ》った子供の頃の記憶だったのだろうか。実際にああいう出来事があったかどうか、姫野は思い出せなかった。だが夢を見ている間は、今本当に起きていることだとしか思えなかった。その証拠に、背中にびっしょりと寝汗をかいている。

目の前で眠っている黒い小さな犬に目をやる。姫野が起きたことにも気付かず、相変わらず無防備に、ぐうぐうとイビキをかいて眠っている。腹にカンジの体重と体温が伝わってくる。その重さと温かさが、姫野の乱れた鼓動を落ち着かせてくれた。

姫野はふと悪戯心《いたずらごころ》を起こし、目の前にある黒い鼻の頭をついてやろうと考えた。そして右手をそうっと伸ばそうとした時、自分の全身が腕ごと駱駝毛《キャメル》の毛布にくるまれていることに気が付いた。そうか、この目の詰まった重い毛布のせいで、体操マットに簀巻《すま》きにされている夢を見たのだ。

気が付くと姫野は、白いドレスシャツにネクタイにスーツのパンツ、つまりスーツ姿から上着を脱いだだけという格好で、茶色い本革張りのソファーに横になっていた。HUBLOT《ウブロ》の自動巻き《オートマチック》ダイバーズウォッチも腕にはめたまま、シルクの黒い靴下も履いている。イタリア製の細いストライプの上着だけが、無垢《むく》材のフローリングの床に置かれた大理石のカフェテーブルの上に、ふわりと畳んであった。その横に姫野のスマートフォンが転がっている。

ようやく姫野は思い出した。

今日は四月五日、土曜日——。延々数ヵ月に及ぶ厄介な仕事が、昨日ようやく解決したばかりだった。その間ほとんど休みは取れず、特にここ数日は徹夜同然の日が続いて疲労困憊《こんぱい》だったが、上司と一緒に明け方までかかって報告書をまとめ、ようやく提出した。そして、始発電車で吉祥寺《きちじょうじ》にある自宅に帰ってきた。

吉祥寺駅の南口を出て井《い》の頭《かしら》通《どお》りを渡り、住宅街の中を東南に進んでいくと、やがて下り斜面になり、小さな川に突き当たる。井の頭池を水源とする神田《かんだ》川の上流だ。川の北側には木々に囲まれた遊歩道があり、すでに朝靄《あさもや》の中で散歩やジョギングを楽しんでいる人々がいる。姫野の自宅は、その遊歩道を見下ろす斜面に建つ、敷地面積約五百平米、延べ床面積約二百五十平米の洋館だ。

　家の周囲は石塀で囲まれており、入り口には古風な鉄製の門扉がある。脇に付いているテンキーに暗証番号を入力して警備システムを解除し、姫野は重い門を開けた。十メートルほどの石畳のポーチを歩き、観音《かんのん》開きの巨大なドアの前に来ると、またテンキーを押してドアを開けた。

　音を立てないようにドアを閉めると、革靴を脱いで六畳ほどの広さのホールに上がり、スリッパも履かずに抜き足差し足で玄関脇の応接間に入った。とにかく早く座りたかったし、応接間の白いソファーはカンガルー革で座り心地がいい。上着を脱いでそのへんに放り投げると、ネクタイを緩め、三人掛けソファーの真ん中にすとんと腰を下ろした。そして、そこから先は記憶がない。その瞬間に寝落ちしたのだ。

　姫野はぶるっと身を震わせた。初夏とはいえまだまだ明け方は気温が低い。もし毛布が掛かっていなかったら風邪を引いてしまったかも知れない。誰かが姫野を赤ん坊みたいに毛布にくるんで、上着をテーブルの上に畳んで置いてくれたのだ。それは誰なのかは、考えるまでもないことだった。

「お目覚めかしら」

　姫野の頭の後ろで、凛《りん》とした声が響いた。

　姫野は思わず、びくり、と身体を硬直させた。それからゆっくりと、寝たまま上目遣いに頭の後ろを見ると、そこに逆さになった年配の女性の顔があった。能面のように無表情な顔で姫野を見下ろしている。

「午前様どころか、お日様が昇ってからようやく帰ってくるなんて。あなたのお勤め先は法律を守るのがお仕事なのに、労働基準法は守らなくていいなんて、不思議なところですこと」

姫野の伯母《おば》でこの家の主《あるじ》、姫野妙子《たえこ》だ。今年でちょうど六十歳になる。隆《りゅう》とした和服姿。うっすらと光沢を帯びた茶色の大島紬《おおしまつむぎ》に、八橋文《やつはしもん》が全通《ぜんつう》に入った菫《すみれ》色《いろ》の袋帯を締め、白足袋《たび》の上から革製のスリッパを履いている。全体が渋めの色調の中で、半襟だけが刈安《かりやす》。カナリヤの羽根の色に似た鮮やかな黄色だ。

「ああ、妙子伯母さん――」

姫野は、安堵《あんど》したように声を漏らすと、欠伸《あくび》混じりに呟きながら目を閉じた。

「すみません、こんなとこで、寝ひゃって――ふう。でも、もうちょっとらけ――」

「朝のご挨拶《あいさつ》は？　広海さん」

「――え？」

「朝のご挨拶は、と言ったんです」

姫野は目を開けると、妙子を上目に見ながら、あわてて顔を上下させた。

「は、はい、おはようございます」

「おはようございます」

軽く頷《うなず》くと、妙子は一気に喋《しゃべ》り始めた。

「まずは熱いシャワーを浴びてらっしゃい。替えの下着と靴下は浴室の脱衣所に置いてあります。今日着る背広と、ワイシャツとネクタイとベルト、それにハンケチは、ウォークイン・クローゼット前のバトラーハンガーに用意してあります。タイピンと腕時計はお好きなものを。着替えが終わったら朝ご飯にします。朝刊は食堂のテーブルの上に――」

「ちょ、ちょょっと待って下さいよ、伯母さん」

姫野はもがいた挙げ句に、ようやく毛布から両手を引っ張り出した。そして寝ているカンジの脇の下に両手を差し入れて、高い高いをするように持ち上げて左胸に抱え、そのままソファーから降りて立ち上がった。カンジもようやく目を覚ましたが、まだ半分寝ているようで、だらんと全身の力を抜き、されるがままになっている。

「今日は僕にとって、何ヵ月振りかの非番の日なんですよ？　昨日までずうっと徹夜続きで、今朝も明け方まで仕事して、ようやく家に帰れたんですよ？　まだ一時間くらいしか寝てないんですよ？　もうちょっと寝かせてくれても」

「広海さん。あなた、警視庁に入る時に私とお約束しましたよね？」

妙子が、姫野の言葉を遮った。

「私はあなたに、大学を卒業したら何年かうちの取引先の銀行に勤めてビジネスを勉強し、時が来たら会社を継いでほしい、そうお願いしました。それなのにあなたはそれを完全に無視して、内緒で警視庁の採用試験、それもあろうことか管理職になる上級職試験ではなく一般職試験を受けて、合格したら勝手に入庁を決めてしまいました」

また、その話ですか——。姫野は内心で溜《た》め息《いき》をついた。

姫野広海は、警視庁刑事部・捜査第一課・第四強行犯捜査・殺人犯捜査第十三係に勤務する刑事だ。階級は巡査、つまり一課の中では一番下っ端だ。

「地方公務員の中でも特に警察官は、お給料が安いにも拘《かか》わらず精神的にも肉体的にも大変なお仕事で、お休みもろくに取れないことは私でも知っています。最高学府、それも日本一の難関といわれる大学の法学部を卒業して、さらに一年間の欧州留学までしたあなたが、どうしてわざわざそんな理不尽なお仕事を選んで苦労をしなければならないのか。そう聞いたら、あなたは何と言いましたか？」

姫野は胸に抱いているカンジの背中を撫《な》でながら、しぶしぶ答えた。

「ええ——、どんなに仕事が辛《つら》くても、決して弱音は吐きません。どんなに仕事で忙しくても、見苦しい身なりはいたしません。どんなに仕事で帰りが遅くなっても、翌朝はちゃんと七時から、伯母さんと一緒に朝食を取ります。以上の三つをお約束しますから、警察官になることを許可して下さい——そう言いました」

「今は何時ですか？」

姫野は、壁際に立っているアンティークの大型置時計《ホールクロック》を見た。

「七時二十分前です」

「七時になったら、あなたは何をしますか？」

溜め息混じりに、姫野は返事した。

「伯母さんと一緒に、いつものように朝ご飯を頂きます」

「よろしい」

妙子は頷いた。

「私の希望を無視した以上、約束は守ってもらいます。口うるさい伯母だと思っていることでしょうが、私は亡くなったあなたの両親からあなたを預かったのですから、どこに出しても恥ずかしくない一人前の男性に育てる責任があります。だからお洋服にしても持ち物にしても、普段使いの物こそ一流品をお買いなさいといつもあなたに言っていますけれども、普段から安物を使っていると持っている本人まで――」

「あ！　このスーツ高かったんだ！　皺《しわ》にならないようにちゃんとクローゼットに掛けとかなきゃ！」

姫野は急いでカンジを床に置いて立たせ、テーブルの上の上着とスマートフォンを引っ摑《つか》むと、応接間のドアに向かって駆け出した。もちろん、いつ終わるかわからない妙子の小言から逃げ出すためだ。

「ああ、広海さん」

その背中に、妙子が声をかけた。

「さっきあなたの携帯電話が鳴っていたので、私が出て差し上げました」

「ええっ？」

姫野は慌てて急ブレーキをかけた。そして妙子を振り返り、悲しい顔で両手を振り下ろした。

「伯母さん、ひどいですよ！　人のケータイに勝手に出るなんて！　プライバシーの侵害です！　いくら伯母さんだって、やっていいことと」

「電話に出られると、何かまずいことでもあるのですか？」

「い、いいえ、別に、そんなことは」

「女性のお友達がいらっしゃるのなら、コソコソしないで堂々とお付き合いなさい。あなたに相応《ふさわ》しい女性かどうか、私がちゃんと見極めてあげます」

姫野の顔を見据えながら、妙子は平然と言葉を続けた。

「あなたのような世間知らずの若い男性を籠絡《ろうらく》することなど、女にとってはまるで赤子の手を捻《ひね》るようなものです。肉ジャガだのカレーだのグラタンだの、そんな小学生でも作れるような料理を作って食べさせるだけで、すぐに感激してしまってころりと簡単に騙《だま》されてしまいますから。広海さんも肉ジャガくらいは自分で作れるようにしておかないと、そのうち、ろくでもない娘に――」

「今、僕、そんな女性いませんから！」

姫野は急いでスマートフォンの着信履歴を見た。

「カブラギさんと仰《おつしや》る方でした。職場の先輩ですか？　何だかあまり出世しそうな声ではありませんでしたけれども」

姫野は思わず目を閉じ、天を仰いだ。

鏑木鉄生《かぶらぎてつお》は、姫野と同じく警視庁刑事部・捜査第一課・第四強行犯捜査・殺人犯捜査第十三係の刑事だ。階級は警部補、姫野の直属の上司だ。結婚したことはあるらしいが現在は独身で、吉祥寺のJR中央《ちゅうおう》線の隣駅である西荻窪《にしおぎくぼ》に一人で住んでいる。

「何やらあなたにお急ぎのご用があるとのことでしたので、これから広海に出かける用意をさせますが、少々時間がかかると思いますので、その間に拙宅にいらして下さい、そう申し上げて、神崎《かんざき》をお迎えに行かせました」

「えーっ！」

神崎は妙子が雇っている運転手だ。平日の会社との往復はもちろん、休日の買い物などの外出から来客の送迎まで、妙子はあらゆる足の便を神崎に頼っている。

「お迎えって、あの山みたいに馬鹿でかい黒塗りのロールスで、ですか？」

妙子の車はイギリスの超高級車、二〇一三年型ロールス・ロイス・ファントム・シリーズⅡだ。排気量六七四九ｃｃ、十二気筒四十八バルブ直噴エンジンを搭載し、出力は大型トラックすらもはるかにしのぐ四六〇馬力。時速二四〇キロまでリミッターはかからないが、もちろんこの車でそこまで飛ばす人はいない。お抱え運転手専用車《ショーファードリブン》なのだ。

「あの車は安全です。ベンツでも何でも、みんな道を譲ってくれますから」

「そういう問題じゃなくてですね！　これから仕事だというのに、あんな豪勢な車で！」

晩餐会《ばんさん》に招待しようっていうんじゃないんですから、もう！」

もどかしげに両手を振り回す姫野の前で、妙子が平然と言った。

「三十分もすれば、鏑木さんがここにいらっしゃいます。どうします？」

妙子の言葉に、姫野は諦《あきら》めたように小さく息を吐いた。

「――シャワーを浴びてきます」


姫野が浴室に消えたあとも、妙子は応接間に独り佇《たたず》んでいた。

てててっという軽い足音とともに、ドアの向こうから小さな黒い犬――カンジが、小走りに応接間に入ってきた。いつの間にか応接間の外に出ていたようだ。

カンジは妙子の足元にやってくると、嬉《うれ》しそうに大きな口を開け、ピンク色の小さい舌をひらひらと動かしながら、くりくりとした黒い目で妙子を見上げた。

「あら、カンジさん。どこに行っていたのですか？」

なぜか得意げな顔のカンジを見下ろすと、妙子は思わずふっと笑みを浮かべ、ゆっくりとしゃがみ込んだ。

そして、丸くて小さい頭を愛《いと》おしげに撫《な》でながら、ぽつりと漏らした。

「やっぱり、まだ諦めてないのかしらね。広海さん――」

02　一九九八年三月　出会い

今から十六年前、一九九八年三月二十五日、水曜日——。

春——。

頭の上に広がる枝を見上げると、びっしりと並んだ桜の蕾《つぼみ》は、もうどれもぱんぱんに膨らんでいる。どれでも指先でちょっと突っつけば、ぽん、と音を立てて開花予想日を待たずに咲いてしまいそうだ。

でも、焦ることは何もない。五十〜六十本もあるだろうか、ここに並んでいる桜の木がやがて自然の摂理で一斉に咲き誇るのを、あたしはゆっくりと待てばいい。なぜなら四月一日からは、毎日ここを自由に、大手を振って歩くことができるのだから。

ちょっと前までは昼間でも肌寒かったが、日一日と暖かくなってきた。特に今日はいいお天気だ。今年初めて裸足《はだし》にデッキシューズを履いて、ウォッシュジーンズ、黒いTシャツ、上着代わりにチェックのシャツ、という格好で、あたし日向《ひなた》咲《えみ》は公英《こうえい》大学のキャンパスを、きょろきょろとよそ見しながら、ぶらぶらと歩いていた。

桜並木。時計台。ガラス張りの校舎。連絡用の張り紙。車の通らない道。警備員のおじさん。春休みの真っ最中だというのに、数人で通路を歩きながら、あるいはベンチや芝生で談笑する学生たち——。あたしの憧《あこが》れの大学のキャンパス、念願の大学生生活。

残念だけれど、小中高校時代のことであたしが話せる思い出は何もない。

小さい頃から病気がちで、義務教育課程すらほとんど学校には通えなかった。家庭訪問で先生が来た時に、ベッドの上で話をしただけの小学校生活。年度末だけ学校に行って、母親と先生とで三者面談した中学校生活。そして、月に何日かは通学したけれど、結局日数が足りなくて卒業できなかった高校生活。

でも、大学に行きたくなって、「高認」を受験したのが去年の八月五日、パスしたのが九月一日。公英大学文学部を受験したのが今年の二月十七日、そして合格発表があったのが二月二十六日。引きこもりから花の女子大生へ。たった八ヵ月であたしの立場は大きく変わった。

入学式は四月一日だけれど、今日はその前に文学部の入学説明会があったので、合格発表の日以来久し振りに、東京都港区《みなとく》の青山《あおやま》にある私立公英大学の門をくぐった。必須《ひっす》の科目が何、選択科目が何、その詳しい中身と登録方法、学生証の発行に必要な書類、学生メールアドレスの取得方法、学生食堂の利用方法、etc.、etc.——。

説明会が終わったあと、それらのマニュアルや規則集を印刷した小冊子一式を受け取った。それらを帆布製《はんぷ》のトートバッグに放り込んで、文学部の校舎を出ると、あたしはあてもなくキャンパスを歩き始めた。急いで帰らなければならない用事もなかったので、散歩がてら少しキャンパスを見物していこうと思ったのだ。

喉《のど》が渇いたあたしは、校舎の脇に立っている自動販売機で、ペットボトルのミネラルウォーターを買った。それを飲みながら歩いていると、突然、白いポロシャツに白いベストを着た男の人に声を掛けられた。

「ねえキミ、新入生？」

脇にテニスのラケットを挟んで、左手にピンク色の紙の束を持っている。はい、そうです、と答えると、男の人はキラリと歯磨きのCMに出られそうな白い歯を見せ、立板に水といった調子で喋《しゃべ》り始めた。

「君さあ、テニス好き？　ああ！　経験なんかなくても全然いいんだ！　僕たち『公英大学テニス同好会』なんだけどさ、体育会じゃないけどちゃんと部室もあるし、練習場も都内のハードコートの施設と契約してるしね！　毎月定例戦もあって、毎年夏には軽《かる》井沢《いざわ》、冬には沖縄で合宿やってるし、コンパも多いから絶対楽しいと思うよ？　同じ学部の先輩が勉強の相談にも乗るしね！　よかったら新歓コンパだけでもおいでよ！」

一気にそれだけまくし立てると、男の人はあたしに無理矢理チラシを押し付けた。そこを立ち去ると、またいろんなスポーツのユニフォームを着た人が次々と声を掛けてきて、たちまちあたしは何十枚もの色とりどりの紙を持たされることになった。

気が付くとキャンパスの通路には、お祭りのように露店がずらりと並んでいた。みな新入生を狙った部活動や同好会の新歓ブースのようだ。テニスの他にもバスケ、サッカー、野球、ホッケー、ラクロスなどのスポーツ。文化系もある。華道、茶道、文芸、新聞、漫画にアニメ。その他、何をやってるのかよくわからない人たち――。

そうか、とあたしは合点した。大学には受講のために定められた「クラス」とは別に、スポーツや文化活動――要するに遊びや趣味や暇つぶしや恋人探しのための「サークル」というものがあって、皆が何かしらに所属することになっているのだ。

あたしは最近知り合ったばかりの女友達、八木《やぎ》百合香《ゆりか》の言葉を思い出した。

「えー？　咲って大学行くんだ？　いいなあ！　女子大生って楽しそうだよねえ。だってほら、勉強よりサークルとか合コンばっかりやって、毎日遊んでるんでしょ？」

あたしと百合香は、三月の初旬に国立《くにたち》駅前のファミリーレストランで知り合った。一人客用大テーブルで晩ご飯を食べている時、たまたま隣に座っていたのが百合香だった。財布を忘れてきたことに気が付いて青くなった彼女に、あたしはお金を貸してあげた。その時携帯の番号を交換し、やがて同い年なのもわかって友達になったのだ。

あたしと百合香は、時々同じファミレスで会ってお喋りをするようになった。百合香はいわゆるフリーターだった。彼女は田舎の高校を卒業すると同時に、都会に憧れて上京してきたばかりで、東京にはまだ友達もいなかった。

あたしは百合香の言葉に、こう反論した。そういう遊び人もいるかも知れないけど、あたしにはちゃんと勉強したいことがあるし、バイトだってしなくちゃならないから、そんなに優雅じゃないんだよ――。

実際、サークルに入ればお金も時間もかかる。公英大学は私立大学で、ただでさえ学費は高めだ。奨学金はもらえるけれど、講義のない時間帯はアルバイトして生活費を稼がなくちゃならない。サークル活動などやれるご身分じゃない。

あたしが公英大学の文学部に入ったのは、母を安心させるため。そして大好きな民話の研究をするため。だから、遊んでいる時間はないのだ――。

そろそろ帰ろう、そう思って校門に向かって歩いていると、ふと、一人の男子学生が目に留まった。

肩にかかるくらいの長い髪、細身でひょろりと背が高い。細身のジーンズに、白いスニーカー。白い木綿のシャツの袖《そで》を、肘《ひじ》までまくり上げている。そして、左手に大きなゴミ出し用のポリ袋を持って、地面を見下ろしながら、二十メートルくらい先の通路をうろうろと歩いている。

何をしているのかと思って見ていると、男子学生は急に植え込みの前で腰をかがめて、草の中から何かを拾い上げた。それは空のペットボトルだった。男子学生は嬉しそうににっこりと笑い、宝物でも仕舞いこむかのようにそっとポリ袋の中に入れた。ポリ袋の中には、多分そうやってあちこちで拾ったのだろう、空のペットボトルがいくつも入っている。

ふと、その男子学生と目が合った。その人は一瞬だけ不思議そうな顔をすると、すぐに目を細めてにっこりと笑った。その笑顔を見た瞬間、あたしの心臓がどきりと大きく動いた。たぶんあたしより歳上なのに、まるで人懐っこい仔犬《こいぬ》のような笑顔だった。さっきのテニス男とは全然違う、少しも作ったところのない自然な笑顔——。

突然、その人は左手にポリ袋を提げたまま、あたしに向かって走り始めた。

あたしは慌てた。ちょっと待って！　なんであの人こっちにくるの？　たった今会ったばかりなのに。ああ、だんだん近づいてくる。どうしよう？　こんな展開、予想してなかった——。でも、パニックになりながらも、なぜか逃げようという考えは全く起きなかった。

あたしの目の前までやってくると、その人は軽く息を弾ませながら立ち止まった。あたしより頭一つは背が高い。何かスポーツでもやっているんだろうか、遠目には痩《や》せて見えたけれど、近くで見ると腕や胸の筋肉が盛り上がっていて、けっこうたくましい体型をしている。

「それ、もういいかな？」

その目は、あたしが持っているペットボトルを見ていた。中身がまだ二センチほど残っていたが、あたしは急いで残った水を飲み干した。すると男子学生はポリ袋を広げて差し出した。この中に入れろということなのだろう。あたしはキャップを締めようとしたが、あわてているせいでなかなか締まらない。

「別々でいいよ。どうせ外すんだから」

男子学生が右手を差し出したので、あたしは本体だけポリ袋の中に落とすと、青いプラスチック製のキャップをその手の上に載せた。男子学生は、青いキャップを顔の前にかざして確認すると、ふんふんと納得したように頷《うなず》き、そしてあたしの目を見ながらにっこりと笑った。

「今、キミは、アフリカの子供たちと、地球の未来を救ったんだ」

「え？」

この人、何を言ってるんだろう――？　戸惑うあたしに向かって、その男子学生は柔らかい口調で、理路整然と喋り始めた。

「このキャップは、ゴミとして出せば焼却されてしまい、大気中のCO_2濃度を増大させ、地球の温暖化つまり砂漠化を進めることになる。でもリサイクルすれば、CO_2を発生させることはないし、新たな石油資源の消費も抑えられる。そしてキャップを売却した利益で、アフリカの貧しい子供たちにワクチンを贈ることができるんだ」

全世界で一日に約六千人もの子供たちが、ワクチンがないために伝染病で亡くなっている。その子供たちを救いたいのだ。この「ハッピーキャップ運動」はまだ始まったばかりだけど、僕たちはこのエコ活動を広めることで、みんなが幸せになれるように世の中を変えていきたいのだ。男子学生はそう語った。

知らなかった。何気なくペットボトル飲料を飲んでは空の容器を捨ててきたけれど、それは地球の環境を破壊する行為だったのだ。それに、自分や家族の生活は考えてきたけれど、アフリカの貧しい子供たちのことなど考えたこともなかった。でもペットボトルのキャップをリサイクルするだけで、大勢の子供たちを救えるなんて――。

「僕の夢は、この日本のどこかに『ユートピア』を作ることなんだ」

「ゆう、トピア？」

温泉施設でも作るんだろうかと思ったが、どうやら違うようだった。ユートピアというのは『理想郷』という意味だと、男子学生は説明した。

「どこか、誰も知らない深い山の中に、みんなが自給自足で生活する村を作りたいんだ。山に入って野草や山菜、自然の果物や木の実や茸《きのこ》を採ったり、川で魚を釣ったり蟹《かに》や蝦《えび》を捕ったり――。こういう生き方こそが、本来の人間らしい生き方だと思うんだ。そう思わないかい？」

あたしは驚いた。それはまるで、あの村じゃないか。

あの「空を飛ぶ娘」の民話に書かれている、どこかの山奥にある「しあわせの村」。子供の頃から、ずっと行ってみたいと思って憧《あこが》れていた村。どこかにあってほしいけれど、多分どこにもないだろうと思っていた幻の村――。そんな村を、この人は本当に創ろうとしているのだ。

「でも今は、自然環境を守ることも考えなきゃならない。山の植物を乱獲しないように、田畑を開墾《かいこん》して無農薬の作物を作ろうと思ってる。野生動物を狩猟する代わりに牧場を作って、牛や豚や山羊《やぎ》を飼って、その乳から乳製品を作って売ったり、ハムやソーセージやベーコンを作るんだ」

男子学生は、目を輝かせながら語り続けた。

夢を語る人、というものに出会ったのは、あたしは生まれて初めてだった。いや、そもそも男の人というものと、二人きりでこんなに親しく喋るという経験が初めてだった。その顔はまるで子供のように無防備で、まさに夢見るような表情だった。そしておそらく、あたしもその時、同じような顔をしていただろう。

男子学生は、右掌《みぎてのひら》をジーンズの太腿《ふともも》でごしごしと拭《ふ》くと、あたしに向かって右手を差し出した。

「野臥正《のぶせただし》、理工学部の四年生だ。エコ活動サークルの会長をやってる」

つられてあたしも、野臥に向かって右手を差し出した。すると野臥の大きな手が、あたしの小さな手を包み込むように、しっかりと握り締めた。その温かくて優しい感触に、あたしの緊張が徐々にほぐれていくのがわかった。

「日向咲です。──あの」

野臥の手を握ったまま、あたしは思わず聞いた。

「タンポポ、食べたことありますか？」

野臥は驚いたように、鸚鵡《おうむ》返しに聞いた。

「タンポポ？」

「ええ、タンポポ。子供の頃読んだ民話の中に、タンポポを食べる場面があって、あたし食べたい食べたいとずっと思ってたんですけど、とうとう今まで食べたことがなくって。野臥さんは、タンポポを食べたことはありますか？」

野臥は嬉《うれ》しそうに笑い出した。

「もちろん！　葉っぱはおひたしや胡麻和《ごまあ》えにすると美味《おい》しいし、サラダで食べたり、パスタの材料にしたり、オムレツに入れたり。煮てジャムを作ったこともあるよ。花はフリットにすると、フキノトウみたいにほのかな苦味があってなかなかいける。根っこはキンピラにして食べられるし、乾燥させて乾煎《からい》りするとコーヒーにもなるんだ」

野臥の口からは、ずらずらとタンポポの料理法が出てきた。タンポポのジャムだって？　タンポポの根っこのコーヒー？　子供の頃から憧れていて、でも一度も食べたことのないタンポポ料理の味を想像しながら、あたしは胸をときめかせた。

「タンポポ料理と言えば、日向さんはO《オー》・ヘンリーの『スプリングタイム・アラカルト《Springtime à la Carte》』、邦題で『アラカルトの春』という短編を知っているかい？」

野臥が聞かせてくれたのは、こんな物語だった。

都会でタイプ打ちを仕事にしている若い女性が、田舎に遊びに行った時、農家の若者と出会って恋に落ちる。

二人は結婚の約束をし、若者は愛の証《あかし》としてタンポポの花で編んだ冠をくれる。都会に帰ってからも女性は、レストランのメニューをタイプで打つ仕事をしながら、若者と手紙をやりとりする。

だが、ある日を境にぱったりと若者からの手紙が途絶える。

どうして手紙をくれないのだろうか。そう思い悩みながら彼女は、その日もレストランの仕事でタイプ打ちをしていて、タンポポを使った料理をメニューの中に見る。タンポポという言葉を見た女性は若者を思い出し、愛する人へのあふれる気持ちに思わず涙する。

すると、その日の夜、彼女に奇跡が起きるのだ——。

それはきらきら輝く小さな宝石のように、とても素敵な物語だった。十八歳のあたしを、しばらくうっとりとさせてしまうほどに。

「ええっと、あの——」

野臥の困ったような声に、あたしは、はっと我に返った。そして、野臥の右手をずっと握り締めたままだったことに気が付いた。

あわてて手を離して引っ込めたあたしに、野臥は言った。

「きっと日向さんは、僕のサークルに入る運命なんだよ」

「どうしてですか？」

あたしが聞くと、野臥は微笑んだ。

「僕のサークル、『タンポポの会』という名前なんだ」

なんという偶然——。

いや、きっとこれは必然なのだ。この言葉を聞いた時あたしは、はっきりと確信したのだった。野臥が言うように、野臥と出会ったのは、あたしが生まれる前から決められていた、「運命」だということを。

「じゃあ、今度全員を集めて『タンポポの会』の活動について説明するよ。入会するかどうかは、それを聞いてから決めてくれればいい。――ところで、日向さん」

「は、はい？」

「僕の夢の一つはさっき言ったよね？　他にも大学でやってる研究とか、夢はたくさんあるんだけど。日向咲さん、君の夢は？」

突然そう聞かれて、あたしは焦った。野臥のような具体的な夢など、何も持っていなかった。今にして思えば、民話の研究をしたいとでも言えばよかったのだ。でも、何か素敵な夢を語らなきゃいけないというプレッシャーから、あたしはついあらぬことを口走ってしまった。

「空を、飛ぶことです」

「空？」

しまった、と思ってあたしは俯《うつむ》いた。なんで初対面の人に、こんなことを言ってしまったんだろう。

別に頭がおかしい訳じゃないんです。子供の頃にいつも読んでいた昔話があって、それはお母さん、いや母が買ってくれた本に書かれていたお話で、そのお話の中に「空を飛ぶ娘」という女の人が出てきて、それで――。ああ、上手《うま》く説明できそうにない。

きっと子供っぽい馬鹿な女だと思われてしまっただろう。そして野臥は呆《あき》れたような、困ったような、憐《あわ》れんだような顔であたしを見ていることだろう。あたしは、おそるおそる顔を上げて野臥を見た。

野臥正は、笑っていなかった。野臥は真面目な顔のまま、突然あたしに顔を寄せてきて、囁《ささや》くような小声で、思いもかけないことを言った。

「実は僕、空を飛べるんだ。よかったら、今度一緒に飛ばないか？」

この人は、もしかしたら、ピーター・パンなんだろうか？

夜になるとあたしの部屋の窓を叩《たた》いて、優しくあたしの手を取って、そのまま風のように舞い上がり、憧れていた空の上に連れていってくれるのだろうか？

この言葉を聞いた瞬間、あたしは生まれて初めて、恋に落ちた。

そしてあたしは、あとになって、野臥正が本物のピーター・パンだったと知ることになるのだった。

03 臨場

はるか前方に見えた国産セダンの後部が、あっという間に目の前に迫ってきた。

姫野広海は右ドアミラーで後方を一瞥《いちべつ》すると、六速ATのシフトレバーをマニュアルモードに叩き込んでシフトダウンし、同時にアクセルを踏み込む。うおん、とエンジンが猫科の猛獣のように吼《ほ》える。その間に左手の指先は、ハンドル軸《ステアリング・コラム》から生えたレバーを軽く上に押している。

ウインカーが三回だけ点滅する間に、黒いアルファロメオ159tiは右側の追越車線にすっと横移動する。そこでシフトレバーを前に押してシフトアップ。同時に黒い車体は放たれた矢のようにぐんと加速し、国産セダンを一気に左後方へと置き去りにする。抜いた車がどんどん小さくなっていくのをルームミラーで確認すると、今度は左にウインカーを出して、ゆっくりと中央の走行車線に戻る。全ての動きが滑らかで一切の無駄がない。同乗者もスピードメーターを見ない限り、本当の速度には気が付かないだろう。

「申し訳ありませんでした！　その靴下はもちろん差し上げます！」

ATのシフトレバーをオートポジションに戻すと、運転席の姫野が助手席に向かって頭を下げた。

「それに鏑木さんの靴下は、洗濯して後日お返ししますから！」

「ああいや、ヒメ！　そういう意味でこの靴下を褒めたんじゃないんだ」

助手席の鏑木鉄生が、座ったまま軽く足踏みした。

「さすがに外国製の高級品だな、足を包み込むようにフィットして本当に履き心地がいい。これをくれるんなら、俺のは捨ててもらって構わないよ。どうせ四足千円のヤツだしな」

ヒメというのは、捜査第一課内に膾炙《かいしゃ》している姫野の渾名《あだな》だ。苗字《みょうじ》の一部から付けられたことは明らかだが、同時に誰に対しても物怖《ものお》じせず高飛車で、いつも高級品を身に着けているという意味も込められている。

二人が乗っている姫野の自家用車、黒いアルファロメオ159tiも、本革張りの内装を奢《おご》ったイタリア製高性能セダンだ。現在日本国内では絶版になっているが、イタリア警察がパトカーに正式採用している車種だという理由で、姫野は乗り換えようとしない。つまり姫野は、警察官でありながら警察官おたくなのだ。

「いいんですか？　じゃあ、すぐ捨てちゃいます！　実は、お返しするべきかどうか悩んでたんですよ！　鏑木さんの靴下、足首のゴムがびろびろに伸びてましたし、親指の所に大《お》っきな穴が開いてましたからね！——でもですよ？」

いかにも嬉《うれ》しそうに、姫野は続けた。

「それ以外は今日の鏑木さん、なかなかキマってますよ！　今日はシャツの袖《そで》のボタンも取れてないし、スーツの色もそこまで地味な色ならかえって二着で二万九八〇〇円《ニッキュッパ》には見えないし、パンツには折り目がまだ残ってるし、膝《ひざ》もポコっと出てないし。あとはそうですね、そのカビの生えた食パンみたいな柄のネクタイだけ買い換えれば！」

お前は俺のスタイリストか――。鏑木は肩をすくめたが、やがて靴下騒動の元になった出来事を思い出して、また顔に笑みを浮かべた。

「しかし、今朝はいろいろビックリしたよ。まず、お前の携帯に電話したら伯母《おば》様が出られた。次に、お迎えの車が着いたというのでマンションを出たら、でっかいロールス・ロイスが停まっていた。さらにその車で初めてお前の家に行ったら、お城みたいな豪邸だった。そして、大きな玄関に入って、ペルシャ絨毯《じゅうたん》のマットの上に右足を乗せたら、ぐちゃりと――」

笑いをこらえる鏑木の右側で、姫野はまた小さくなった。

「あの玄関マット、ペルシャ絨毯じゃなくてフランスのゴブラン織りですけどね。カンジのヤツ、いつの間にあんな所に粗相を――。本当にすみませんでした！」

午前八時丁度――。

姫野の運転するアルファロメオ１５９ｔｉは、晴天の中央自動車道を西に向かって快調に走行していた。

あれから姫野がシャワーを浴びて着替えを終え、伯母の妙子と一緒に朝食を食べ終わったのが七時二十分。そこに鏑木が神崎の運転するロールス・ロイスで到着し、フレンチブルドッグのカンジが起こした思わぬアクシデントで、足を洗って靴下を履き替える羽目になり、姫野のアルファロメオに乗り換えて出発したのが七時半丁度。

二人の乗った車は、吉祥寺通りから連雀通り《れんじゃくどお》りに出たあと、甲州街道《こうしゅうかいどう》の調布IC《ちょうふインターチエンジ》から中央自動車道に入り、さっき稲城《いなぎ》ICを通過した所だった。

「そうだ！　鏑木さん、伯母が電話に出た時、何か失礼なことを言いませんでしたか？」

姫野が心配そうに、助手席の鏑木をちらりと見た。

「もうおわかりだと思いますけど、伯母は誰に対してもにこりともしませんし、思ったことを何でもズケズケと平気で言っちゃうし、もう、失礼が和服を着てにらめっこをしているような人ですから。さっきだって鏑木さんの声のことを、あんまり出世しそうに

――あ、いや！」

「俺の声が、どうしたって？」

不思議そうな顔の鏑木に、姫野は慌ててかぶりを振った。

「何でもありません！　忘れて下さい！　失礼がなかったのならいいんです！」

そういうお前だって、失礼が高級スーツを着て外車を運転しているようなもんだ。血は争えないとはこのことだな――。鏑木はそう思って苦笑した。

「ヒメの伯母様には初めてお目にかかったが、迫力満点でまさに女傑って感じだな。それに若い頃はさぞやお美しかったろう。いや、今でも充分にお美しいが」

そう言いながら鏑木は、姫野の横顔を見た。軽くウエーブした髪、白い肌、長い睫毛《まつげ》、すっと通った鼻筋。女性的と言っていい顔で、明らかに伯母の妙子とよく似ている。

「僕の父の、姉なんです」

姫野はハンドルを握ったまま、普段と変わらない口調で説明した。

「僕のお祖父《じい》さんは吉祥寺で不動産業を営んでたんです。子供は二人、伯母と父でした。お祖父さんが亡くなった時、本来なら息子の父が会社を継がなきゃいけなかったんですが、母と駆け落ちしちゃいまして——。母との結婚を、お祖父さんにどうしても許してもらえなかったんです」

「それで、伯母様が——ヒメの父上の姉上が、会社を継がれたのか」

初めて聞く話だった。姫野は頷《うなず》いて続けた。

「本当は伯母さん、フランスに留学して絵の勉強をしたかったらしいんです。でも、僕の父が逐電しちゃったせいで、その夢は捨てざるを得ませんでした。二十代後半で社長になって、苦労を重ねながら必死に会社を切り盛りしているうちに、今まで独身のまま来ちゃったって訳です」

そして、姫野が子供の頃に両親が亡くなり、姫野は伯母さんに引き取られた、そこまでは鏑木も聞いていた。だが、姫野の両親が亡くなった経緯《いきさつ》については何も聞いていない。両親が駆け落ち婚だったという話も、今初めて聞いた。

姫野が子供の頃、一体何があったのか——。姫野が話したくなったら話すだろうし、話したくなければ話さないだろう。そう考えて鏑木は自分から尋ねることはしていない。

ただ、姫野の父親が警備会社に勤めていたことは、何かの折に聞いたような気がする。

「そう言えば、カンジって言ったっけ？　あの黒くて小《ち》っちゃくて鼻ペチャのワンちゃん」

鏑木は、さりげなく話題を変えた。

「大好きなお前が出かけるのを邪魔しようとして、わざと玄関マットにお漏らしをするなんて、全く可愛いというか健気《けなげ》というか、いじらしいじゃないか。それにこれは、自分の行動に対する結果をちゃんと予測してるってことだろう？　頭のいい子だ。きっとヒメに似たんだな」

「どうなんでしょうねえ。考えてやってるのかどうか。あいつ小心者ですから、単に僕が出かけるので心細くなって、つい漏らしちゃってるだけのような気も。——それより、鏑木さん」

ダッシュボードの中央にあるカーナビの液晶画面を、姫野はちらりと見た。

「教えて頂いた目的地の住所を入力しましたけど、檜原村《ひのはらむら》って東京都なんですよね。都内に島嶼部《とうしょ》以外で『村』があるってこと、すっかり忘れていましたよ」

そう言ったあと、姫野は急にいぶかしげな表情になってカーナビを見た。

「あれ？　ここって――」

「どうかしたか？　ヒメ」

鏑木の声に、姫野は曖昧《あいまい》に首を振った。

「いえ、何でもありません。それより鏑木さん」

姫野はあらためて、助手席の鏑木に視線を移した。

「こんな辺鄙《へんぴ》な山の中にある村で、一体どんな事件《ヤマ》が起きたっていうんです？」

鏑木が急に真面目な表情になった。

「今朝六時半、所轄の五日市《いつかいち》署から緊急の捜査協力要請が入った。できればお前は休ませてやりたかったんだが、話を聞いたら、どうにも訳のわからないヤマなもんでな。お前の力が必要だと思った」

お前の力が必要だ――。

そう言われて姫野は、溜《た》まっていた疲れが一気に吹き飛び、気怠《けだる》かった身体がみるみる賦活《ふかつ》していくのを感じた。

「ありがとうございます、鏑木さん」

姫野も真面目な表情になった。

「一課《ウチ》に話が持ち込まれるからには、殺人事件《コロシ》なんですよね？」

しばし間を置いて、鏑木は慎重に答えた。

「コロシ、だと思う」

「だと思う、ですか？　じゃあ、自殺や事故の可能性もあるんですか？」

姫野がいぶかしげに聞き返すと、鏑木は首を横に振った。

「いや。現場《げんじょう》の状況を聞く限り、自殺や事故ではありえない。それでは、あんな死体にはならないだろうからな。でもコロシだとしても、あんな死体にする理由が全くわからないんだ。現場は保存してあるそうだから、着いたら自分の目で見てみようじゃないか」

「あんな死体、って――」

ごくり、と姫野が生唾《なまつば》を呑《の》んだ。

「一体、どんな死体なんです？　まさか、身体の一部が持ち去られているとか、腹が裂かれているとかじゃないですよね？」

「飛んでいるんだ」

「何ですって？」

姫野は思わず聞き返した。

死体が飛んでいる――鏑木がそう言ったような気がした。だが、聞き間違いに決まっている。まさか、そんなことがあるはずがないからだ。

しかし鏑木は、何事かをじっと考えながら、こう繰り返した。

「空中を飛んでいるんだよ、死体が」

サイロとは牧場に見られる構造物で、牛などの家畜の飼料作物を貯蔵して発酵飼料《サイレージ》を作るための倉庫である。一般に最もよく知られているのは、地上に建てられた円筒形の建物で、これは「塔型《タワー》サイロ」と呼ばれている。

かつては、ほとんどの牧場に、高さ数メートルから十数メートルもある塔型サイロが建てられ、その牧場のシンボルとなっていた。しかし近年は、管理の容易な水平型サイロ、地下型サイロが主流となり、塔型サイロは撤去されるか、残っていても歴史の面影を留《とど》める観光施設になっているケースが多い。

ここ、東京都檜原村の山中に、現在は使用されていない塔型サイロがあった。高さ約七メートル、円筒の外径約三メートル。ドームのような赤い屋根、赤い素焼き煉瓦《れんが》を断熱効果のある小端《こば》フランス積みにした壁。建造されたのは、建材がコンクリート製やスチール製に移行する前、即《すなわ》ち一九四〇～六〇年代と推測された。

サイロが残っていることからわかるように、昔ここは牧場だった。東京都内でも数少ない酪農牧場で、ジャージー種やヘレフォード種の乳牛と山羊《やぎ》を飼育して、牛乳や山羊乳、バターやチーズやヨーグルトといった乳製品を生産していた。だが二十年ほど前に廃業して以来、この土地は買い手が付かないまま放置され、畜舎もサイロも深い草の中に埋もれてしまっていた。

「それ」を最初に発見したのは、一人のアマチュア写真家だった。

彼は自称「廃墟《はいきょ》写真家」で、日本中の廃屋や廃施設ばかりを好んで撮影していたのだが、檜原村の山奥に廃棄された牧場があることを知り、はるばる神奈川県の小田原からやってきたのだった。

　明け方の五時半頃、バスが通る国道沿いの駐車場に車を駐《と》め、舗装の跡がところどころに残る細い砂利道に入り、撮影用機材を携えて歩くこと約一時間。ようやく廃牧場にやってきた彼は、野草や灌木《かんぼく》が一面に生い茂るその向こうに、赤い屋根の塔型サイロが建っているのを見つけた。

　早速、数カットを撮影すると、もっと近くから撮りたくなった。彼はデジタル一眼カメラを片手に持ち、換えレンズの詰まった重いカメラバッグを肩に掛けた。そして、腰まで伸びたススキやセイタカアワダチソウをかき分け、途中にあった木製のフェンスをくぐり抜けて、彼はサイロに到着した。

　煉瓦造りのサイロの最下部には、木製の扉があった。貯蔵した飼料をかき出すためのものだ。扉には外から南京錠が掛けられていた。上部に厚いガラスのはまった小さな横長の覗《のぞ》き窓《まど》があったので、彼はそこからサイロの内部を覗き込んだが、ガラスが汚れていてよく見えなかった。

　サイロを外からひと通り撮影した後、どうしても内部を撮影したくなった彼は、持参の手斧《ておの》を使って、ドアにどうにか通れるくらいの大きさの穴を開け、こっそりサイロの中に忍び込んだ。

　サイロの中はぼんやりと明るかった。もちろん照明などないし電気も引かれていないのだが、円柱状の壁に地上から数メートルずつの間隔で、向かい合わせに二対の小さな窓が設けてあったからだ。サイロにはこのように小窓があるが、これには飼料が乳酸発酵する過程で発生するガスを逃し、窒息事故を防ぐという意味があった。

屋根が壊れていないせいだろう、雨が降り込んだ様子もなく、サイロの中は適度に乾燥していた。床にはまだ乾燥したイネ科の植物が堆積《たいせき》していて、藁《わら》のような匂いを発していた。この乾いた飼料の残りと、構造全体に使用された素焼きの煉瓦、それに通気を考慮した設計が、内部の湿度を一定に保っているのだろう。

上部にある両側二対の小窓から、サイロの内部に柔らかな光が差していた。その降り注ぐ光に誘われるように、彼は持っていたカメラを構え、ゆっくりと天井に向けた。

そして彼は、愛用の沈胴式ズームレンズの中に、「それ」を発見したのだ。


「なんだ、これは――」

鏑木鉄生が、頭上を見上げながら呆然《ぼうぜん》と呟《つぶや》いた。

「こ、こんな――」

姫野広海が口を開け、両目を見開いたまま、顔をゆっくりと左右に振った。

赤い素焼き煉瓦で造られた、円柱状の塔型サイロの中。二人はその底から上を見上げていた。丸く湾曲した赤い壁が、七メートル上の天井まで続いている。その途中、地上三メートルと五メートルに、向かい合わせになった二対の小さな窓があり、そこから朝の光が二筋の帯となって、ぼうっと差し込んでいる。

そして、上のほうの小窓から差し込む光の帯が、地上三メートルほどの高さに、異様なものの姿を浮かび上がらせていた。それは、ここにあるはずのないものであり、また絶対にここにあってはならないものだった。

それは空中を飛んでいる、女性の死体だった。

「死体が空を飛んでいる」という表現は、もちろん正確ではない。人間の死体が空を飛ぶはずがないし、もし生きていたとしても、人間が空を飛べるはずがないからだ。しかしその死体が、空を飛んでいるとしか言いようのない状態であることも、また事実だった。

白いシャツの袖《そで》を肘《ひじ》までまくり上げ、下に黒いTシャツ、それに細身のブルージーンズ。両足は、素足に明るい茶色のデッキシューズ。体形から見て若い女性と思《おぼ》しき死体は、頭を上にして直立した姿勢で、空中に静止していた。

髪型は前髪を切り揃えた、日本人形のようなボブ。短いクレオパトラ型と言うべきか、あるいは昔の言葉では禿《かむろ》というのか。漆黒のおかっぱの髪が、軽く反り返った背中の上で、小窓から入るわずかな風に揺れている。

両腕は、胴体の両側にゆったりと下げられている。両掌《てのひら》は前方に向けられ、等間隔に広がった指は、空気を掴《つか》むかのようにゆるやかに曲げられている。両脚はつま先まで真っ直ぐに伸びた状態で閉じられ、踵《かかと》のあたりで右足を前に交差している。

そして死体の顔は、両目を半眼に開き、唇を大きく開け、顎《あご》を持ち上げるようにして、真っ直ぐに真上を向いていた。

この、空に向かって舞い上がろうとしているような姿勢のせいだろう。鏑木には、この女性がサイロの天井を見ているようには思えなかった。その天井の向こうに広がる空、本来自分がいるべき、どこまでも広がる青い空を見ているようにしか思えなかった。籠《かご》の鳥が広い空を恋しがるように、狭い煉瓦の塔に閉じ込められた運命を悲しみながら、大空に想いを馳《は》せている――そんな想像をしてしまったのだ。

「こういうことを言っちゃあ、なんねえんだろうが――」

鏑木と姫野の背後から、男の声がした。

乾いた飼料を踏む、さくさくという足音が近づいてきた。細い体に濃い茶色のスーツを着ている。くるぶしが見えるくらいの短いスラックス、黒い合皮の靴。さらに靴の上には、現場を荒らさないよう透明なビニール製のシューズカバーを履いている。鏑木と同期入庁で捜査第一課の同僚、正木《まさき》正也《まさや》警部補だ。

「なんちゅうかよ、こんなに、美しい姿のホトケさんは初めてだぜ」

眩《まぶ》しそうに死体を見上げながら、正木は小声で呟いた。鏑木も思わず正木の視線を追い、そして無意識に小さく何度も頷《うなず》いた。

生きている人間が差別されてはならないのと同じく、死んだ人間もまた差別されてはならない。死体がどんなに綺麗《きれい》な姿だろうと、目を背《そむ》けたくなるほど悲惨な状態だろうと、殺された人の無念には変わりはない。そして、殺した犯人の罪の深さにも、ほんの少しの違いもない。

だが正木の言う通り、光の帯を受けて空を飛んでいるようにしか見えない死体は、美しいと形容したくなるほどに幻想的な姿だった。

もちろん、その死体が空中に静止しているのは魔法でも何でもない。サイロの壁、地上三メートルほどの高さに、向かい合わせに二つの小窓がある。上下二対あるうちの、下にあるほうの小窓だ。その二つの小窓に、直径五センチ、長さ三メートル弱の鉄パイプが、まるで物干し竿《ざお》のように通されていた。

そして死体は、その鉄パイプに鳩尾《みぞおち》のあたりを貫かれ、まるで百舌《もず》の速贄《はやにえ》のように空中に固定されていた。人間の重心は骨盤内の仙骨の前あたりにあるという。鉄パイプは死体を空中に直立させるための、まさに絶妙な位置を貫通していた。

「カブ、身元はたぶんすぐ割れるぜ。床の飼料の下に学生証が落ちてた。このホトケさんの持ちもんだ」

正木は、手に持っていた透明なビニール袋を顔の横に持ち上げて見せた。中身は赤い革製のパスケースだった。

「ホトケさんのものだって、どうしてわかるんだ?」

鏑木が聞くと、正木は痛ましげな表情で、死体に向かって顎をしゃくった。

「サイロの外側に避難梯子《ばしご》みてえのが付いてたんで、それを登って脇の小窓からホトケさんの顔を覗いてみた。この学生証の写真とよく似てる。髪型もおんなじだ。今、面通しのために、家族と当時の同級生やら必修課目の先生やらを探してるがな」

鏑木はもう一度死体を見上げた。

死体は枯骸《こがい》化、つまり「ミイラ化」していた。

通常、人間の身体は死亡と同時に腐敗が始まり、数ヵ月で白骨化する。しかし稀《まれ》にいくつかの条件が重なると、腐敗を免れてミイラ化する場合がある。

それにしても、こんな死体は初めてだ――。

鏑木は、あらためて頭上に浮かんでいるものを眺めた。これまでに見たことのあるミイラ化死体は、どれもすっかり水分を失って、まるで鱈《たら》の干物のようになっていた。だがその女性の身体や手足にはまだ張りがあり、驚くべきことに若い女性特有の頰の膨らみさえも残っている。この理由については、監察医の検視を待つしかない。

正木が手帳を取り出して読み始めた。

「ええ、学生証の名前は、日向咲。宮崎県の日向《ひゅうが》市と同じ字を書いてひなた、花が咲くのさくという字でえみ。死亡当時十九歳、私立公英大学文学部の一年生。発行日は一九九八年四月一日。今から十六年前だな」

開いた手帳を見ながら、正木が説明した。

「ひなた、えみ――？」

それまで無言で死体を見上げていた姫野が、囁《ささや》くような声を上げ、ゆっくりと正木を見た。だが、鏑木と正木の耳には届いていないようだった。

鏑木が沈痛な面持ちで呟いた。

「まだ二十歳前だったのか。これからたくさん、やりたいこともあったろうにな」

「許さねえ」

正木が歯の隙間から、軋《きし》むような声を漏らした。

「あの可哀相な姿を見てみろ。自殺や事故死のはずがねえ、間違いなくコロシだ。鉄パイプで刺し殺して吊《つ》るしやがったか、殺した後で鉄パイプを突き刺して吊るしやがったかはわかんねえが、どっちにしたってこんな残酷な仕打ちは絶対に許せねえ」

「何だって犯人《ホシ》は、こんなことをやったんだろう？」

鏑木が眉《まゆ》をひそめると、正木が吐き捨てた。

「知るか！　頭のいかれた奴の考えることなんかわかるかよ」

頭のいかれた奴、か――。

確かにそう考えるのが一番まともな考え方だろう。鏑木にしても、死体を串刺《くしざ》しにして空中に吊るす理由など、思いつくはずもなかった。

だが鏑木はさっきから、何か大事なことを見落としているような気がしていた。それが何かはわからなかったが、このサイロの中に入って以来、喉《のど》に刺さった魚の小骨のように、釈然としない思いがずっと頭の片隅に引っ掛かっていたのだ。

「正木、一応、順を追って確認したいんだがな」

鏑木は遠慮がちに聞いた。正木は、また始まったという顔で溜《た》め息《いき》をつくと、早くも諦《あきら》めたように両手を軽く上げた。

「へいへい、どうぞ。何でも聞いて下さいよ」

「第一発見者は、アマチュアのカメラマンだって？」

「ああ。自分で廃墟《はいきょ》写真家とか言ってやがったな。要するにカメラおたく野郎だ」

「その写真家は、今回初めてこの廃牧場にやって来たんだな？」

「そう言ってたな。来るんじゃなかった、って半ベソだったぜ」

「彼がこのサイロに来た時、ドアには外から鍵《かぎ》が掛かってたんだよな？」

「ああ。外から南京錠が掛かっていたし、内側にもカンヌキが掛かってた」

正木は腕組みしながら、憮然《ぶぜん》とした表情で背後のドアを見やった。

「――内側に、カンヌキ？」

鏑木は慌てて、大きな穴の開いたドアに歩み寄り、その前にしゃがみこんだ。確かにドアと壁の間には、今も黒い鉄製の棒と受け具を使ったカンヌキが掛けられていた。

鏑木は下唇を噛《か》んだ。自分もさっき、ドアに開けられた穴をくぐってサイロに入ったのだが、死体の異様さに気を取られて、ドアを観察するのを忘れていた。サイロを内側から施錠する必要があるとは思えないから、おそらくこのカンヌキは、風が強い日などに、ドアが開かないように仮止めするためのものだろう。

しゃがんでいる鏑木の背中に向かって、正木は続けた。

「おうよ。あのカメラおたく野郎、持ってきた手斧《ておの》でドアの真ん中をぶち破って、てめえが通れるだけの穴を開けて入ったんだとさ。手斧は廃墟マニアにゃ必需品なんだそうだ。本来なら立派な住居等侵入罪、それに器物損壊罪だ。あとでみっちりお灸《きゅう》を据えてやる」

そう言うと正木は、左 掌《てのひら》を右手の拳《こぶし》でぱんと叩《たた》いた。

「なあ正木。ホトケさんの状況からすると、ええと――」

鏑木は立ち上がると、正木に歩み寄りながら、困ったように頭を掻《か》いた。

「ホシは、ホトケさんを空中に吊るしてから、サイロを出たんだよな？」

「ああ、そうだろうな」

「それがよくわかんないんだ。一体どうやってドアにカンヌキを掛けて、どうやってドアを出て――」

ついに正木が、しびれを切らした。

「ごちゃごちゃうるせえなあ、もう！　相変わらず小《ち》っちぇえことにうるせえ野郎だ。いいかカブ、耳の穴かっぽじってよっく聞いてろ！」

心底面倒臭そうな顔で、正木は喋《しゃべ》り始めた。

「いいか。ホシがガイシャをどこで殺《あや》めたかはまだわかんねえ。鉄パイプを突き刺したのが生きてるうちか死んだあとかもまだわかんねえ。だがよ、たぶんホシはここで、こうホトケさんを地面に置いて、たぶんこう——いや違うな、こうか。こうやって、先の尖《とが》った鉄パイプを突き刺した」

　正木の説明は徐々に熱を帯び、犯人の動きを実際に自分の身体で再現し始めた。

「で、脚立《きゃたつ》かなんかを使って、こうやってホトケさんを持ち上げると、鉄パイプの両端を窓に引っ掛けて、よっこいしょと空中に吊るした。それからとんとんと脚立を下りて、ぱたんと畳んで、ほいっと持ち上げて、ドアをすいっと開けて、つーっと外に出て、ドアをばたんと閉めて、最後に南京錠をがちゃりと掛けたんだよ。——わかったか？」

「じゃあ、ホシはいつ、ドアの内側にカンヌキを掛けたんだ？」

「え？」

　鏑木の言葉に、正木は一瞬絶句した。それから、何事かをぶつぶつ呟《つぶや》きながらドアと死体を交互に指で指し、腕組みすると不思議そうな顔で首を捻《ひね》り、そしてようやく、にっこりと笑いながら答えた。

「いや、すまねえ！　俺としたことがうっかりしちまった。ホシは外に出る前に、内側からドアにカンヌキを掛けたんだよ。ほんで、ドアを開けて外へ——あれ？」

「内側にカンヌキを掛けたあとじゃ、ドアから出られないだろう」

「そ、そうだよな。出られねえよな。——うるせえ！　そんなことは俺だってわかってんだよ！　ええと、まずドアにカンヌキをかけてだな、それからカンヌキを外して、またカンヌキをかけて——ああもう！　わかんなくなったじゃねえか！——あ！　そうだ、わかった！」

正木は大きく頷《うなず》くと、壁の上部のあちこちをつつくように指差した。

「ほれ、壁のあっちゃこっちゃに小窓があんだろ。ホシはあのどれかから外に出たんじゃねえか？」

「小窓は全部で四つあるが、どれも一辺が二十センチほどの正方形だ。頭を突っ込むのがせいぜいで、とても人が出入りできる大きさじゃない」

鏑木の言葉に、正木は大きく目を見開き、口をあんぐりと開けた。

「じゃ、じゃあよ、カブ――。ホシは一体、どっから外に出やがったんでえ？」

鏑木が視線を上に移し、天井を指差した。

「天井に、人が出入りできる大きさの天窓があるようだな」

正木もつられて天井を見た。確かに尖塔《せんとう》状の屋根には、ガラスの入った天窓が斜めに設けられていた。

塔型サイロには必ず天窓がある。この天窓に外から長い管を通し、刈り取った牧草をブロアーで吹き入れ、サイロの中に堆積《たいせき》させて貯蔵するのだ。そうしないと、高さ七メートルのサイロは有効に利用できない。

「だが、ここから見る限り、外側からあの天窓全体に釘《くぎ》で板が打ち付けてあるようだ。だとしたら、中にいる人間があの天窓から外に出ることはできない」

正木がほっとしたように口を開いた。

「じゃあホシは、内側からカンヌキを掛けたあとで、縄梯子《なわばしご》かなんかを使ってあの天窓から外に出て、外から天窓全体に板を打ち付けたんじゃねえか？　それから出入口に行って、外から南京錠を掛けたんだ」

「何のために？」

「え？」

「何のために、ホシはそんな面倒臭いことをしたんだ？」

「な、何のためにって――。そりゃあ、おめえ、あの――」

正木はまたもや言葉に詰まった。

困惑しているのは鏑木も同じだった。単にサイロから出るだけならば、カンヌキを掛けずにドアから外に出ればいい。仮に、他人にドアを開けられないように、ドアに内側からカンヌキを掛けて天窓から逃げたのだとしよう。だがそうなると、天窓を外から封鎖した理由がわからないのだ。

サイロの中の死体を、天窓から見られないようにするためだろうか？　いや、地上七メートルの屋根まで登って、天窓からサイロの中を覗《のぞ》く者がいるとも思えない。それに中を覗かれたくなければ、サイロの壁には四個の小窓が開いているから、これを塞《ふさ》ぐのが先決だろう。しかし四個の小窓には蓋《ふた》も目隠しもしてない。現に、正木がそこから中を覗いて死体を観察している。

いや、そもそも死体を隠したいのであれば、サイロの中に吊るしたりしないで、そこらの山中に運んでいき、穴を掘って埋めるなりしたほうがよかったのではないか？　なぜ犯人は、死体をわざわざサイロの中に宙吊《ちゅうづ》りにしたのだ？

その時、うわ言のような抑揚のない声が、サイロの中に響いた。

「飛んで、逃げないように、ですよ」

鏑木と正木は振り返って、声の主を見た。

姫野広海だった。

「天窓から、彼女が空を飛んで、逃げてしまわないように、ですよ」

姫野の様子がおかしかった。

鏑木は思わず正木を見た。正木もまた、狐につままれたような顔で鏑木を見ていた。

鏑木は、姫野に一歩近寄って声をかけた。

「ヒメ——？」

鏑木の声が聞こえていないかのように、姫野は空中に浮いている死体を見上げながら、ゆっくりと喋り続けた。

「彼女は、閉じ込められていたんですよ。このサイロに、籠《かご》の鳥のように——。彼女を閉じ込めた人間は、彼女が空中に舞い上がって、あの天窓から飛んで逃げてしまわないように、外から天窓に板を打ち付けたんです」

「お、おいヒメ。おめえ、何言ってんだよ？」

正木の言葉もまた、姫野の耳には届いていないようだった。

「そして、サイロの中を飛び回っている彼女を、誰かがサイロの外から、先の尖った鉄パイプで刺し殺し、そのまま鉄パイプを小窓に通して、彼女を宙吊りのまま置き去りにしたんです」

鏑木の背中を、ひやりと冷たいものが流れ落ちた。

死体の女性が、サイロの中を飛んでいた？

つまりあの女性は、空を飛べる人間だったというのか――？

鏑木は思わず頭を左右に振った。人間が空を飛ぶなど、そんなことがある訳がない。

だが、確かにそう仮定すれば、この異常な状況の全てに見事なまでに説明が付いてしまいそうな気がした。そう思った途端、鏑木の脳は勝手にフルスピードで回転を始めた。

犯人がサイロに閉じ込めたのは、空を飛ぶことができる女性だった。

だから天窓から飛んで逃げないように、犯人はドアと天窓を外から封鎖した。

犯人が女性を殺しにやってきた時、女性はドアの内側からカンヌキを掛けた。

女性はドアを壊された場合に備え、サイロ内の空中に舞い上がって逃げようとした。

そこで犯人は、空中に浮いている女性を、外から小窓越しに鉄パイプで刺し殺した。

そして、犯人は死体の刺さった鉄パイプを小窓に掛けて逃げた――。

そう、これならドアの内側からカンヌキが掛けられていたことにも、天窓が封鎖されていたことにも、全部綺麗《きれい》に説明がつく――。

――馬鹿な！

鏑木は、自分の考えを即座に全否定した。そんなことがある訳がない。人間が空を飛ぶなどという、そんな非常識なことがある訳がないのだ。

突然、立っていた姫野の身体が、ぐらりと後ろに傾いた。

「お、おい！ ヒ、ヒメ？」

正木が慌てて姫野に駆け寄ろうとした。それよりも一瞬早く、鏑木が倒れる姫野の身体を後ろから受け止めた。

「ヒメ！ おい、しっかりしろ！ どうしたんだ、ヒメ！」

背後から姫野を抱きかかえながら、鏑木は大声で叫んだ。だが、姫野は無言のまま、半開きの虚《うつ》ろな目で上を見ていた。

その視線の先には、空中で串刺《くしざ》しになった女性の死体があった。

「えみさん――」

姫野が呟いた。

「何だって？」

鏑木は慌てて、姫野の口に耳を近付けた。

えみさん――？ 今姫野が、確かにそう言ったような気がした。そうだとすれば、それは日向咲――目の前に浮かんでいる、死体となった女性の名ではないのか？

「えみさん、本当だったんだね。空を、飛べるって――」

空耳ではなかった。姫野は間違いなく、死んでいる女性の名を呼んだのだ。

「おい！　ヒメ？　お前まさか、あの女性を知ってるのか？」

「だ、誰か呼んでくらあ！」

正木があたふたとサイロを出ていった。

鏑木は激しく混乱しながらも、なおも姫野に呼びかけた。

「ヒメ！　空を飛べるってどういうことだ？　ヒメ！」

だが、姫野は何も答えずに目を閉じ、そのまま失神した。


「校長先生の挨拶《あいさつ》が長すぎたって訳じゃあるめえし。朝礼で倒れる女子生徒かよ」

正木が忌々《いまいま》しげに舌打ちした。

「ヒメの野郎、突然真っ青な顔でぶっ倒れやがって。ビックリするじゃねえか。全くよ——」

鏑木と正木は、サイロの前に立って、姫野が乗せられたパトカーを見送っていた。パトカーは国道まで出て救急車と合流し、姫野を救急車に乗せ換えて、最寄りの病院に搬送することになっている。

パトカーの後ろ姿を目で追いながら、鏑木が下唇を嚙《か》んだ。

「やっぱり、今日はヒメを呼ぶんじゃなかった。あいつは前のヤマで帳場が立っている間、俺たちが帰ったあとも毎日社に残って、その日の報告書を書いたり、翌日の捜査のための資料を作ったりしてた。かなり疲れが溜《た》まってたんだろう」

　すると正木が、ためらいがちに言った。

「おい、カブ、おめえも聞いたよな？　ヒメの野郎、えみさんって——」

「ああ」

　鏑木もまた、さっき姫野が言った言葉を頭の中で反芻《はんすう》していた。聞き違いなどではなかった。姫野は、あの死体の女性を知っているのだ。

「どういうこった、畜生！　訳がわかんねえや！」

　苛《いら》つく正木に、鏑木が言った。

「俺も何がなんだかわからない。とりあえず、姫野が目を覚ますのを待とう。たぶん過労だろうから、数日で話が聞けるようになると思うんだ」

　頷《うなず》きながら正木は、辛《つら》そうな顔で地面に視線を落とした。

「ここんとこ、ひでえヤマが続いたからな。いつもニコニコして、元気一杯の振りして走り回ってやがるから、こっちにゃあ疲れてんのがわかんねえってんだよ。あの馬鹿野郎！」

　正木は腹立ちまぎれに、地面から伸びている何かを蹴飛《けと》ばした。

　白いものが、ふわっと空中に広がった。いくつもの小さな白い綿毛が、鏑木と正木の周りに舞い上がり、そのまま空に向かってゆっくりと飛んでいく。

　鏑木は思わず右手を伸ばし、その宙を舞っている白いものの一つを摑《つか》んだ。そしてゆっくりと掌《てのひら》を広げ、中を覗き込んだ。

「タンポポ――？」

それはタンポポの綿毛だった。


今まで気が付かなかったが、サイロの周囲の地面には一面にタンポポが生えていた。ロゼット葉《よう》――薔薇《ばら》の花のように放射状に広がる葉の中央から、皆一斉に首を伸ばし、あるいは小さく可憐《かれん》な黄色い花を咲かせ、あるいは球状になった白い冠毛を揺らしていた。

風がさあっと吹き、鏑木の右掌の上にあった綿毛をさらった。その綿毛は、宙を舞っている無数の綿毛の中に溶け込み、すぐに区別が付かなくなった。無数の白い綿毛は風に乗って、競い合うように上昇を始めた。やがて綿毛の群れは、青い空に吸い込まれるように消えていった。

その様子を鏑木は、無言のまま見つめていた。

空中を舞い踊る、無数の白いタンポポの綿毛――。それはなぜか美しいというよりも、何か不穏なものを鏑木に感じさせた。

04　一九九八年三月　タンポポの会

今から十六年前、一九九八年三月二十七日、金曜日——。

「そうか！　まだサークル名の謂《いわ》れを話してなかったかあ」

野臥正が頭を掻《か》いた。

「タンポポはね、自然の象徴なんだ。タンポポの花がどこでも見られるような、美しい自然がいつまでも残る社会であってほしい。この名前には、そういう思いが込められているんだ」

あたしに顔を近付けるように身を乗り出して、野臥正は熱っぽく喋《しゃべ》った。

「それにタンポポの綿毛って、風に乗ってうんと遠くへ、しかもいろんな所へ飛んでいくだろう？　そんなふうに僕たちの活動も遠くへ広がっていって、いろんな所に根付いて、花を咲かせて欲しい。そう願ってこのサークルを『タンポポの会』と名付けたんだよ」

三月二十七日、午後四時——。

野臥と初めて会った翌々日、あたしは大学の近くにある、小さな喫茶店の二階にいた。今日はあたしが入会したエコ活動サークル「タンポポの会」の、月に一度の活動報告会の日だ。

あたしはまだ会長の野臥に、正式に入会するという返事をしていなかった。心の中ではほとんど入会の意志を固めていたのだが、いろいろと必要な準備があったからだ。しかしそれも、なんとか上手《うま》く段取りが付きつつあった。

窓際の、西日の当たる四人掛けのテーブルには、あたしと「タンポポの会」会長の野臥正、それに二人の男子大学生が座っていた。一人は、副会長の河堀哲二《かわほりてつじ》、もう一人は会員の天野亘《あまのわたる》。この三人で「タンポポの会」のメンバーは全部だ。

野臥、河堀、天野の前にはコーヒー、あたしの前にはカフェオレが置かれていた。あたしは小さい頃から牛乳が大好きで、本当はホットミルクを飲みたかったのだけれど、大学生にもなって恥ずかしいという気持ちがして、カフェオレにしたのだ。

そのカフェオレを一口飲むと、あたしは大きく頷いた。

「すごくいい名前だと思います。自然を大切にする気持ちと、運動を広げていこうという気持ち、その両方が表現されていて」

野臥、河堀、天野の三人は満足そうに顔を見合わせた。

「タンポポの会」の主な活動は、三つだった。

まず一つは、「紙パック運動」。牛乳を入れて売っているパックを回収して、古紙としてリサイクルを進める運動だ。紙の生産には大量の森林資源の消費が伴う。だから紙の浪費は自然破壊を招くとともに、二酸化炭素を吸収して酸素を吐き出してくれる樹木を減少させることになる。それを少しでも食い止めたいのだ。

二つ目が「ライフバッグ運動」。スーパーやコンビニで買い物をすると、ポリエチレン製のレジ袋に商品を入れてくれるが、これは貴重な石油を使った製品だ。使用後は燃えるゴミとして出すしかなく、資源の浪費であるとともに二酸化炭素も放出する。また、ゴミの量も増えるし、自然に分解されないため海や河川の汚染の一因にもなっている。「ライフバッグ運動」とは、繰り返し利用できる布製や化繊のバッグを持ち歩き、レジ袋の受け取りを辞退しようという運動だ。消費者に訴えていくのと同時に、レジ袋を配布している小売店にも、使用を減らすための有料化を呼びかけていくのだ。

そして三つ目が「ハッピーキャップ運動」。ペットボトルのキャップは、本体とは別の素材でできている。そのせいでリサイクルに手間がかかるため、現在は焼却処分されているという。このままだと折角の資源が無駄になるし、燃える時に二酸化炭素を放出するから、地球温暖化を進めてしまうことにもなる。

そこで、このキャップだけを集めて、本体とは別にリサイクルする運動を始めることにした。そうすれば二酸化炭素の発生も抑えられるし、資源の節約にもなるし、リサイクル業者へキャップを売ったお金で、アフリカの貧しい子供たちにワクチンを贈ってあげることができるのだ。

あたしは「タンポポの会」の考えに強く共感した。特に「ハッピーキャップ運動」の素晴らしさに心から感動した。まさに一石三鳥ではないだろうか？　同時に、これまでそんなことも考えずにゴミを出してきた自分について、深く反省した。

他に何か質問は？　と聞いた野臥に、あたしは遠慮がちに聞いた。

「あの、アフリカの子供たちに贈るワクチンって、何のワクチンなんですか？　ワクチンっていってもいろいろありますよね？」

「ええと──確か、ポリオだっけ？」

野臥が河堀を見ると、河堀が代わりに答えた。

「そう。ポリオ、つまり小児まひだよ。日本では一九八〇年以来野生株による発症は確認されていないけれど、アフリカでは大勢の子供たちがポリオで亡くなったり、体の機能を奪われたりしているんだ」

「そうなんですね。細かいこと聞いてすみません。どういう貢献ができるのかってこと、知っときたかったんです」

あたしはさらに、もう一つ質問した。

「あの、会員は皆さん三人で全員ですよね？　つまり、あたしが入ったとしても、全部で四人なんですか？」

あたしはたくさんキャップを集めて、アフリカの子供たちにたくさんポリオワクチンを贈りたい。でも、たった四人でキャップを集めても、たくさん集めることはなかなか難しいんじゃないだろうか——。そんな心配が頭をよぎったのだ。

するど、副会長の河堀が笑いながら説明した。

「実は、僕たちみたいなエコ活動サークルは、他の大学にもあってね。それを束ねる組織があって、お互いに連携して活動を行っているんだ。だから、僕たちが少人数だから何もできないってことじゃないんだよ」

河堀によると、その組織の名前は「持続可能性研究会」、略して「持可研《じかけん》」というのだそうだ。人間が文明を持続していけるように、環境問題やエネルギー問題を克服していこう、ということを研究する組織らしい。その中の「大学サークル会」には、いくつもの異なる大学のサークルが参加しているという。

あたしは納得し、安心した。「紙パック運動」「ライフバッグ運動」「ハッピーキャップ運動」のような有意義な社会活動は、たぶん日本中に広めていくことが大事なのだ。各大学のサークルをまとめる組織があるのならば、きっと大掛かりな活動ができるにちがいない。

「どうもありがとうございました。よくわかりました」

「じゃあ、日向咲《ひなたえみ》さん、正式に入会ということでいいんだね？」

河堀が確認するように言った。

あたしはまだ迷っていた。アルバイトしながら大学に通うだけでも大変なのに、この上サークル活動なんてできるんだろうか？

でも、すでに気持ちは入会に大きく傾いていた。奨学金をもらって助成金を借りているあたしにも、社会の役に立つことができるんだ——その喜びは、何物にも代え難いと思えた。本当は、ただ野臥と一緒にいたいだけかもしれなかったけれど。

「はい、よろしくお願いします」

あたしは三人に向かって頭を下げた。何か方法を考えればいい。きっと何かいい方法が見つかるだろう。あたしはそう踏ん切りを付けたのだ。

「やったあ！　わが弱小サークルもこれでやっと四人になったよ。それに新入生が入ってくれたから、僕も一番下っ端から卒業だ！」

天野も嬉《うれ》しそうに声を上げた。

すると、野臥が悪戯《いたずら》っぽい表情でみんなを見回した。

「じゃあ、正式に会員になったところで、なるべく早いうちに咲を、例の場所に連れってあげようかと思うんだけど。いいかな？」

咲、といきなり名前が呼び捨てになって驚いたが、同時にあたしは嬉しかった。そんな風に親しげに呼ばれたのは初めてだったからだ。

「構わないんじゃないの？　もう正式会員なんだし」

河堀が天野を見た。

「もちろんでしょう！　仲間なんだから！」

天野も野臥に向かって大きく頷《うなず》いた。

「じゃあ、どうせ日曜日に荷物を運びこむ予定だったから、僕が車で案内するよ。咲が住んでいるのは国立《くにたち》だったね？　ちょうどいい、通り道だ」

野臥はそう言うと、あたしに向かって微笑んだ。

例の場所？　一体それはどこだろう？　あたしはまた、自分の胸がときめき始めるのを覚えた。

ああ――。大学入学が決まってから、まだ一ヵ月しかたってないというのに、私の胸は一体、何度ときめいたらいいのだろうか――。


次の日曜日、三月二十九日の午前十一時――。

あたしは野臥正が運転する車の助手席にいた。あたしは車には詳しくないが、なんでもパンダという名前のイタリア車らしかった。この小さな赤い車は、道路にちょっとでも凹凸《おうとつ》や轍《わだち》があると、ばたんばたんと上下左右に揺れた。でも、その拍子に身体が運転席の野臥のほうに傾き、あわてて踏ん張って姿勢を戻すことも、あたしは嬉しかった。

「野臥さんって、大学では何を勉強してるんですか？」

目的地へ向かって走る車の中で、あたしは野臥に聞いた。二人きりの車内で沈黙が続くのが怖かったし、野臥のことをもっと知りたいとも思った。

野臥が楽しそうに答えた。

「僕が大学で研究しているのはね、『ベルヌーイの定理』なんだ」

「べ、ベルヌーイ、ですか?」

「流体力学におけるエネルギー保存の法則なんだけどね、ええと、つまり——。要するに『サイフォン現象』のもとになる理論のことだよ」

野臥はサイフォン現象について、丁寧に説明してくれた。

高い場所にあるコップの水を、低い場所に置いた空のコップまで、ビニール管で移すとする。この時、ビニール管の管内が水で満たされていれば、水はビニール管の中を勝手に上昇し、コップの縁を乗り越えて、下のコップへと自動的に流れ続ける——こんな不思議な現象らしい。

「この現象は今まで、大気圧によるものだと理解されて来たんだけど、僕はそうじゃなくって、重力によるものじゃないかと考えているんだ。サイフォン現象が重力によるものだと証明できれば、おそらく世界中の辞書や百科事典を書き換えることになる。そうなったら面白いと思わないかい?」

野臥はいかにも嬉しそうな顔で、あたしを見た。

辞書や百科事典を、書き換える——? そんなすごいことができるなんて。あたしには野臥が今まで以上に、さらに一段と輝いて見えた。

お昼になって、ようやく車は目的地に到着した。

そこは、東京の外れにある小さな牧場だった。広い緑の野原に、薄茶色い牛が何頭ものんびりと草を食《は》んでいて、時折長い長い鳴き声を上げていた。牧場の一番奥には谷川が流れており、その谷沿いに赤い屋根の可愛らしいサイロが建っていた。

木製の柵《さく》の前で、あたしは右側に立つ野臥に聞いた。

「野臥さん。もしかして、ここが――？」

「そう。僕たちの『ユートピア』になる場所だ。初めて会った時に言ったよね？」

牧場を眺めながら、野臥は満足そうに頷くと、ここに至る経緯を説明した。

奥多摩《おくたま》に出かけた帰り道、たまたまこの牧場を見つけたので、働いているお年寄りに話を聞いてみた。するとここは老夫婦が二人でやっている牧場で、跡継ぎもいないからそろそろ廃業しようかと思っていると言った。そこで「持可研」にも相談すると、ここをエコ活動の基地として、みんなで運営しようじゃないかということになった――。

「とりあえずはアルバイトという形で、牛も飼料も道具も設備も、全部そのまま使わせてもらうことになったんだ。そして牧場運営のノウハウを覚えたあと、ハッピーキャップ運動などでお金が貯まったら、いつか借地権を買い取って、本格的に牧場を経営するんだ。どうだい？　すごいだろう？」

「本当にすごいです！」

興奮で顔を上気させながら、あたしは何度も頷いた。

「それに、ほら、見てごらん？」

野臥は足もとの地面に視線を落とした。あたしはようやく自分の足もとにあるものに気が付いて、思わず大きな歓声を上げた。

「タンポポ！　こんなにたくさん！」

牧草が生い茂る柵の中を覗《のぞ》くと、牧場には無数のタンポポが自生していて、可憐《かれん》な黄色い花を咲かせていた。

なんて素晴らしい所なんだろう――。

あたしはもう何度目だろうか、胸が激しく高鳴るのを感じた。子供の頃から「空を飛ぶ娘」の民話を読んで憧《あこが》れていた、あの自給自足の村、「しあわせの村」。数えきれないほどのタンポポに囲まれた暮らしが、もうすぐ目の前にあった。全く、このままじゃ心臓が保《も》たないかもしれない――あたしはそう考えていた。

ふと、野臥が腰をかがめて地面に右手を伸ばした。そして、タンポポの群れの中に一本だけあった、花弁と萼《がく》が大きく反り返った花の株を摑むと、いきなり根っこからぐいと引き抜いた。それはあたしには、野臥らしからぬ乱暴な行為に思えた。

「そのタンポポ、どうして――？」

思わず聞くと、野臥はあたしを見てにっこりと笑った。

「これは、タンポポじゃない。セイヨウタンポポだ。こういう外来種は、日本固有の純血種に混じらないように、見つけたら駆除しなくちゃならないんだよ」

そう言うと野臥はタンポポを握《にぎ》り潰《つぶ》すと、地面にゴミのように投げ捨て、さらに靴の裏でぐちゃぐちゃになるまで踏《ふ》みにじった。

野臥がセイヨウタンポポを踏み潰すのを見ながら、あたしはふと、疑問を覚えた。他所者《よそもの》のタンポポは、ここに生えていてはならないのだろうか？　認められた種だけが良いタンポポで、他のタンポポは悪いタンポポなのだろうか？　どちらもタンポポであることに変わりないのに――。

「どうしたの？」

野臥に声をかけられて、あたしは顔を上げた。

「いえ！　何でもありません」

あたしはあわてて笑って見せた。すると野臥も、ほっとしたように笑顔を見せた。

「良かった！　どこか具合でも悪くなったのかと思って心配したよ。ほら、咲は小さい頃、身体が弱かったって、さっき車の中で聞いたからさ」

その途端、あたしは自分が間違っていたことを思い知らされて恥ずかしくなった。野臥は、本当に優しい人だった。こんないい人のやることに疑問を持つなんて――。

「ねえ、咲」

改まった口調で言うと、野臥はあたしの正面に立った。

「は、はい？」

戸惑うあたしに、野臥は真面目な顔で続けた。

「いよいよ三日後は入学式だよね？　だからあの、大学入学と『たんぽぽの会』への入会を記念して、僕から咲に何かお祝いの品を贈りたいんだ。例えば、咲がいつも身に付けてくれるものとか、そんなものがいいんだけど」

あたしはびっくりして、胸の前で両手を激しく横に振った。

「そんな！　何もいらないですから。これからいろいろ教えてもらえるだけで」

すると野臥は、悲しそうに聞いた。

「迷惑かい？」

「い、いえ。迷惑だなんて。ただ、そんなことして頂く理由が」

「あの日、キャンパスで初めて咲を見た時、思ったんだ」

野臥は真剣な表情で、あたしの目をじっと見つめた。

「こんな人が世の中にいるんだなって。穢《けがれ》がなくて、明るくて、可愛らしくて、まるで野原に咲いているタンポポみたいな人が。そしてわかったんだ。ああ、僕はずっとこの人を探していたんだって。この人とずっと、いつまでも一緒にいたいって」

あたしの肩に、野臥がそっと両手を置いた。その顔が、あたしの顔に近づいていた。

あたしはもう何も言えなくて、ただぎゅっと目を閉じた。

その日の夜、あたしは生まれて初めて、外泊というものを経験した。

野臥の部屋に泊まったのだ。

05　一九九八年四月　指輪

今から十六年前、一九九八年四月二十日、月曜日——。

入学式から二十日目。

桜の花はとうに散って、キャンパスの上に広がる枝には明るい緑色の葉がびっしりと茂っている。天気予報では、最高気温は二十四度まで上がるといっていたが、それは間違いないようだ。

日差しを避けるために木陰のベンチを選んで座ると、あたしは帆布のトートバッグから自分の学生証を取り出して、じっくりと眺めた。

公英大学　Koei Univercity
文学部　Faculty of Letters
日向咲　Hinata Emi
一九七九年四月十一日生　11th April 1979

つまりあたしは、十九歳になってまだ十日目だ。学生証の写真の中のあたしは、安物の服を着ていて、髪型も子供っぽいおかっぱだ。買ったばかりの服で精一杯お洒落《しゃれ》した今のあたしとは、はっきり言って、似ても似つかないというしかない。でも、これがあたしの学生証であることは間違いない。

ともあれ、この四月からあたしは、公英大学文学部一年生の日向咲。ああ、とうとうあたしも大学生になれたんだ――。そう思うと嬉《うれ》しくて、自然とにやにや笑いがこみ上げてきた。これから始まる素敵な大学生活。夢にまで見たキャンパスライフ。どんな楽しいことがあたしを待っているのだろう？　そう思うと胸のときめきが止まらなかった。

四月一日には、キャンパス内にある公英大学記念館で午前十時三十分から入学式が行われた。それから五日までオリエンテーションや履修ガイダンス、健康診断などが行われ、七日からようやく前期の授業が開始された。もっとも履修登録の最終日は十六日だから、まだ本格的に文学部の講義が始まった訳じゃない。

それでも語学や必修教養課目の講義は始まっていて、同じクラスになった新入生の女の子たちとは、数日顔を合わせただけですぐに仲良くなった。

そして――。

あたしは学生証をバッグにしまうと、右手を顔の前に上げ、掌《てのひら》を正面に向けて指をぴんと伸ばした。

右手の薬指には、小さいけれどダイヤの付いた銀色の指輪が光っている。そして同じデザインのダイヤ入りのピアスが、あたしの両耳で光っている。

大学生になったら素敵な恋ができるかも——。そう思っていたけれど、まさか入学早々にキャンパスで、男の人から声を掛けられるとは思わなかった。

「咲！　何ぼーっとしているの？」

突然声がして、あたしは顔を上げた。目の前に、同じクラスになった女の子たち四～五人が立っていた。

「ねえ咲、選択科目もう決めた？　これからみんなでさあ、学食でランチ食べながら、どれを受講するか相談しない？」

「行く行く！」

あたしはベンチから立ち上がった。

「あたしもちょうどお腹すいてきたところだったんだ。でも選択科目なら、あたし一つは決まってるよ、『民俗学概論』」

「民俗学ぅ？　それって面白いの？」

あたしの選んだ科目に、女の子の一人が疑わしげな顔をした。でもこの科目を受講することは、最初っから決まっていることなのだ。

「わかんないけど、きっと面白いと思うよ」

あたしはそう答えると、右手で短めの髪を掻《か》き上げた。

すると、女の子たちが目ざとくあたしの指を見て声を上げた。

「あれ？　ねえ、咲ったら可愛い指輪してない？」

「本当！　なんか石入ってる。それってまさかダイヤじゃないよね。どうしたの？」

「うん、ちょっとね」

あたしが気を持たせると、女の子たちは余計に騒ぎ出した。

「なによ、『ちょっとね』って！　もう、感じわるーい！」

「ねえ咲、それってオトコからのプレゼントじゃないの？」

「えー！　いいなあ！　咲って、もう彼氏いるんだ？」

「結構するんじゃない？　そのリング」

「入学祝い？　それとも、バースデー・プレゼント？」

「まさか婚約指輪じゃないよね？」

「見せて見せて！」

あたしを中心に、たちまち歓声の輪ができた。あたしは仕方なくという顔を作って、
右手の指をぴんと伸ばして、左右に傾けながらダイヤの指輪を光らせて見せた。

すると同級生の一人が、あたしの耳に目を留めて、さらに大きな黄色い声を上げた。

「あー！　咲、ピアスも高そうなのしてる！」

「指輪と同じデザインだよね？　それも貰《もら》っちゃったの？」

「いいなあ！　あたしも咲みたいに、気前のいい彼氏ほしいー！」

「ねえ、どんな人？　いつから付き合ってるの？」

あたしは苦笑しながら首を振った。

「そんなんじゃないよ。まだ知り合ったばっかりだし」

「何それ？　知り合ったばっかりで、こんな高そうなものくれる？」

「ウソでしょ？　そんな関係の訳ないって！」

また女の子たちから、一斉に溜《た》め息《いき》混じりの大きな声が上がった。

でも、この指輪とピアスをくれた人は、本当に彼氏なんてもんじゃない。このキャンパスで声をかけられて知り合って、何回か二人で食事に行っただけ。でも、そんなこと言っても信じてもらえないだろうから、あたしはクラスの友達には好きなように思わせておくことにした。

「ランチの話題は変更！　もう選択科目の話なんかどうでもいい！」

「そうそう！　咲の彼氏の話、じっくり聞かなきゃ！」

「ねえ、早く行こう！　窓際のいい席が埋まっちゃうよ？」

一時は諦《あきら》めたこともあったけど、運良くあたしは女子大生になることができた。これから、このあたしの指と耳で輝く小さな宝石のように、きらきらと光り輝く素敵な日々が始まるのだ。

小さな子供の頃から夢にまで見た、憧《あこが》れの大学生活が――。

06　捜査会議

「廃牧場の所有者、つまり地主は、現在八王子《はちおうじ》市に住む七十二歳の男性です。もともとは檜原村の出身で、家が山林持ちで代々林業を営んでいたそうです」

スーツ姿の若い捜査員が、配布した資料を読み上げた。

「十六年前の一九九八年八月、この土地を貸していた酪農家が経営不振のため廃業し、地主は地目を牧場から原野に変更しました。ここは急峻《きゅうしゅん》な丘陵地で評価額も非常に安く、固定資産税も免税点の三十万円に届かないため無税でした。そのため地主は、そのままこの土地を放置しており、所有していることすらほとんど忘れていたそうです」

四月八日火曜日、午前十時十五分――。

死体発見から三日後の朝。東京都あきる野《の》市の檜原街道沿いにある警視庁五日市警察署、その四階にある大会議室では、警視庁本庁と五日市署の合同による「サイロ殺人事件捜査本部」が召集されていた。事件の異常性・特殊性・残忍性を鑑み、また被害者が死亡当時都心の大学に所属していたことから、広範囲な捜査が必要と判断されたのだ。

鏑木鉄生と正木正也は、いつものように会議室の最後列の、四つのパイプ椅子がセットされた長机に二人で座っていた。姫野広海の姿は、今日はそこにはなかった。

姫野は三日前、死体発見現場のサイロ内で突然昏倒《こんとう》し、最寄りの病院を経て中野《なかの》の東京警察病院に搬送された。医者の診断は過度の疲労と睡眠不足による衰弱で、点滴を打って一晩様子を見たあと、現在は吉祥寺の自宅に戻って静養している。

檜原村の廃牧場にあるサイロで死体を確認したあと、鏑木はすぐに警察庁の附属機関である科学警察研究所、略称・科警研に連絡した。科警研に所属する心理分析官・澤田《さわだ》時雄《ときお》の出向を要請したのだ。

澤田は姫野と同じ二十七歳。過去に二度、難解な殺人事件の捜査に参加してもらっており、その独特の視点による分析能力を、鏑木は非常に高く評価していた。そして今回の事件もまた、過去の二つの事件に優《まさ》るとも劣らない異常な事件というしかなかった。

澤田からはすぐに、捜査会議に出席するという連絡があった。しかし鏑木は澤田に別の任務を依頼した。そのため会議には正木と二人で出ることになったのだ。

「ええ、それでは次に、死体の状況についてご説明します」

五十人以上の捜査員が着席した会議室の照明が落とされた。前方の白い大型スクリーンに、プロジェクターに接続したパソコンの画面が投射された。

映し出されたのは、三日前に檜原村のサイロ内で発見された、半ばミイラ化した女性の死体の写真だった。喋《しゃべ》っているのは、紺色の制服を着た穏やかな風貌《ふうぼう》の中年の男。警視庁刑事部鑑識課の主任、瀧村龍一《たきむらりゅういち》警部補だ。

「監察医の話によりますと、正確な死後年数を判定するのは極めて困難ではあるものの、死体はおそらく死後数年以上、二十年以下ではないかとのことです」

「死因は何です？」

捜査員たちと向かい合う形に置かれた長机の中央で、若い男が質問した。フレームレスの眼鏡を掛け、明るいグレーのスーツを着ている。

警視庁刑事部捜査第一課の管理官・斉木崇《さいきたかし》、三十四歳。階級は警視。国家公務員上級試験をパスしたキャリア入庁組のエリートだ。

「死因は失血死、もしくは出血性ショック死です。遺体は、直径五・五センチ、全長二・七メートルの亜鉛メッキされた高強度鋼管——建設業や農業で使う鉄パイプですな——が胸部を貫通した状態でした。他に擦過傷や軽度の打撲痕《だぼくこん》はありますが、大きな外傷はありません。従いまして、これが致命傷と考えられます」

瀧村は手元のパソコンを操作し、スクリーンにサイロ底部の写真を投影した。

「死体の真下の地面より、被害者と同型の血液が大量に確認されました。これは血液が循環していた証拠であり、あの串刺《くしざ》し状態になった時には、まだ被害者の心臓が動いていたことを意味します。また、死斑《しはん》と血液凝固が下半身から脚部に集中していることから、死亡直後には直立した状態になっていたことがわかります」

瀧村は沈痛な表情でスクリーンから視線を外し、会議室を見回した。

「よって被害者は、生きたまま空中で鉄パイプによって串刺しにされ、あの姿勢で失血により死亡した可能性が高い――これが監察医の見解です」

会議室内にざわめきが波のように広がった。犯人の残酷極まりない殺害方法に対する、捜査員たちの怒りの呟《つぶや》きだった。

斉木管理官が慎重に確認した。

「では、本件は殺人事件と断定してよいのですね？」

「現在の所、そう考えるのが最も妥当であろうと思われます」

瀧村も慎重に答えた。

プロジェクターの画面が変わり、鉄パイプの端をアップで撮影した写真になった。

「凶器となった鉄パイプです。両端のうち片方が、竹を斜めに切ったような形状に加工されております。角度は約三十八度、グラインダーのような機械で削ったと思われます。非常に鋭利な切断面ですので、おそらくこの鉄パイプは、人を威嚇《いかく》または殺傷する目的で製作された、手製の武器であろうと思われます」

武器だって――？　最後列の鏑木が眉《まゆ》をひそめた。犯人は人を殺害するのに、鉄パイプで作った手製の槍《やり》を使用したというのだ。想像しにくい犯人像だ。薄暗い会議室のあちこちからも、ざわざわという囁《ささや》きが聞こえてきた。

「瀧村さんよ、ちょっと聞きたいんだが」

斉木の左隣にいた壮年の男が、長机の上で両手を組みながら口を開いた。恰幅《かっぷく》のいい身体を濃いグレーのスーツに包み、薄い茶色の入った眼鏡を掛けている。

警視庁刑事部捜査第一課の課長・元原良彦《もとはらよしひこ》、五十七歳。階級は斉木と同じく警視だが、斉木とは対照的に現場の刑事からの叩《たた》き上げで、刑事部内では本名よりも「鬼原《おにはら》」と言ったほうが通りがいい。

「あのホトケさん、なぜ十六年も腐らずに形が残ってた？」

その質問を予想していたと見えて、瀧村はすぐに回答した。

「ええ、まず、死体は通常数ヵ月で腐敗により白骨化しますが、たまに何らかの理由によって数年あるいは数十年を経ても腐敗せず、死体としての原形を留《とど》めているケースがあります。これを『永久死体』と呼びますが、第一永久死体、第二永久死体、第三永久死体の三種類があります」

極めて事務的な口調で、瀧村は説明を続けた。

「第一永久死体とは枯骸化《こがいか》、即《すなわ》ちミイラ化したものです。第二永久死体とは鹸化《けんか》、即ちいわゆる屍蠟《しろう》になったものです。そして第三永久死体とは、水銀化合物の作用によって腐敗が抑止されたものです。今回は、第一永久死体と第三永久死体のハイブリッド状態になったため、生き生きとした死体——と言うのもヘンですが、そうなったと推察されます」

「つまり、ミイラ化と水銀による腐敗抑止が、二重に起こったんだな？」

元原が確認すると、瀧村はそうです、と言って頷《うなず》いた。

「まず、死体のミイラ化ですが、砂漠などの乾燥した場所ほどミイラ化しやすいのは当然です。しかし、皆さんもこれまでに見聞されたことがおありと思いますが、布団の中に寝かされていたり、床下に放置されていたり、あるいは山中で行き倒れた死体がミイラ化して発見されることも、実際にはある訳です」

捜査員たちはそれぞれに頷いた。

「つまり、極めて乾燥した環境でなくても、ミイラ化は起こりうる訳です。江戸時代の密教では、高僧が入定木乃伊《にゅうじょうみいら》、即ち即身仏となった例が見られますが、これも多くは地面に掘った多湿の穴の中で餓死した死体です」

人間の身体で最も腐敗しやすいのは内臓なので、死後に内臓が流出した場合はミイラ化しやすくなる。内臓の流出がなくても、長期間脱水状態かつ飢餓状態にあった人間は、死後に腐敗しにくくなる。また、闘病中で大量の薬品を投与されていた場合も、腐敗が抑えられてミイラ化することがある――。そう瀧村は説明した。

「監察医によると、この死体の女性は極度の脱水状態かつ飢餓状態にあったようです。胃には残留物がなく、また激しい脱水症状を起こしていました。亡くなる五日ほど前から食事を取っておらず、また水もほとんど飲んでいなかったと思われます」

瀧村が回答すると、若い捜査員が手を挙げた。

「それは、ガイシャがあのサイロに何日も閉じ込められていたってことですか？」

「サイロの底部壁際の一ヵ所に、複数回にわたる排泄《はいせつ》の跡が確認されました。被害者のものだとすれば、そういうことになりますな」

鏑木の隣に座っている正木が、沈痛な顔を左右に振った。

「美しいご遺体だなんて言っちまったが、ひでえ目に遭ってたんだな。可哀相に――」

鏑木も同感だった。食事も水も与えずに何日もサイロに幽閉し、鉄パイプを突き刺して殺し、宙吊《ちゅうづ》りのまま放置した――。一体どういう目的があってそんな残虐な行為を加えたのか、現段階では想像も付かなかった。

さらに瀧村は、サイロが吸湿性のいい素焼き煉瓦《れんが》で造られており、床に乾燥した飼料が堆積《たいせき》しており、四個の小窓を持つ通気性のよいサイロ内の空中に吊り下げられていたことも、死体が腐敗を免れた要因と考えられる、そう付け加えた。

「このミイラ化に加えて、水銀による腐敗抑止も同時に進行した訳です。死体の体内および毛髪から、平常値を上回る五十ｐｐｍの水銀が検出されております」

この瀧村の言葉に会議室がざわついた。

「しかし、なぜホトケさんから水銀が？」

「ホシが、ガイシャを殺すために水銀を飲ませたのか？」

瀧村は首を横に振った。

「胃や喉《のど》に、水銀投与の跡はありません。それに水銀は確かに毒性の強い重金属ではありますが、そのままでは体内に吸収されにくいため、経口摂取で死に至らしめることは実際には困難です」

瀧村は会議室を見回しながら説明した。

「水銀検出の理由としては、まず殺虫剤です。サイロ内から有機水銀成分を含有する殺虫剤が検出されています。おそらくサイロの使用を停止した時に、所有者が害虫の発生を恐れて大量に散布し、被害者がこれを吸引したのでしょう。もう一つ、死体の歯の六ヵ所に、アマルガムによる古い処置の跡が見られました」

「アマルガム？」

元原が眉を寄せた。

「アマルガムというのは、かつて虫歯の治療に使われていた銀色の金属のことです。これもまた、死体から水銀を検出した理由と思われます」

捜査員たちから疑問の声が上がった。

「歯の詰め物か？」

「歯医者が治療に使ってた金属ですよね？　ってことは国も使用を認めてた訳で、水銀なんてそんな危険なもの、本当に入ってるんですか？」

瀧村は悲しげに首を振った。

「ところがアマルガムは、正式名称を『歯科用水銀アマルガム』と申しまして、成分の約五〇パーセントが水銀なのです。残りの成分は約三五パーセントが銀、あとは錫《すず》、銅、亜鉛などです」

鏑木は思わず耳の下あたりを押さえた。確か自分の奥歯にも銀色の詰め物が入っているが、まさかこれもアマルガムなのだろうか——。鏑木は急に不安になった。

「成形加工しやすい柔らかい合金ですので、咀嚼《そしゃく》や歯ぎしりの時に水銀ガスが発生します。唾液《だえき》が電解質になって腐食しますし、酸性の飲み物にも溶解します。そのため使用から十年で、約七割が減少するそうです。これが人体に吸収され、腎臓《じんぞう》、肝臓、脳などに蓄積される訳です。最近は、ほとんど使用されなくなっているそうですが――」

「そんなことは、どうでもいいのではありませんか？」

突然、斉木管理官が左隣の元原に向かって冷ややかに言った。その言葉に、会議室はしんと静まり返った。

鏑木も思わず、背中にひやりとした感触を覚えた。鬼原と呼ばれる捜査第一課長・元原良彦にこのような口が利けるのは、おそらく斉木だけだった。

「ほう――」

元原がゆっくりと斉木を見た。

「コロシのヤマの会議で、ホトケさんの特徴が、どうでもいい？」

「ええ。死体が白骨だろうとミイラだろうと、あるいは生だろうと、殺人事件だと断定された以上、本質に変わりはありません。何よりも優先的に確認が必要なのは、この殺人事件がいつ起きたのか、つまり公訴時効を迎えた事件なのか否かです。時効なのであれば捜査本部は即刻解散です。他にも一課には重要事件が山積していますので」

会議室は凍ったように静まり返っていた。皆が元原の反応を窺《うかが》っていた。

「よかろう」

元原が低い声で言った。

「この帳場の担当管理官はお前だ。好きにしろ」

「ありがとうございます。では、照明を戻して下さい」

天井灯が瞬きながら点灯し、会議室のあちこちで安堵《あんど》の溜《た》め息《いき》が漏れた。

鏑木と正木も目をしばたたかせながら、ふうと息を吐いた。元原と斉木の刃物のような言葉の応酬を、薄暗い中で聞かされるのは、極めて心臓に良くなかった。

斉木管理官が、明るくなった会議室を見渡しながら質問した。

「学生証が発見されていますが、被害者の身元は確定したのですか？」

中年の捜査員が慌てて立ち上がった。

「はい！　あの学生証はやはりガイシャのものでした。ガイシャの身元は、もと私立《わたくしりつ》公英大学文学部の一年生・日向咲、女性、死亡年は十六年前の一九九八年、死亡当時十九歳で間違いありません」

急いで取り出した手帳に目を落としながら、その捜査員は説明した。公英大学は港区の青山にキャンパスがあり、富裕層の子女が進学する私立大学として知られている。

「日向咲は、同年八月に行方不明になっており、母親から家出人捜索願いが提出されていました。また、当時大学の同級生だった女性三名、及び当時担任だった同大学の准教授に面通しを依頼しました所、全員が確かに日向咲であると証言しました。ガイシャの身体特徴と身に着けていた衣服や所持品が、その根拠となっております」

「根拠とは？」

斉木が促した。

「はい。まず学生証ですが、間違いなく公英大学が発行したものです。一九九八年の入学試験合格者名簿、及び在学者名簿にも日向咲の名前が載っておりました。同年八月に母親から失踪《しっそう》の届け出があり、大学は休学扱いにしておりましたが、二年後の二〇〇〇年三月末日をもって、学費未納のため除籍としております」

捜査員は手帳をめくって説明を続けた。

「遺体は両耳に各一個、合計二個のダイヤのピアスと、右手の薬指に粒ダイヤの付いたプラチナの指輪を着用しておりました。日向咲は当時これらを愛用しており、男友達に貰《もら》ったと自慢していたことを元同級生三名が記憶しておりました。ピアスとリングは同じ店で買った物で、合計で一〇万円前後と思われます。現在、販売した店を探しております」

やがて報告内容は、指輪の詳細に移った。

「指輪には刻印が二つ。『pt1000』と『0125』という数字です。前者は金属部分がプラチナ一〇〇パーセントであることを表すのは間違いありません。問題は後者です。刻印の表記には法律や宝飾業界の規定はないそうで、何を表す数字なのか断定はできないのですが――」

「誕生日じゃないのか？」

一人の質問に、報告中の捜査員は首を横に振った。

「学生証に記載されているガイシャの生年月日は一九七九年四月十一日ですので、誕生日なら『0411』となるはずです。宝飾の専門家によると、この数字はおそらく、粒ダイヤのカラット数ではないかとのことです」

「0125」がカラット数とすれば〇・一二五カラット、ファッションリングとしては極めて標準的なサイズだ。

「また被害者は、背中に縦横約三センチ大の青い薔薇《ばら》のタトゥーを彫っておりました。これも女性の元同級生が、一緒にテニスに行った際に更衣室で見て驚いたことを記憶しておりました」

「男友達からのプレゼントが、ダイヤの入った指輪とピアスかよ。全く、お坊っちゃんお嬢ちゃん大学は違うぜ」

鏑木の右隣で、正木が面白くなさそうに呟《つぶや》いた。

「俺なんか三流大学の貧乏学生だったからよ、女の子にプレゼントするっつっても、せいぜいカセットテープにオリジナル選曲の音楽を入れてやるくれえだったがなあ。カブ、おめえもそうだろ？」

鏑木は苦笑しながら、今ここに姫野広海がいたら、情け容赦なく正木をからかっただろうな、と考えていた。――正木さん、いくらなんでも話古すぎですよ！　カセットテープってそんな、一体ナニ時代の話です――？

鏑木が呟いた。

「少々、奔放な女性だったのかなあ。タトゥーって刺青《いれずみ》のことだろう？」

「そうだよなあ。昔は、そんなヤツぁアバズレとかズベ公って言ってたがなあ」

正木も憮然《ぶぜん》として頷《うなず》いた。

東京スカイツリーのお膝元《ひざもと》、下町と呼ばれる墨田《すみだ》区向島《むこうじま》が正木の出身地だ。小さい頃から地元のお年寄りに囲まれて育ったせいで、年齢にしては語彙《ごい》がかなり古めかしい。

報告が終わったところで、斉木管理官が会議室を見渡しながら言った。

「本件は一九九八年の犯行であることが証明され、現在も公訴対象であることが確認されました。従って、このまま捜査会議を続行します」

その横で、元原は肩をすくめた。

本件が発生した一九九八年当時、殺人罪の公訴時効は十五年だった。二〇〇四年の法改正で二十五年に延長されたものの、これは改正前の犯罪には適用されなかった。従って本来ならこの殺人事件は、二〇一三年に公訴時効が成立するはずだった。

しかし二〇一〇年、新法で公訴時効が廃止された。人を死亡させた罪であって禁錮《きんこ》以上の刑に当たる罪、かつ二〇一〇年四月二十七日までに公訴時効が完成していない罪は、現在もなお公訴の対象なのだ。

もし犯行が一九九五年以前だったら、二〇一〇年の時点で公訴時効が成立しており、捜査本部は即刻解散になっていた。この幸運に報いるためには、何としても犯人を逮捕して、被害者の無念を晴らさなければならない――鏑木は気を引き締めた。

「では次に、被害者の履歴と家族構成を」

斉木の言葉に、別の若い捜査員が起立した。

「被害者・日向咲は、住民票によると、失踪当時は東京都立川《たちかわ》市にある木造平屋の貸家に居住しておりました。当時同居していた家族は母親の光子《みつこ》、姉の夢《ゆめ》の二名。父親はおらず母子家庭でした。光子は一九七八年に夫と離婚しており、その元夫はその後再婚し、現在は埼玉県さいたま市浦和《うらわ》区で別の家庭を構えております」

捜査員は、手に持っている手帳をめくって続けた。

「母親の光子は現在五十九歳。若年性認知症が進行しており、現在は国立市にある認知症高齢者グループホーム『ヴィラ・デル・ソーレ国立』に入所しております。姉の夢は、被害者と同じく一九七九年生まれの三十五歳。――あの、これでお気付きかもしれませんが」

捜査員は会議室内を見回した。

「被害者の日向咲と姉の夢は、双子です。それも一卵性双生児です」

会議室に、へえ、という軽いどよめきが起こった。

「被害者・咲は立川市内の都立高校に在籍しておりましたが、身体が弱いために欠席が多く、卒業には出席日数不足だったため高認を受験、合格して公英大学に進んでおります。一方、姉の夢は、アルバイトで家計を支えながら通信制高校で学び、卒業と同時に都内のリサイクル着物屋に就職。その後起業して、現在は和装会社を経営しております」

和装会社の女性社長か――。そう考えた瞬間に、鏑木は和服を着ていた姫野の伯母《おば》・妙子を思い出した。

「咲の死体発見時、夢はアメリカ支店の場所を探すためロサンゼルスに出張中でしたが、昨夜ようやく連絡が取れまして、明日には帰国の予定です。――以上です」

若い捜査員が着席すると、斉木管理官が会議室を見渡して言った。

「よくわかりました。では、皆さんから何かご質問は?」

その時、元原の低い声が会議室に響いた。

「質問も何も、わかんねえことだらけじゃねえか。これで会議を終わるつもりか?」

会議室は再びしんと静まり返った。

腕組みをしたまま会議室を見回すと、元原は続けた。

「ホシはなぜ、あの廃牧場のサイロに十六年もホトケさんを放置したのか。なぜ、凶器が鉄パイプなのか。そして何より、なぜホシは、ホトケさんをサイロの中に宙吊《ちゅうづ》りにしていきやがったのか。こういった現状ではわかんねえことが、逆に言えばホシを挙げる手掛かりになるんだ。そうだろう?」

鏑木も元原の言葉に頷いた。質問を募る前に、検討するべき問題はまだいくつも残っているはずだった。

　斉木は動じる様子もなく、軽く肩をすくめた。

「そもそも、この捜査本部は元原課長のご要望で召集されましたが、私が見た所、この事件は捜査本部を設置するほどの大規模な事件ではありません。被害者はわずかに一人、しかも十六年前に亡くなったご遺体です」

「どうして、今の何もわかんねえ段階で、帳場が必要ないヤマだって言える？」

「では申し上げますが――」

　斉木が眼鏡のフレームを直しながら元原を横目で見た。

「私は捜査本部以前に、この事件は刑事部が担当する案件ではないと考えます」

　元原は、不思議そうに右隣の斉木を見た。

「タタリ。お前さんにゃあ、このヤマのウラが全部わかってるのか？」

「タカシです。お間違えのないように」

　斉木は事務的な口調で訂正した。

　タタリというのは、斉木の名前「崇」が「祟《たたり》」という字によく似ていることから、課員たちが密《ひそ》かに付けた渾名《あだな》だ。斉木に対する、ある種の感情が込められていることは言うまでもない。それを知っていて、元原はわざとそう呼んだのだ。

「本件の死体の状況がいかに不可解で異常であろうとも、そうなった理由をこの場で議論することには全く意味がありません。なぜなら、この死体を空中で串刺《くしざ》しにするという行為には、単なる狂気や猟奇趣味ではない、我々には理解不能な、社会常識を超越した意思があると判断するしかないからです」

斉木は元原を見ながら、無表情に喋《しゃべ》り続けた。

「要するに本件は、『カルト』、つまり狂信的な特殊宗教団体の犯行、という可能性が最も濃厚だということです」

「カルト？」

元原が眉《まゆ》をひそめた。斉木は頷いた。

「そうです。この死体に対する異常な処置は、どう見ても我々の常識や道徳や通念とは、遠くかけ離れた行為です。宗教的動機とでも考えないと説明がつきません。ならば、本件は我々捜査第一課、いえ警視庁刑事部で取り扱う事件ではありません」

「タタリ」

元原が薄いサングラスの奥で目を細くした。

「お前さん、このヤマを『ハム』に投げようっていうのか？」

その途端、会議室に大きなどよめきが沸き起こった。

「おいおい。よりによって、ハムにかよ？」

「まだ、ホシがカルトだって決まった訳じゃねえだろ？」

「管理官は、このヤマを迷宮《オミヤ》入りにしちまう気か？」

会議室のあちこちから、捜査員の不満そうな声が聞こえてきた。

ハムとは、刑事の符牒《ふちょう》で公安警察、即《すなわ》ち警視庁では「公安部」を指す。公安の「公」

の字をばらしたもので、そこには軽い侮蔑《ぶべつ》の意味が含まれていることは否めない。

刑事部が一般的な刑事事件全般を担当するのに対し、公安部は危険思想に基づく組織的な破壊活動の調査が主たる任務だ。極左暴力集団、左翼・右翼政治組織、カルトなどの特殊組織、外国政府による工作活動、そして国際テロその他について、日常的に情報収集を行っている。

しかし、そう厳密に事件が分類できるはずもなく、一つの事件を刑事部と公安部の両方が追うことも多い。そしてその場合、公安部は──刑事部に言わせれば、だが──入手情報を決して公開しないため、非常に効率の悪い捜査になる。また、見込み捜査など杜撰《ずさん》で強引な捜査を行いがちで、公安部が先に逮捕しても送検に至らないケースが多い。

さらに、公安部の任務には、警察内部の防諜《ぼうちょう》も含まれている。日常的に、仲間である警察官が違法行為を行っていないかを監視しているのだ。これらの理由で、公安部には刑事部出身の捜査員が多いにも拘《かか》わらず、刑事部とは非常に折り合いが悪い。

「皆さんには、異論がおありかも知れませんが」

斉木は平然と会議室を見渡した。

「カルトによる犯行という可能性が濃厚である以上、本件は公安部担当に切り替え、我々は公安部の要請があれば補佐するという形が最も効率的です。本件が継続捜査すべき殺人事件だと確定したこと、および現段階までに判明した捜査情報については、皆さんのご尽力にお礼を申し上げます」

元原が探るように、斉木の横顔をじっと見た。

「解《げ》せねえな。お前さん、いつから公安の人間になった？」

斉木は軽く溜《た》め息《いき》をついた。

「元原課長、あなたは巡査時代から一貫して刑事部一筋の方ではありますが、現在は警視という責任ある階級です。そろそろ、古色蒼然《こしょくそうぜん》とした狭量な縄張り意識は捨てて頂きませんと」

「ほう？」

元原が無表情に声を発した。またしても会議室に、ひやりとした緊張が走った。しかし斉木は、さらに遠慮のない言葉を平然と吐き続けた。

「元原課長のご将来については、わかりかねますが、私は今後、警視監あるいは警視総監になる可能性があります。そうなれば、刑事部のみならず公安部、警備部、地域部、交通部、生活安全部、犯罪抑止対策本部など全ての組織を統括しなければなりません。警視庁内に部署間の内部抗争があっては困るのですよ」

「畜生、タタリの野郎め――」

鏑木の隣で、正木が歯を剝《む》いて唸《うな》った。

「わかったぜ。あんにゃろうの魂胆が。こんな妙ちくりんな訳のわかんねえ事件を担当して、万が一ホシをパクれずに迷宮《オミヤ》入りにしちまった日にゃあ、てめえの経歴に傷が付く。そうならねえように、端《はな》っからこのヤマをハムに丸投げしちまおうって算段だな？

ガイシャが双生児《ソーセージ》なだけに」

無言の元原に向かって、斉木はなおも言葉を重ねた。

「もしこの事件がカルトによる犯罪で、そのカルトが現在も存続しているのであれば、何年を経ていようと再び犯行を繰り返す可能性があります。これは明らかに市民の安全、ひいては国家の安全に対する脅威です。何としてもその組織は壊滅させねばなりません。そしてカルトに関する情報を最も多く保有しているのは公安です。よって私は――」

「私は、ホシはカルトではないと思います」

会議室の後方から声が上がった。

斉木管理官は思わず言葉を止め、その声の主を見た。元原も目を細くして声のほうを見た。そして五日市署と警視庁刑事部の、合わせて五十人を超える捜査員全員が、会議室の最後列を振り返った。

そこには鏑木鉄生が、右手を挙げて起立していた。

斉木は一瞬顔をしかめると、わざとらしく大きな溜め息をついた。

「また、あなたたちですか。鏑木警部補、それに正木警部補」

「え？　お、俺？」

正木は慌てて立ち上がり、右手を顔の前で激しく左右に振った。

「い、いえ！　あの、違うんで！　俺は別にそんな！　こいつが勝手にいきなり！」

斉木は不愉快そうな表情で二人を見た。

「お二人とも、カルトの犯行だという私の見解に異論がおありなんですか？　一体何の根拠があって――」

「いや、だからお二人じゃなくてですね、こいつお一人が」

「根拠は何だ？　カブ」

斉木の言葉を遮るように元原が聞いた。斉木は諦《あきら》めたように右掌《てのひら》を持ち上げ、そのまま黙り込んだ。

鏑木は元原を見ながら、訥々《とつとつ》と答えた。

「ええと、あの、ホトケさんを貫通していた、あの鉄パイプです」

「鉄パイプがどうした？」

「ええ、つまり――」

鏑木は頭の中を整理するようにしばし間を置き、そして喋り始めた。

「あの凶器はなんというか――そっけないというか、適当というか、実用的というか、神聖な宗教儀式にはそぐわない道具のように思えるんです。宗教団体ならもっと象徴的な道具、例えば装飾を施した剣とかナイフとかですね、槍《やり》なら槍でも、もっと宗教儀式に相応《ふさわ》しいものを用いるんじゃないでしょうか？」

斉木は、無言のまま鏑木の言葉を聞いた。

「それに宗教上の儀式だとしたら、護摩や火を焚《た》いたとか、松明《たいまつ》や蠟燭《ろうそく》を灯したとか、偶像や絵を飾ったとか、呪文《じゅもん》や魔方陣を書いたとか、そういった設《しつら》えの跡が残るんじゃないでしょうか？　しかし現場にはそういう痕跡《こんせき》は一切ありませんでした。それから、ええと——」

正木はがっくりと肩を落とし、右手で自分の顔を覆いながら小さな声でこぼした。

「今日はヒメもトキオもいねえと思ったら、カブの野郎があいつらの分まで屁理屈《へりくつ》を並べ立てやがる。俺は情けねえよ、本当に」

「それから何だ？」

元原が先を促した。

「はい。ホトケさんの格好は異常ですが、服装は極めて日常的です。大学のキャンパスから連れてこられたままのような格好でした。儀式なら儀式のための特別な衣装を着せたり、あるいは裸にしたり——。それにあのような奇怪な儀式を行ったカルトは、過去に例があるのでしょうか？　少なくとも私は、そのような事件は記憶にありません」

会議室にざわめきが起こり始めた。それは明らかに、鏑木の発言に同調する言葉の広がりだった。

鏑木は唇を舐《な》めると、斉木に向き直った。

「あの、斉木管理官」

「何です」

感情の感じられない声で、斉木が答えた。

「以上の理由で、カルトの犯行という予断は危険だと思います。しかし、公安部によるえませんか。お願いします」

そう言うと鏑木は、じっと斉木の顔を見た。

「なあタタリ。いや、斉木管理官」

元原課長が、右隣に座る斉木管理官を見やった。

「このヤマの責任者はお前さんだ。お前さんが何か考えてハムに任せたほうがいいって判断したんなら、俺は止めるつもりはねえ。この帳場も一旦《いったん》解散で構わねえ。十六年も前のヤマだし、一刻を争うってこともねえだろうからな」

斉木は正面を向いたまま、無言だった。

「その代わり、俺の権限でこいつらだけ勝手に動かさせてもらう。勘違いするなよ、別にハムの邪魔をしようってんじゃねえ。陰ながら捜査にご協力させて頂くってことだ」

「いや、ですからね、こいつらって、俺は全然――」

正木が抗議したが、元原の耳には届いていないようだった。

「そしてもしこのヤマが、ハムには関係ねえか、ハムの手に余るってことがわかったら、その時点ですぐ帳場を再開して、捜査一課《ウチ》を総動員しての一斉捜査に入る。――ってことで、どうだ？」

斉木は元原には返事をせず、いきなり椅子から立ち上がった。

「本捜査本部は一旦解散。今後本件は公安部の主導で引き続き捜査を進めます。ただし一部の刑事部員には、あくまで公安部への協力として継続捜査を許可します。以上」

そう言うと斉木は、あっという間に会議室を退出した。

「カブ、正木」

元原課長が起立している二人を見た。二人は思わず背筋を伸ばした。

「そういう訳だ。公安部さんにしっかりご協力して差し上げろ。必要な人員は使って構わねえ」

「課長、ありがとうございます」

鏑木は元原に深々と頭を下げた。

元原は立ち上がると、斉木に続いてゆっくりと会議室を出ていった。それを見届けたあと、会議室に詰めかけた捜査員たちもようやく腰を上げ、三々五々、会議室から退出した。退席の途中、鏑木にこっそり親指を立てて見せる捜査員もいた。

「ふう――。一時はどうなるかと思ったぜ」

正木は大きく息を吐き、隣に立っている鏑木の肩を叩《たた》いた。

「しっかしカブよ、おめえ今日は、タタリ相手にいきなり突っ張ったじゃねえか。一課の昼行灯《ひるあんどん》が、いってえどういう風の吹き回しだ?」

「このヤマは、絶対に手放したくなかったもんでな」

鏑木がそういうと、正木が勇んで右手で握《にぎ》り拳《こぶし》を作った。

「おうよ! 公安部なんてどいつもこいつも骨のねえ野郎ばっかりでよ、ハムはハムでもボンレスハムってヤツだ。あいつらに任せた日にゃあ、パクれるホシもパクれねえや。あの可哀相なホトケさんのために、ぜって え俺たちの手でホシを挙げねえとな！」

もちろん、それが警察官としては最大の理由だった。しかし鏑木には、あと二つ、この事件を自分の手で解決しなければならない理由があった。

「ちょっくら蕎麦《そば》、いや天丼でもかっ食らってくるか。おめえも行くか？」

「ああ——いや、俺はいい」

鏑木が首を横に振ると、正木は肩をすくめ、上着を肩に担いで会議室を出ていった。

誰もいなくなった会議室で、鏑木は疲れたようにパイプ椅子に腰を下ろした。そして長机の上に両手を組み、二つのことについて考えを巡らした。

最初の問題は、この殺人事件の不可解さだ。

空中に串刺《くしざ》しにされた死体。内側のカンヌキを下ろし、外側から南京錠を掛けられたドア。外側から板を打ち付けて封鎖された天窓——。

公安部に、この謎を解くことが可能だろうか——？　鏑木は首を横に振った。

鏑木は、犯人がどうして、そしていかにしてこのような状況を作ったかを証明しない限り、犯人を逮捕することはできないような気がしていた。そして鏑木には、公安部にそれが可能とは到底思えなかった。能力の問題ではない。そもそも公安警察の任務は殺人事件の捜査ではなく、反社会団体が起こすであろう事件を未然に防ぐことなのだ。

そして――。

公安部の能力などは、もう一つの問題に比べると、極めて些細《ささい》な、取るに足らない問題だとも言えた。鏑木にはこの事件を他人には任せられない、何よりも大きな理由があった。

それは自分の部下、姫野広海だ。

えみさん――。

えみさん、本当だったんだね。空を、飛べるって――。

鏑木の耳に、初めて死体を見た時の、姫野の言葉が蘇《よみがえ》った。

死体の女性の名前が日向咲だとわかった時、姫野は確かにそう呟《つぶや》き、そして気を失った。おそらく過労のためだけではない。日向咲という名前を聞いた時、姫野は強い精神的ショックを受けたのだ。

つまり姫野は、あの被害者の女性と会ったことがあるのだ。いや、姫野とあの女性との間には、おそらく浅からぬ因縁《いんねん》があるのだ。ということは、刑事部捜査第一課の刑事である姫野自身が、この奇怪な殺人事件と関係があるということに他ならない。

だからこそ、公安部であれ何であれ、他者が姫野と事件の関係をほじくり返す前に、自分の手ではっきりさせなければならないのだ。

あの女性が殺害されたのは十六年前、姫野は当時十歳かそこらだった。

ヒメ、子供のお前に、一体何があったんだ――？

他には誰もいない会議室で、鏑木は独り、思いを巡らせ続けていた。

その時、鏑木の携帯電話が旧式のベルの音を響かせた。

液晶画面を見ると、番号非通知の電話だった。鏑木は首を捻《ひね》りながらも応答ボタンを押し、携帯電話を左耳に当てた。

「もしもし？」

「刑事部捜査第一課の、鏑木鉄生警部補？」

聞き覚えのない声だった。三十代か四十代と思《おぼ》しき、少しくぐもったような男の声。電話にハンカチを当てているのだろうか、それともマスクでもしているのだろうか。

「そうですが、あなたは？」

「公安部のタツミと言います。サイロ事件ですが、あなたたちの班だけが捜査を継続されると伺いました」

その名前に心当たりはなかった。もっとも、警視庁公安部に限らず公安警察の内情については、警察庁・警視庁の他部署にもわからない。一説には警察庁警備局に一〇〇〇人、外務省公安調査庁に二〇〇〇人、そして警視庁公安部にも二〇〇〇人いるというが、氏名はおろか人数さえも非公開だ。

そしてこの男も、公安部の者だという以外、組織も部署も階級も明らかにするつもりはないようだった。カルト担当ならば、公安総務課ということになるが。

タツミという男は、くぐもった声で続けた。

「よろしくお願いします、というべきなのでしょうが、我々からあなた方に捜査情報をお渡しすることはできません。そして、あなた方の得た情報を求めるつもりもありません。よろしいでしょうか」

任務の特殊性と秘密保持の必要性から、公安の捜査は基本的に公安のみで行われる。そして、他部署の警察官が同じ事件を追っていたとしても、公安が情報を渡すことはない。それは鏑木も承知していた。だが、それにしてもあまりにも冷淡な通告だった。

「しかしタツミさん、是非一度どこかで――」

鏑木が話している途中で、電話はいきなりぷつりと切れた。

勝手にしろということか――。鏑木は、小さく溜《た》め息《いき》をついた。

07　タンポポの国

「そんなこと、ある訳ないよ！」

僕の甲高い声が、初夏の山々にこだまする。

青く透き通った空の下に、緑色の野原が広がっている。その中を、細めの丸太を組んで作った柵《さく》が延々と続いている。僕はその柵のてっぺんに腰掛けて、白いスニーカーを履いた両足をぶらぶらと揺らしている。

「ある訳ないって、どうして言い切れるのよ」

若い女の人が、頬を膨らませながら僕に言い返す。

その女の人は僕の右隣で、丸太の柵に背中を預けながら、両手で大学ノートを広げている。前髪を切り揃えた肩までの髪。白いシャツの両袖《りょうそで》を肘《ひじ》までまくり上げ、襟元からは黒いTシャツが覗《のぞ》いている。ボトムはウォッシュアウトのブルージーンズ、それに明るい茶色の革のデッキシューズ。

「どうしてって――」

柵の上に座っている僕からは、女の人は自分の右斜め下に見える。そのさらさらとした綺麗《きれい》な髪を見下ろしながら、僕は喋《しゃべ》り続ける。

「そもそも常識で考えて、人間が空を飛べる訳がないでしょ？　それを、実際にあったお話だって言われても」

一つ溜め息をつくと、僕は揶揄《やゆ》する口調で言う。

「本当に、そんな人がいたと思ってるの？　えみさん」

えみさんは、ふん、と鼻から息を抜いて、ふくれっ面で僕とは逆方向の空を見上げる。

「子供には、わからないのよ」

またこれだ――。僕は思わず小さく息を吐く。僕と議論をしていて負けそうになった時の、えみさんのいつもの決まり文句。

大人が子供に負けそうになった時の逃げ口上なのだろうか。それとも、女の人特有の無茶苦茶な屁理屈だろうか。どっちにしても卑怯《ひきょう》な態度だと思う。

「じゃあ、子供にもわかるように説明してよ」

「じゃあ、言うけどさ――」

えみさんが、僕を見上げてまさに反論しようとした時。

んもおお――う――。

のんびりとした牛の声が、遠くから風に乗って聞こえてくる。その間延びした声が終わるのを待っているうちに、すっかり力が抜けてしまったのだろう、えみさんも牛の長い声にシンクロするように、はあああ――っと、長い溜め息をつく――。

僕とえみさんがいるのは、山の中にある小さな牧場だった。

遊び相手もいない僕を可哀相に思ったのだろう、ある五月の日曜日、えみさんは僕をドライブに誘ってくれた。ここから車でしばらく行った山の中で、すごいものが見られるのよ、とえみさんは言った。

僕とえみさんは、赤くて小さくておんぼろで、でもとても可愛いらしいえみさんの車に乗って、アパートのある国分寺《こくぶんじ》から西に向かって走った。この車はね、パンダという名前なの。中古だけどイタリアの車なのよ。えみさんは助手席の僕に、そう自慢した。

赤いパンダは延々と田舎道を走り、途中から狭い山道を登り、右に曲がったり左に曲がったりしたあとで、ようやく目的地に着いて止まった。

車を降りた僕は、思わず大きな歓声を上げた。

青い空の下に、鮮やかな緑色の草原が広がっていた。その上をひんやりとした気持ちいい風が吹いていた。木の柵が長く延々と続いていて、その中で何頭もの薄茶色い牛が、のんびりと草を食《は》んでいた。僕が初めて見る本物の牧場だった。

喜んでもらえてよかった、とえみさんは満足そうに言った。少し堆肥《たいひ》の臭いがするけれど、こんなに牧場が綺麗な場所だとは思わなかった。こんな近くに牧場があることも知らなかった。

草原の向こうに牛舎があった。そこから少し離れた所に、赤い屋根の塔が建っていた。

それがサイロという牛の飼料の貯蔵庫だということは、僕も本で読んで知っていた。

えみさんは立ったまま木の柵に背中を預けて、帆布の肩掛け鞄《かばん》の中から大学ノートを取り出した。そして僕に、とっておきのお話を聞かせてあげるね、と言って、「空を飛ぶ娘」という昔話を朗読し始めたのだった。

「確かにこのお話は、民間説話、口承文学、民譚《みんだん》——ええとつまり、いわゆる昔話よ。でも、だからといって全部が全部嘘だとは言い切れないわ」

えみさんは気を取り直して大学ノートを閉じると、再度反論を開始する。

「昔話とか神話っていうのは、当時の出来事の痕跡《こんせき》を留《とど》めていることが多いの。例えば、『古事記《こじき》』や『日本書紀《にほんしょき》』にも登場する『天岩戸《あまのいわと》』の神話ね。天照大御神《アマテラスオオミカミ》が岩屋の中に隠れた時、昼間なのに世界が真っ暗になった——。これは皆既日蝕《にっしょく》の記録だと言われているの。古代の人々は皆既日蝕を見て、太陽の神様が隠れたと考えたのね」

皆既日蝕の記録は「聖書」の中にも登場するのよ、とえみさんは言った。新約聖書の「ルカによる福音書」には、イエス様が磔刑《はりつけ》になって死んだ時、お昼の十二時から午後の三時まで、太陽が光を失って全地が暗くなったと書いてあるらしい。えみさんは大学の文学部で勉強しているので、民話や神話に詳しいのだ。

「もっと具体的な例で言うと、『トロイアの木馬』というお話があるわ。古代ギリシアのホメーロスという吟遊詩人が紀元前八世紀に書いた、世界最古の叙事詩『イーリアス』に出てくる戦争のお話なんだけど、後世の人々はみんな彼の創作だと思っていたの。でも十九世紀になって、ハインリッヒ・シュリーマンというドイツ人の子供は、本当にあったことだと信じたのね。そして——」

えみさんは、夢見るような目で空を見上げる。

「大人になって、頑張って働いて、お金持ちになったシュリーマンは、トロイアという町があった場所を文献から割り出して、私財を全部つぎ込んで、発掘して、ついにトロイアの遺跡を発見して、この物語が実話であったことを証明したのよ！——どう？　すごいでしょ！」

えみさんは、まるで自分の親戚《しんせき》でも自慢するように、鼻の穴を膨らます。

「だから、もしかしたらいたかも知んないでしょ？　空を飛べる娘が」

「へえ！　じゃあえみさん、その娘はどうやって空を飛んでたっていうの？」

「どうやってって、そりゃあ、あの、ほら、ええと——」

必死に抵抗するものの、えみさんの劣勢はもはや明らかだ。

「——ち、超能力？」

「ちょー、のー、りょく！」

僕は心底呆《あき》れてしまって、両手を途中まで持ち上げてかぶりを振る。

「えみさん悪いけど、僕、オカルトには興味はないんだ」

僕は柵からひらりと地面に飛び降りて、えみさんを振り返る。

「人間が空を飛んだって話もありえないけど、そのお話に出てくる黒い大蛇だっておかしいよ。そんな巨大なヘビ、人間と共存していたはずがないんだ。化石では体長十三メートルの蛇が発見されてるけど、六〇〇〇万年前の地層だっていうからね。まあ大方、龍《りゅう》伝説からの転化なんだろうけど」

僕の言葉に、えみさんは何も言い返すことができない。

「それにね、村人が指笛でヘビを呼んだっていうけど、ヘビには聴覚器官——空気の振動を感じる器官がないんだ。要するに、音が聞こえないんだよ。地面の振動は知覚できるらしいけどね。だから蛇には指笛は聞こえないし、娘の声も聞こえないから、娘と会話だってできないんだ。もちろん喋れるはずもないしね」

「ヘビって、音が聞こえないの？」

えみさんは、驚いて僕の顔を見る。

「嘘よ！　だって、インドのヘビ使いがピロピロピロピロ〜って笛を吹くと、ヘビが喜んで立ち上がって、音楽に合わせて、こう、くねくね踊るじゃないの！」

えみさんは大学ノートを挟むように両手を合わせ、そのまま頭の上に伸ばすと、両脚を揃えて閉じて必死に身体をくねらせる。

その反論も予想していたので、僕は即座に言い返す。

「あれはね、笛の音が聞こえてる訳でもないし、喜んでる訳でもないんだ。ヘビ使いは笛の先を目の前で動かして、ヘビ——コブラをイライラさせてるだけなんだよ。仮に民話のヘビに音が聞こえたとしたって、ヘビの脳では娘の喋る言葉を理解できっこない。つまりね」

僕は宣告するように、えみさんに言う。

「その民話に事実の痕跡があるとすれば、過去に村が流されるほどの洪水があった、ということなんだ。娘が空を飛ぶのも、黒くて馬鹿でかい蛇も、このお話を長く言い伝えるために考えられた演出なんだよ。『いつでも洪水に備えなさい』という教訓を長く言い伝えるために、空を飛ぶ娘と大蛇というキャラクターを加えた、ってことじゃない？」

えみさんは両手を下ろすと深々と溜《た》め息《いき》をつき、小さく呟《つぶや》く。

「可愛くないガキ！」

「何か言った？」

僕が聞くと、えみさんは急いでぶんぶんと頭を振る。

「ううん！　何も」

そしてえみさんは僕に向かって、降参の笑みを見せる。

「でも、本当に頭いいのねえ。いろんなことを知ってるし、大学生のあたしでも勝てないわ。でも、今言ったようなことって小学校じゃ教えてくれないでしょ？　どうやって勉強してるの？」

「アパートに一人でいる時間が長いから、図書館で毎日いろんな本借りてきて読んでるからね。――それより、えみさん」

僕はさりげなく話題を変える。

えみさんは孤独な僕に同情して、こうやっていつも遊んでくれている。でも、同情してもらうのは好きじゃない。同情してくれる人は優しい人だし、同情してくれるのはありがたいことだけれど、同情で僕の問題が解決する訳じゃないからだ。

「この牧場に何か、すごいものがあるんじゃなかったの？　確かに綺麗《きれい》な所だけど、すごいものっていったら、もっと何かこう、すごいものなんでしょ？」

「あ！　忘れてたわ！　ごめんごめん！」

えみさんは急いで大学ノートを鞄に戻すと、両手を横に広げて、緑の草の中で――ヘンな言い方だけれど――大の字の姿勢で立つ。そして嬉《うれ》しそうに周囲を見渡しながら、身体をくるりと回す。白いシャツの裾《すそ》がふわりと広がる。

「ねえ、とっても綺麗でしょう？　この牧場はあたしたちの『ユートピア』なの！　ユートピアってわかる？」

もちろん知っている。お話の中に出てくる理想の国、それがユートピアだ。誰もがあったらいいなと憧《あこが》れるような国。でも、本当はどこにもない国――。

「あたしたち」のユートピア、とえみさんは言う。あたしたちって、どういう意味なんだろう？　えみさん以外にも、この牧場を好きな人たちがいるんだろうか。

「さ、行きましょう！」

突然、えみさんが僕の左手をぎゅっと握る。そのままえみさんは、僕の手を引っ張りながら走り出す。

「こっちよ！　早く！」

僕もあわてて、えみさんと一緒に走り始める。

下は一面、足首まで伸びた牧草だ。その緑色の葉に足を取られて上手《うま》く走れない。僕は何かに祈りながら、緑色の絨毯《じゅうたん》の上を必死に走り続ける。どうか転んでしまいませんように。えみさんに引っ張られている左腕が、肩から抜けてしまいませんように。えみさんの手が、僕の手からすり抜けてしまいませんように——。

ふと気が付くと、激しく上下する視線の先で、赤いものが揺れている。青い空と緑の山々を背景に建っているのは、赤い煉瓦《れんが》で造られた、赤いドーム屋根のサイロだ。その赤いサイロが、上下に揺れながらだんだんと近づいてくる。

すると、その煉瓦でできた円柱状の塔の足もとに、黄色と白の点がたくさん——それはたくさん、とてもたくさん、そう、無数に広がっているのが目に飛び込んでくる。

「わあ——」

立ち止まった僕は、周囲をゆっくりと見渡しながら言葉を失う。

僕がいるのはタンポポの海だ。びっしりと地面を埋め尽くす緑色の葉。その中から花茎が十センチもない間隔で生えていて、背比べをするように空に向かって伸びている。いくつかの種類が混生しているのだろう、可憐《かれん》な黄色い花を咲かせているものもあれば、白くて丸くて可愛らしい冠毛を付けているものもある。

そして僕はその中に立って、まるでミモザサラダに放り込まれたパン屑《クルトン》のように、緑色と、黄色と、白の中で戸惑っている。

突然、さあっと風が吹く。僕の周りで揺れている白い綿毛が、合図を待っていたかのように一斉に、ふわあっと空中に舞い上がる。そして、降りしきる雪をビデオで逆再生にしているかのように、無数の白い点がゆっくりと上昇し、空に吸い込まれていく。その中で僕は相変わらず、ただ呆然《ぼうぜん》と立ち尽くしている。

「ねえ！　すごいでしょう！」

えみさんがどこかで叫んでいる。けれど、白い綿毛の世界の中にいる僕には、えみさんの居場所はわからない。

「こんなにたくさんのタンポポ見たことある？　ないでしょう？　だからここは『タンポポの国』なのよ！」

「タンポポの国」――。ここはたしかにそう呼ぶしかない、タンポポだけの世界だ。

僕は周囲の地面を見渡す。あんなに綿毛が舞い上がったというのに、まだまだたくさんの冠毛が、地面から伸びた茎の上で揺れている。

あの白い、ふわふわの綿毛の上を寝転がったら、どんな気分がするだろう？　とうとう僕は我慢できなくなって、雪が積もったような地面に向かってダイブする。僕はごろごろと、タンポポの上を横に転がる。すると僕の身体の周りで白い綿毛が舞い上がる。

僕はだんだん嬉しくなってきて、気が付くと転げ回りながら大きな声で笑っている。

「気を付けて！」

またどこかで、えみさんが僕に向かって叫ぶ。どこにいるんだろう？　右？　左？　後ろ？　それとも、上？

「タンポポの綿毛が耳に入ると、耳が聞こえなくなるのよ！　耳に入らないように気を付けて！」

「ウソだよ！」

笑いながら、転がりながら、僕はどこかにいるえみさんに叫び返す。

「迷信だよ！　そんなの！」

でも、そう言いながら僕は急に不安になり、転がるのをやめて自分の両耳を押さえる。タンポポの綿毛が入ってこないように。耳が聞こえなくなってしまわないように。耳だけではなく、僕は両目も固く閉じる。瞼《まぶた》を開けていると、綿毛がどんどん目に飛び込んできそうだ。

「ねえ！」

真っ暗な闇の中、えみさんの声が聞こえてくる。

「今まで黙ってたけど、あたし、本当はね！——ねえ、聞いてる？」

僕の指の隙間から、えみさんの声が耳に滑り込んでくる。タンポポの中を転がりすぎて息が切れてきた僕は、仰向《あおむ》けの大の字に寝転んで止まる。はあはあと大きく呼吸すると、その息で、唇に付いたタンポポの綿毛が揺れる。

僕は目を閉じたまま、えみさんに大きな声で叫んで返す。

「聞いてるよ！　なあに？　えみさん！」

「あたしね！　本当は知ってるの！」

「何を？」

「空を飛ぶ方法よ！」

「ウソだよ！」

「本当よ！」

「ウソだよ！　羽根もないのに、どうやって人間が空を飛ぶっていうの！」

「子供にはわからないのよ！」

えみさんはまたそう言って、僕の理屈からひらりと身をかわす。

「わかるよ！　飛べる訳ないよ！」

「じゃあ、目を開けてごらんなさい！」

僕は大の字の姿勢のまま、恐る恐る目を開ける。

視界全体に、さあっと青空が広がる。僕は目に染みるような眩《まぶ》しさに思わず目を細め、それから何とか目を開くのに成功する。

空のはるか上のほうに、何かが浮いている。どうやらそれは、赤い色をしている。そしてその赤いものは、青い空の中をゆっくりと旋回しながら飛んでいる。

人――？

僕は唖然《あぜん》とする。そう、それは人の姿だ。

両腕を真横に広げている。その両腕の後ろには大きな四角い袖《そで》が付いており、はたはたと風にたなびいている。その人が着ているのは赤い着物だ。裸足《はだし》の両脚をわずかに開いている。着物の裾の端が風に翻っている。

赤い着物を着た人が、僕のはるか頭上で、まるで大きな鳥のように、ゆうゆうと青い空の中を飛んでいる。

「ねえ、本当だったでしょう？　あたし、空を飛べるのよ！」

赤い着物を着た人が、青い空の中で、僕を見下ろしながら叫んでいる。

えみさんだ――。遠くて顔はよく見えないけれど、どうやら笑っているようだ。いつの間に着替えたのだろう？　赤い着物を着て、おかっぱの髪をなびかせながら、気持ちよさそうに空を飛んでいるのは、間違いなくえみさんだ。

「本当だ――」

僕は慌ててタンポポの中から飛び起きると、空を飛んでいるえみさんに向かって、力一杯両手を振る。

「えみさあん！」

僕は感動している。感動のあまり、胸が潰《つぶ》れそうだ。

すごいや！　えみさん、本当に空を飛べるんだ！

そう思いながら僕は、自分が泣いていることに気が付く。感動の涙ではない。なぜだかとても悲しいのだ。えみさんが空を飛んでいる、そのことが悲しくて、悲しくて、たまらないのだ。なぜ僕はこんなに悲しいのだろう？

えみさんの姿が、だんだんと遠ざかり始める。上に向かって。高い、とても高い空の、そのまたさらに上に向かって。

ぽろぽろと、次から次へと、目から涙がこぼれ落ちる。そして涙は頬を伝って、顎《あご》の先から僕の胸へと滴り落ちる。えみさんが、どんどん小さくなっていく。ああ、もう豆粒のようにしか見えない。

「えみさあん！　えみさあーん！」

泣きながら、そして両手を振りながら、青い空の中に溶けていくえみさんに向かって、僕は叫び続ける――。

「――さん――」

自分の声で、姫野広海は目を覚ました。

目の前にあるのは青い空ではなく、自分の部屋の天井だった。姫野は自宅の自室にあるベッドに横たわり、見慣れた生成《きな》りのカバーの羽毛布団に包まれていた。

姫野は放心しながら、寝覚めの頭でぼんやりと考えた。どうして僕は、自分のベッドにいるんだろう? 確か、さっきまで応接間のソファーで寝ていたような気がする。本格的に寝ようと、二階にある自分の部屋に移動したのだろうか。

——こんなことをしている場合じゃない。

姫野は急に、いてもたってもいられない焦燥感に襲われた。

そうだ、今すぐ起きて、早く行かなきゃ。一刻も早くどこかに行かなきゃ。大変なことが起こったんだ。誰かが待っているんだ。僕の力が必要だと言ってくれた人が、僕が来るのを待っているんだ。それなのに僕は、なぜ自分の部屋なんかでのんびりと寝ている?

「起きたか、姫野」

ふいに右側で、静かな声がした。

「気分はどうだ? 俺がわかるか?」

姫野は横になったまま、声のするほうに視線を動かした。

痩《や》せた若い男が、休憩に使っているロッキングチェアーに浅く腰掛けて、姫野をじっと見ていた。軽く前屈《かが》みになり、組み合わせた両手を膝《ひざ》に乗せている。短い髪、細いメタルフレームの眼鏡。黒いセットアップ・スーツの下に、白いボートネックのカットソーを着ている。

「さわ、だ——?」

澤田時雄、年齢は姫野と同じ二十七歳。ネクタイをしていないことからわかるように、澤田は刑事部の捜査員ではない。科学警察研究所、略称「科警研」内にある犯罪行動科学部・捜査支援研究室の心理分析官、即《すなわ》ちプロファイラーだ。

「澤田、なんでお前、ここにいるんだ？」

姫野が不思議そうに聞くと、澤田は真面目な顔で答えた。

「鏑木さんに言われたんだ。姫野が倒れたので、様子を見に行ってくれないかと」

そうだった――。姫野はようやく思い出した。

殺人事件発生の報《しら》せを受け、姫野は鏑木と檜原《ひのはら》村の廃牧場に急行した。そして死体があるというサイロに入り、空中に浮かんでいる死体を見た。日向咲《ひなたえみ》――それが被害者の名前だと、先輩の正木正也警部補が言った。その名前を聞いた途端、なぜかどこかに吸い込まれるように気が遠くなり、気が付いたら自分のベッドで寝ていたのだ。

「いや、澤田がウチに来た理由はわかったけどさ」

姫野は我に返ると、もどかしげに枕から頭を持ち上げた。

「僕が聞きたかったのは、なんで澤田が、僕の部屋にいるのかってことだよ」

澤田は困ったように肩をすくめた。

「お前が起きるまで、応接間か食堂で待たせてもらおうと思った。でもお前の伯母《おば》様が、あなた邪魔だから広海さんの部屋にいて頂戴《ちょうだい》、そのほうが目が覚めた時もすぐにわかるでしょう、と仰《おっしゃ》ったんだ」

「やっぱり伯母さんのせいか。そりゃあ悪かったね」

謝る姫野を見ながら、澤田が首を横に振った。

「姫野。伯母様は平静を装ってはおられるが、心底お前のことを心配されているんだ。おそらく、ご自分がお前につきっきりでいたいに違いない。しかし同時に、自分の愛情がお前の心理的な負担になることを非常に恐れておられる。だから、代わりに俺についていて欲しくて、ああ言われたんだ」

「ええ？　そうなのかなあ」

姫野が首を捻《ひね》ると、澤田は当たり前だと言わんばかりに頷《うなず》いた。

「まず伯母様は、今日はヒマなので会社は休みを取ったと仰った。だが、話をしている最中もひっきりなしに電話がかかってきていた。本当は非常に多忙なんだ。それに、化粧で隠してはおられたが、両目の下に隈《くま》ができていた。お前を心配して眠れなかったに違いない。――そして」

澤田は、自分の左側に置いてあるカフェテーブルを見た。

姫野もつられて見ると、テーブルの上には妙子の好きな、ドイツの名窯《めいよう》マイセンのカップ&ソーサーが載っていた。中国の染付技法を採用するブルーオニオンに金と赤を加えた、カラーオニオンと呼ばれる希少なシリーズだ。横にはクッキーを載せた同じ柄のプレートが置いてある。トリオと呼ばれる三点セットだ。

「このコーヒーは三杯目だ。全てご自分で運んで来られている。これを口実に、お前の顔を覗《のぞ》きに来ておられるんだ」

「さすがプロファイラーだな」

姫野は溜《た》め息《いき》をついた。

「伯母は、僕が十一歳の時に両親が亡くなって以来、女手一つで、本当の母親のように僕を育ててくれたんだ。本当に感謝しているよ」

ふいに姫野は、また澤田の顔を見た。

「なあ澤田、ついでに聞くけど」

「何だ？」

「鏑木さんが、わざわざお前を僕の所によこしたのには、どういう意味があるんだ？　まさか自分の代理でお見舞いに行かせた訳じゃないだろう？」

澤田はあっさりと頷いた。

「知っての通り、鏑木さんはああいう人だ。事件の容疑者には容赦なく斬り込んでいくが、お前の過去やプライバシーに踏み込むことができない。俺ならお前とは年も同じだから、話しやすいと思われたんだろう」

姫野は薄く苦笑した。

「もう、直接聞いてくれればいいのになあ。鏑木さんたら――」

あらためて澤田は切り出した。

「単刀直入に聞く。お前とあの死体の女性は、どんな関係だ？」

澤田は、横になっている姫野の顔をじっと見下ろした。

「鏑木さんが仰るには、お前は日向咲という名前を聞いた時、えみさんと呟《つぶや》いて気を失ったそうだな。お前は日向咲を知っていた。いや、親しかった。殺人事件の被害者を知っている以上、お前は参考人だ。鏑木さんには取り調べる権利と義務がある」

姫野はしばらく無言だったが、やがてようやく口を開いた。

「どうしてだろう、すっかり忘れていたんだ。あの人のこと」

そして天井に視線を移すと、ぽつりぽつりと姫野は喋《しゃべ》り始めた。

「あのサイロで、あの人の名前を聞くまではね。日向咲という名前を聞いた瞬間に、昔の記憶が一気に戻ってきて、まるで大きな波に飲み込まれるように、気が遠くなってしまったんだ。つい今も、子供の頃の夢を見ていたような気がする。日向咲――えみさんとすごした日のことをね」

澤田は無言のまま、じっと姫野の言葉に耳を傾けていた。

「えみさんは――」

姫野は天井に視線を投げたまま喋り続けた。

「えみさんは、僕が小学校五年生だった時、同じ国分寺のアパートに住んでいた女性なんだ。随分大人だと思ってたけど、あの時大学一年だったから、まだ十九歳だったんだな。子供好きで、料理が上手で、明るくて、優しくて、そして――とても綺麗《きれい》な人だった」

姫野は、初めて日向咲と会った日のことを話し始めた。

五月のある日、姫野家が暮らしているアパートに、日向咲はたった一人で引っ越してきた。引っ越しの日の夜、粗品のタオルを持って姫野家に挨拶《あいさつ》に来た咲は、自分は公英大学の文学部に通う大学生であり、一人暮らしをするのは初めてで心細いので、よろしければ仲良くして下さい、と姫野の両親に言った。

「僕の父は夜勤の警備員で、母は心臓の病気で入院していた。学校から帰ってきても父はすぐ出かけてしまって、僕はいつも独りぼっちだった。だから可哀相に思ったんだろうね、えみさんは毎日のように僕と遊んでくれた。僕ときたら、喜ぶ一方で、大学生って本当にヒマなんだなと思ってたけどね」

懐かしそうに、姫野は喋り続けた。

「他にもえみさんは、作りすぎちゃったから食べてと言って、毎日のように僕に晩ご飯を持ってきてくれた。だから両親は、えみさんに深く感謝していたよ。両親はえみさんのことを、とても気に入っていたし、僕も――」

姫野は、ふっと笑みを浮かべた。

「いわゆる、初恋の人だったのかも知れないなあ。えみさんのことが僕は大好きだった。それが恋愛感情だったのかと聞かれると、自信はないんだけど」

「日向咲は、五月に引っ越して来たのか？」

ふいに澤田が聞いた。

「うん。五月の連休の頃だった」

「さっき、ご両親はいつもはアパートにいなかったと言ったが、日向咲が挨拶に来た夜は揃ってアパートにおられたのか？」

澤田が重ねて聞いた。

「そうだな、たまたま二人ともいる時だったよ。その日、母は病院から一時帰宅していて、父もそれに合わせて珍しく休みを取っていたんだ」

澤田が黙り込んだので、姫野はまた話を再開した。

「でも、夏休みが始まってしばらくすると、えみさんはまた引っ越していった。だから、えみさんとすごしたのは三ヵ月くらいかな。そのせいか今でも、本当に存在した人なのかどうか、えみさんの記憶は、まるで夢の中の出来事のようにあやふやなんだよ。両親もすごく残念がってたことを覚えてるから、同じアパートに住んでいたのは確かなんだろうけど」

「また、三ヵ月で引っ越していった――」

澤田が独り言のように繰り返した。

「ああ、そうだ。『夢』という言葉で思い出したよ」

姫野は記憶を探るように、目を細くしながら続けた。

「ある日曜日、えみさんは僕にすごいものを見せてあげると言って、パンダという赤い小さな車を運転して、山の中の牧場に連れて行ってくれたんだ。今にして思えば、それがあの死体が発見された檜原村の廃牧場だったんだな」

「あの廃牧場に、お前は日向咲と行ったことがあったのか？」

澤田が驚いて聞いた。

「うん。まさかえみさんが、あの牧場で、変わり果てた姿で見つかるなんてね——。どういうことなんだろう、さっぱりわからないよ。えみさんはあの牧場を、『あたしたちのユートピア』と呼んでいた。どういう意味かはわからないけれどね」

姫野は、感慨深げに呟いた。

「なんて皮肉なんだろう。えみさんは、自分が『ユートピア』と呼んでいた所で死んでいたんだな——」

しばらくの沈黙のあと、澤田が尋ねた。

「日向咲が見せたがった、すごいものとは何だったんだ？」

「タンポポだよ」

「タンポポ？」

怪訝《けげん》な表情の澤田を見て、姫野はくすりと笑った。

「黄色い花と一緒に、白い冠毛を付けた花茎が無数に生えていて、風が吹くと白い綿毛が一斉に舞い上がるんだ。春真っ盛りなのにまるで吹雪の中に立っているようだったよ。すごく幻想的というか、まるで夢の中にいるような時間だったんだ。そしてえみさんは、ここは『タンポポの国』なのよ、と言ったんだ」

やはり、さっきまで見ていた夢が、その時の記憶だったんだな——。あらためて姫野はそう思った。

「なあ、澤田」

「何だ？」

「タンポポの綿毛が耳に入ると、耳が聞こえなくなるって本当かな？」

澤田は、姫野の顔をじっと見た。

「あの時タンポポの中を転がりながら、えみさんがそう言うのを聞いたような気がするんだ。そんなの迷信だって否定しながらも、僕は急に怖くなって、両手で一所懸命に耳を押さえたんだ。綿毛が耳に入りませんように、耳が聞こえなくなりませんようにってね」

「迷信だ――と、俺もずっと思っていたが」

真面目な顔で、澤田は続けた。

「二〇一三年十一月、中国・北京にある小児診療所の耳鼻咽喉科《じびいんこう》で、女児の耳にタンポポの綿毛が入って発芽し、二センチほどに成長した事例が確認された。幸い手術で無事に取り除かれたが、手術を担当した医師は、そのまま成長したら鼓膜を破って脳に入ったかもしれないとコメントしている。あながち迷信じゃないのかも知れない」

姫野は黙って澤田の言葉を聞いていたが、やがて口を開いた。

「昔話とか神話っていうのは、当時の出来事の痕跡《こんせき》を留《とど》めていることが多いの――」

ゆっくりと、芝居のような口調で姫野はそう言った。

「えみさんが、小学生の僕に言った言葉だよ。確か、古代の日蝕《にっしょく》やトロイアとシュリーマンの話を聞かせてくれた。タンポポの綿毛の言い伝えも、同じかも知れないな。大昔、タンポポの綿毛が耳に入って発芽したために耳が聞こえなくなった子供が、本当にいたのかも知れない。だとすれば、もしかしたら『空を飛ぶ娘』だって――」

「何だって？」

澤田が聞きとがめた。

「今、空を飛ぶ娘、と言ったか？」

澤田の脳裏に、鏑木からメールで送られてきた写真が浮かび上がった。廃牧場のサイロの中で発見された、日向咲の死体の写真。地上三メートルの高さで鉄パイプに串刺《くしざ》しにされた死体は、まさに空中を飛んでいる娘の姿を髣髴《ほうふつ》とさせた。

「昔話だよ」

姫野は肩をすくめた。

「えみさんが、大学ノートに書き留めていたものを朗読してくれたんだ。東京の山間部に伝わる民話らしいけどね」

「どんな話だ？」

姫野は、日向咲に聞かせてもらった内容を思い出しながら、できる限り正確に澤田に語って聞かせた。澤田はじっと、姫野の語る昔話に耳を傾けた。

それは奇妙な物語だった。空を飛ぶことのできる不思議な娘が、山奥にある「しあわせの村」にやってくるが、あやうく大蛇のいけにえにされそうになり、最後には大雨による洪水で「しあわせの村」は跡形もなく流されてしまうのだ。

「えみさんは、これは本当にあった話なのよ、と力説したんだ。可笑《おか》しいだろう？　まあ、僕が子供だったから、からかったのかも知れないけどね」

「本当にあった話――そう言ったのか、日向咲は」

念を押す澤田に、姫野は頷《うなず》いた。

「君も、あの死体を写真で見ただろう？　えみさんの死体は、僕には『空を飛ぶ娘』そのものに見えた。『空を飛ぶ娘』の話を聞かせてくれた女性が亡くなって、その死体が『空を飛ぶ娘』のような姿をしていた――この偶然の一致のせいで、きっと僕は強いショックを受けて気を失ったんだろうね。ここんとこ、ひどく疲れていたせいもあるだろうけど」

そして姫野は澤田を見ると、にっこりと笑った。

「でも、もう大丈夫だよ！　三日もゆっくり休ませてもらったし、点滴だって身体中の水分が入れ替わるくらいたっぷり打ってもらったから。明日《あした》からいつも通り出社しますって、鏑木さんと正木さんに言っておいてくれないか。休んだ分も頑張んなきゃ！」

澤田は下を向いてしばらく考え込んでいた。そして、ようやく顔を上げた。

「姫野、確認したいことがある」

「何だい？」

「お前はさっき、十一歳の時に伯母《おば》様に引き取られたと言った。ということは、お前のご両親が亡くなったのも、お前が十一歳の時なんだな？」

「ああ」

姫野は無関心にも見える表情で頷いた。

「気が進まないかも知れないが、ご両親が亡くなった経緯《いきさつ》を話してくれないか」

澤田は思い切ってそう聞いた。

しばらく沈黙が流れたあと、姫野が静かな声で言った。

「父さんは、殺されたんだ」

澤田はその声を聞いた時、姫野の心の深くて暗い場所で、青暗い炎がぼうっと燃え上がるのを感じた。

08　日向光子

「ええっ！　妹さん、亡くなってたんですか――」

そう言うと五十代の女性介護士は、悲痛な表情で両手を口に当てた。

「TVのニュースで、多摩のほうの牧場跡で古い死体が見つかったというのは聞いてたんですけど、まさかそれが、日向《ひなた》さんの娘さんだったなんて」

四月八日火曜日、午後一時――。

鏑木と正木は、被害者・日向咲の家族に対する聞き込みから始めることにした。咲とは双生児である姉の夢は、明日の午前十時に成田着の予定になっている。そこで鏑木と正木は、母親・日向光子《みつこ》に面会するため、東京都国立市にある認知症高齢者グループホーム「ヴィラ・デル・ソーレ国立」に向かった。

応対してくれたのは、この施設に二十年以上勤務しているという女性介護士で、老人ホームの所長によると、日向光子の入所以来の経過を最もよく知っている人物だ、ということだった。

その女性介護士が鏑木と正木に語った内容は、以下の通りだった。

日向光子がこの施設に入所してきたのは、記録によると一九九八年、つまり十六年前の二月十二日。光子にはかねてより若年性認知症の徴候があり、通院しながら自宅療養していた。だが、急激に症状が悪化して日常生活にも支障が出るようになり、これ以上家族による介護は困難であると担当医が判断したのだった。

光子は夫とは離別しており、家族は夢と咲という高校生の娘二人だけだった。入所には咲だけが付き添って来た。咲は女性介護士に挨拶《あいさつ》すると、姉は家計を支えるためにアルバイトをしていて、今日はどうしても休めなかった、時間ができ次第挨拶に来ると思うのでよろしく、と言って頭を下げた。

女性介護士は鏑木と正木に、咲が書いたという入所書類を見せてくれた。緊急連絡先の欄には、いかにも若い女の子の文字で、夢と咲の名前、咲の携帯電話番号、それに一家三人が当時住んでいた貸家の住所が書いてあった。

入所の数日後、もう一人の娘・夢が面会に来た時、介護士の女性は夢を見て驚いた。夢と咲が一卵性双生児だとは聞いていなかったからだ。夢は、咲は何も言ってなかったんですか、妹はそういう抜けた所があるので、と言って笑った。

最初の頃は、夢と咲が交代で面会に来ていたが、妹の咲は、ある時以来姿を見せなくなった。ある日、介護士の女性は面会に来た夢に、何気なく妹さんは元気かと聞いてみた。すると夢は、妹は今海外に長期留学していますので、母に何かあったら私のほうにご連絡下さい、と答えた。

「本当はその時、行方不明になってたんですね、海外留学じゃなくて――」

女性介護士は気の毒そうに言った。

鏑木も頷いた。その時期に姉の夢は、母親の名前で警察に妹・咲の捜索願いを提出している。咲の失踪《しっそう》という事実を認知症の母親が聞いても、認識できたかどうかはわからないが、万が一にも母親に心労をかけないように、施設の従業員の口から母親の耳に入ることは避けたかったのだろう。

「光子さんは入所された時、四十三歳だったんですね？　随分とお若いようですが」

鏑木が聞くと、女性介護士は肩をすくめた。

「ええ。でも、そう珍しいケースでもないんですよ。若年性認知症の方は全国に四万人くらいいらっしゃるそうですから。中には十代で発症する方もいますし」

「へえ、そうなんですかい。おいカブ、おめえも気を付けねえとな。ただでさえ普段からぼーっとしてて忘れっぽいんだからよ」

正木の不謹慎な言葉を鏑木が諌《いさ》めようとすると、女性介護士が言った。

「光子さんは、入所された時からかなり認知症が進んでましてね。まあ、だからうちに入所されたんですけどね。夢さんが面会にいらっしゃっても、咲ちゃんと呼んだり夢ちゃんと呼んだり、ちゃんと区別がついてなかったようですし」

「まあ、娘二人が一卵性双生児ってのは、認知症の人にゃあ酷な話かも知れませんね」

正木が納得したように頷いた。

「日向光子さんにお会いすることはできますか？」

鏑木が聞くと、介護士の女性は部屋に案内してくれた。

四人部屋の奥のベッド脇で、光子は車椅子に座り、無言のままぼんやりと窓の外を眺めていた。

「光子さん、お客様よ？　光子さん」

膝掛《ひざか》けの位置を直しながら介護士が声を掛けたが、光子から返事はなかった。

「こんにちは！　あたしゃ正木ってもんです。今日はいいお天気ですねえ！」

正木が車椅子の正面にしゃがみこむと、強面《こわもて》の顔に精一杯にこやかな表情を浮かべて話しかけた。だが、光子は相変わらず窓の外に視線を投げているだけだった。鏑木はその視線の先を追ったが、特に何を見ているというようにも思えなかった。

「調子がいい時は、いろいろお話もされるんですけどねえ」

女性介護士が気の毒そうに言った、その時だった。

「私が、悪いの」

聞こえるか聞こえないかの声で、光子が呟《つぶや》いた。

「え？　何ですかい？」

正木が慌てて、しゃがんだまま光子の口に耳を近付けた。鏑木も前屈《かが》みになって、正木の後ろで顔を横向きにした。

「私が悪いの。あの人が、出ていって、しまったのは、私が何もできない、つまらない女だから、飽きられたの。私のせいなの。あの人は、悪くないの」

どうやら光子は、何事かを思い出しているようだった。そして、途切れ途切れに呟いているうちに、光子の声はだんだんと大きくなっていった。

「だからあの子も、私が悪いの。あの子、とても小さくって、か弱くって、泣き声も、か細くって。私の身体が、弱かったから。生活がちゃんと、してなかったから。だから私、生まれたばかりの、あの子を見た時、てっきりこのまま、死ぬんだと――」

突然、光子の目から涙がぼろぼろとこぼれ始めた。

「怖かったの。あの子が、このまま、死ぬかもしれない、そう思ったら、怖くて、怖くて――。丈夫に産んであげられなかった、私が悪いの。全部、私のせいなの」

女性介護士が、鏑木と正木に向かって囁《ささや》いた。

「咲さんのことなんですよ」

鏑木と正木は、痛ましげな顔で光子を見た。

「咲さんは生まれた時、かなり身体が弱かったらしくて、光子さんはかなり心配されたみたいなんですよね。もう、入所の頃からずっとこの話ばっかりで」

介護士の女性は、光子の両肩を後ろから押さえた。

「光子さん、大丈夫よ？　咲さんはちゃんと立派に大きくなったでしょう？　光子さんそっくりの綺麗《きれい》な人になって、頭も良くって、大学にだって一発で受かったんでしょう？　すごいわねえ！」

光子はふいに、女性介護士を振り向いた。

「えみちゃんは、どこ？」

女性介護士は一瞬、言葉を失った。

「今日は、えみちゃんは来てないの？　大学かしら？」

ゆっくりと喋《しゃべ》る光子に、介護士の女性はようやく頷《うなず》いてみせた。

「そうよ、大学よ。咲さんは大学のお勉強で忙しいの。でも、咲さんは、そのうち必ず会いに来てくれるから。それまで楽しみに待ってましょうね？　ね？　光子さん」

ようやくそう言うと、介護士の女性は小さく洟《はな》を啜《すす》り、指の背で目頭を押さえた。

すると光子は、目の前にしゃがんでいる正木に視線を移して、かすかに笑った。

「えみちゃんはね、空を飛べるのよ？」

「――は、はあ？」

正木は思わず聞き返し、そのまま口をぽかんと開けて光子の顔を見た。

「えみちゃん、こないだ会いに来てくれた時、空を飛ぶ方法がわかったから、お母さんにも飛んで見せてあげるねって、約束してくれたの。それなのにえみちゃん、ちっとも飛んで見せてくれなくて。一体いつになったら、空を飛んで見せてくれるのかしら。きっと、次に来た時に、飛んで見せてくれるんだわ。ねえ？　楽しみねえ！」

光子は、正木に向かってにっこりと笑った。そして急に視線を下に向けると、一切の表情をなくして黙り込み、そのまま何も喋らなくなった。まるでゼンマイが完全に解《ほど》けてしまった自動人形《オートマタ》のようだった。

正木は立ち上がると、鏑木を見ながら首を左右に振った。鏑木も頷いた。

そして二人は、介護士の女性に深々と頭を下げると、無言のまま部屋を出ていった。


「まあ、偶然だ、偶然！」

施設の前の道路まで出ると、正木は吐き出すように言った。

「なんせ、あのお袋さんは認知症を患《わずら》っておられるんだ。少々突拍子もねえことを口走ったって何の不思議もねえやな。──行くぜ！　カブ」

自分に言い聞かせるような口調だった。正木は苛《いら》ついたように、早足で駅に向かって歩き出した。

鏑木もあとに続いて歩きながら、日向光子の言葉を思い返した。

えみちゃんはね、空を飛べるのよ──？

もちろん母親の光子は、娘の咲が死体で発見されたことを知らない。そして、その死体がまるで空中を飛んでいるような姿だったことも知らない。

では、この奇妙な符合は、一体何なのか──。

歩きながら鏑木は、ざわざわとした嫌な予感が自分の背中を這《は》いまわるのを感じた。

09　姫野の過去

「いいかトキオ！　最初に言っとくがな」

つくねの串《くし》を顔の前で振りながら、正木が澤田を睨《にら》んだ。

「今日はホトケさんの話をする時、絶対に焼き鳥を使うんじゃねえぞ？　ただでさえ今回のアレは串付きで、ハナから充分にそれっぽいんだからよ。いいな？　やるなよ？　わかったな？」

そう言うと正木は、つくねを丸ごと口に入れて串だけを引っ張り出すと、もぐもぐと咀嚼《そしゃく》しながら目の前の小皿に投げ入れた。

「私が、そんなことをしましたか？」

焼きおにぎりを頰張りながら、澤田が不思議そうに聞いた。

正木はむせそうになり、胸をどんどんと叩《たた》きながら何とか口の中のものを飲み込むと、澤田の鼻に人差し指を向けてまくしたてた。

「やったじゃねえかよ！　俺が一気に食欲をなくしちまうようなことを！　首なしの時も、アジの開きの時も！　ヒメの野郎と一緒になって！　さんざっぱら！」

——ったくこの野郎、と言いながら、正木は座敷の壁にどさりとワイシャツの背中を預けた。そして、天井を見上げて息を吐いた。

「まあ、今日はヒメがいねえから、そうひでえことにゃならねえと思うけどよ」

その言葉にはどこかつまらなそうな響きがあり、鏑木は苦笑した。

四月八日火曜日、午後十一時三十分——。

鏑木鉄生と正木正也、それに澤田時雄は、警視庁近くにある馴染《なじ》みの焼き鳥屋に集合し、二階にある六畳間の座敷でかなり遅めの夕食を取っていた。深夜二時まで営業なので、捜査が遅い時間に及んで食事をとりそこねた日に重宝する店だ。

「では、母親の光子からは、何も情報は得られなかったんですね?」

澤田が聞くと、鏑木は頷いた。

「そうなんだ。ガイシャの失踪《しっそう》当時の話を聞くには、姉の夢が帰国するのを待つしかないな」

日向咲《ひなたえみ》の双子の姉・日向夢は、仕事でアメリカに出張中だったが、明日の午前十時に成田国際空港に到着することになっている。

今度はセセリの串を手に取った正木が、横咥《ぐわ》えして引っ張りながら文句を言った。

「大体だな、認知症のおっ母《か》さんからなんか聞き出せって言われたって、そりゃあ無理ってもんだぜ。全くタタリの野郎、無茶振りしやがって」

「——それで、ええと、澤田」

鏑木は手に持っていたビールのグラスを座卓に置いた。

「ヒメはどうだった？　医者は過労による貧血だと言っていたが」

「はい。もうすっかり回復したので明日には出社する、ご迷惑を掛けてすみませんでした、そう言っていました。――でも、鏑木さん」

澤田は鏑木の顔をじっと見た。

「聞きたいのは、姫野の健康状態だけではないんですよね？」

「ああ、そうなんだ。すまん。イヤな役をやらせてしまった」

後頭部に手をやった鏑木に、すかさず正木が言った。

「おいカブ、おめえとヒメは指導期間を含めてもう三年以上も組んでんだろ？　何をイジイジ遠慮してんだよ。おめえは直属の上司なんだから、何でもズケズケ聞きてえことを聞きゃあいいじゃねえか」

「そうなんだがな、遠慮というか――その、話したくないかも知れないことを聞くのは、何だか気が進まなくてな。一応上司の俺に聞かれたら、ヒメも喋らない訳にはいかないだろう？」

鏑木の返事に、正木は呆《あき》れた。

「喋りたくねえなんて誰が決めたんだよ！　ひょっとしたらヒメだって身の上話を聞いてほしいのに、おめえが聞かねえから言い出せねえのかも知んねえじゃねえか！　つれえ話ってのは、自分からペラペラ喋りにくいんだよ！　そんくれえわかってやれよ！

全く、そんなこったからおめえはカミさんに逃げられるんだ！」

正木の言葉の前には、鏑木は一言もなかった。

誰にでも、誰かに聞いてほしい話があるんじゃないか――常々そう思っているのは鏑木自身だった。しかし、こと部下で相棒の姫野のこととなると、なかなかそうもいかなかった。そしてその理由も、鏑木にはわかっていた。

姫野の過去には、特に亡くなった父親には、触れてはならないのではないか――そう思えてならないのだ。

いつだったか姫野が、自分の父親について語ったことがあった。警備員だった父親を勝手に警察官だと思っていて、そうではないと知った時に、騙《だま》されたと思ったという話だった。その話自体は微笑ましい話とも受け取れたが、そのあと姫野は、「警備員と警察官は違うんです。特に、銃を持ってるってことが」と付け加えた。

そして、つい最近のことだ。捜査中の深夜に、うたた寝している姫野が寝言で「父さん、どうして」と呟《つぶや》くのを聞いてしまったことがあった。どうして、とはどういう意味なのだろうか。亡くなった父親に、一体何を、夢に見るほど聞きたいというのだろうか。

そして、日向咲という殺された女性についての話を聞くことは、亡くなった父親の話を引きずり出してしまうことになるのではないか――。鏑木にはなぜか、そんな予感がしてならなかったのだ。

「すまん、正木。ヒメが復帰したら、俺からいろいろ聞いてみるよ」

「おう！　ちゃんと聞いてやれや」

鏑木は心の中で正木に感謝した。全く、これだけはっきりものを言ってくれる人間は、自分の周りには正木くらいしかいない。

「それでは、今日姫野に聞いたことをお伝えしてよろしいでしょうか？」

澤田が口を開いた。

「姫野は十一歳の頃、日向咲と同じアパートに住んでいました」

澤田は鏑木と正木に、姫野に聞いた話を伝えた。姫野が小学五年生だったある日、日向咲が同じアパートに引っ越してきた。いつも両親が不在だった姫野とよく遊んでくれた。だが三ヵ月ほどで、日向咲はまた引っ越していってしまった——。

「それでヒメは、ガイシャを知っていたのか」

ほっとした声で鏑木は言った。もしかしたら姫野が、日向咲の死に何か関わっていたのではないか、そんなありえないことまで心配していた。しかし、冷静に考えてみれば、日向咲が殺害されたのは十六年も前で、その頃姫野は十一歳だったのだ。

「なんでえ、それだけかよ。驚かしやがって」

正木も安心したように息を吐き、両肩の力を抜いた。

「しかしなあ。こんな偶然ってえのも、ある時ゃあるもんなんだなあ。ヒメがコロシのガイシャを知ってたなんてよ。もっとも、ヒメに話を聞いたって、ガキの頃の話じゃ捜査にゃ何の役にも立たねえだろうがな」

「私も、最初はそう思いました」

ぽつりと澤田が言った。その言葉を鏑木が聞きとがめた。

「どういう意味だ？　澤田」

「姫野の話には、いくつか気になる点があるんです」

鏑木は緊張した。澤田は科警研に所属する心理分析官だ。その澤田が気になる点があるという以上、おそらく気のせいではあるまい。

「トキオ、そりゃいってえ何でえ？」

正木が目を細くしながら、低い声で聞いた。

澤田は唇を舐《な》め、ためらいながらも説明を始めた。

「まず、日向咲が姫野一家の住む国分寺のアパートに引っ越してきたのが、五月だった、ということです」

「ええ？　そんなことかよ！」

正木が素《す》っ頓狂《とんきょう》な声を上げた。

「五月に引っ越してきたらおかしいのかよ。寒からず暑からず、梅雨入り前で雨も少ねえし、引っ越しにゃいい季節だろ？」

頷《うなず》きながらも、澤田は疑問の内容を語った。

「日向咲は当時大学一年生でした。ということは、その年の四月に公英大学に入学したばかりです。なぜアパートを決めるのが五月になったんでしょう？　普通は講義の始まる四月までに決めるのではありませんか？」

「まあ、普通はそうだが――」

鏑木はあえて澤田に反論してみた。

「母親の日向光子は、その年の二月に介護施設に入所している。しばらくはそのせいで時間が取れなくて、引っ越しが五月になったのかも知れない。あるいは、例えば入学式前に入ったアパートに問題があって、一ヵ月ですぐに引き払ったのかも知れない」

鏑木に澤田はこう返した。

「そうかも知れません。では次に、姫野家ともいい関係を築いていた日向咲が、たった三ヵ月で姫野の住むアパートを出ていった。その理由はなんでしょう？」

「家賃が高かったからじゃねえのか？　姫野んちは親子三人で暮らしていたんだから、ワンルームのアパートじゃなかったんだろ？」

正木の言葉に対し、澤田は首を振った。

「家賃は引っ越してくる前からわかっていたはずです。むしろ短期間に何度も引っ越すほうが、敷金・礼金や引っ越し費用を考えるとはるかに不経済です」

今度は鏑木が別の可能性を挙げた。

「若い女性の一人暮らしだ。ストーカーに遭ってたということはないか？　そもそも五月に引っ越してきたのも、ストーカーから逃れるためだったとか」

澤田はまたも疑念を呈した。

「もしそうならば、姫野の父親に相談するなどして、姫野の耳にも入っていたのではないでしょうか？　姫野の父親は、警備会社に勤務する警備のプロなのですから」

「いや、どれもこれもどうなんだろうなあ。確かに妙な気もしねえじゃねえけどよ、なんかの事情があったんだろうって言やあ、それで済む話のような気もするしよ――」

首を捻《ひね》りながら、自信なさそうに正木が呟いた。

「まだあります。日向咲は引っ越してきた日の夜に、姫野家に挨拶《あいさつ》に来たのですが、姫野の両親が揃ってアパートにいたんだそうです」

今度は鏑木が思わず聞いた。

「それが、何かおかしいのか？」

「その頃、姫野の母親は心臓の病気で入院していて、その日は一時帰宅でたまたま自宅に戻っていたんだそうです。姫野の父親は夜勤の警備員をしていて、普段はその時間帯に滅多に自宅にいなかったようなんですが、妻の一時退院に合わせて、珍しく休暇を取っていたそうなんです」

「澤田、つまりお前は、ええと――」

鏑木は、頭の中を整理しながら澤田に聞いた。

「その日は姫野の両親が揃って家にいることを、日向咲は、引っ越してくる前から知っていた。そう言いたいのか？」

「まさか！　そんなことはありえねえ。いくらなんでもたまたまに決まってるぜ！」

正木が呆《あき》れたように右手をひらひらと振った。

「だってよ、たかが引っ越しの挨拶するために、いつなら同じアパートの住人が夫婦揃って家にいるかなんてことをわざわざ調べるか？　どう考えてもおかしいだろうよ」

「実は――」

そう言って、澤田は躊躇《ちゅうちょ》したように言い淀《よど》んだが、やがて鏑木と正木の顔を交互に見ながら先を続けた。

「私が、これらの日向咲の行動に疑問を感じたのは、理由があるんです」

「理由だって？」

澤田は自分の脇においていたブリーフケースから、数枚の紙を綴《と》じた書類を二部取り出すと、鏑木と正木に差し出した。

「何でえ？　こりゃあ」

「ある未解決事件の捜査記録です。科警研経由で、特命捜査対策室の許可を得て閲覧謄《とう》写《しゃ》しました」

特命捜査対策室とは、警視庁刑事部にあって強行犯による未解決事件の継続捜査を行う部署だ。

澤田が持ってきた書類は、十六年前に起こった強盗殺人事件の捜査記録の謄写、つまりコピーだった。作成した捜査官の所属は警視庁新宿《しんじゅく》警察署、日付は平成十年、つまり一九九八年八月十五日。

鏑木は急いで表書きをめくり、事件の内容に目を走らせた。

一九九八年八月十五日（土）、午前三時三〇分、警視庁に一一〇番通報が入った。通報者は、「株式会社東京警備サービス」の社員・Y（当時二八歳）。

同社は東京都新宿区西新宿×-×-×　〇〇ビル「東京重工業株式会社・エネルギー第三事業部」の警備を請け負っていたが、同社に派遣していた警備員・姫野広志《ひろし》（当時四十歳）との定時連絡が取れなかったため、不審に思ったYが様子を見に行った所、同社内で血まみれになって倒れている同警備員を発見、すぐに一一〇番通報した。十五分後の午前三時四五分、新宿署のパトカーと救急車が到着したが、被害者はすでに死亡していることが確認された。

死亡推定時刻は、検視によると午前二時〇〇分から午前二時三〇分の間。死因は失血死または失血性ショック死。凶器は刃渡り約二〇センチの峰を持つ両刃の刃物、例えば牛刀やアーミーナイフなどと推定された。

「警備員――姫野、広志？」

鏑木は思わず、被害者の名前を読み上げた。

「お、おいトキオ！　このガイシャの名前、姫野って、まさか――」

正木もあわてて顔を上げた。

「姫野の、父親です」

沈痛な表情で澤田が認めた。正木が絶句した。

鏑木もまた呆然《ぼうぜん》としたまま、しばらく口が利けなかった。

姫野が子供の頃、父親が警備員をしていたことは、姫野自身から聞いていた。そして姫野が子供の頃に両親が亡くなり、あの妙子という伯母《おば》に引き取られたことも聞いた。しかしまさか、犯罪被害者だったとは想像もしていなかった。


現場はひどく荒らされており、犯人が金目の物を探し回ったことが見て取れた。

また、現場のビル前の道路で、プラスチック製のペットボトルのキャップ四個が散乱しているのが発見された。いずれも飲料メーカーA社が販売するミネラルウォーターのもので、キャップ四個からはそれぞれ異なる四種類の指紋が検出されたが、いずれも犯罪歴はなく、人物の特定には至らなかった。

現場には防犯カメラ三台が設置されており、映像は磁気テープに録画されるはずだったが、その日は午前二時一三分で全てのテープデッキが停められており、以降は何も録画されていなかった。

よって被害者・姫野広志が共犯で、防犯カメラを停止させて犯人を侵入させた可能性が高いと見られたが、被疑者死亡のためそのまま不起訴となった。

「ヒメの親父さんが強盗の共犯だってえ？」

正木が血相を変えた。

「そんな馬鹿なことがある訳ねえだろうよ！　よりによって、あの熱血正義小僧の父親が強盗の共犯だなんてよ！　しかも親父さんは警備員だったんだぞ？　何かの間違いに決まってるぜ！」

「正木、落ち着け！　わかってる」

鏑木が両手を上げて、正木をなだめた。

「新宿署は、ホシが防犯カメラを止めた方法が摑《つか》めなかったんだ。だから、ヒメの親父さんが共犯だったと考えた。それだけのことだ」

正木の怒りは、一向に収まらなかった。

「こりゃあ親父さんの名誉の問題なんだよ！　警備員が強盗《タタキ》の一味で、てめえが警備してる所に入らせたなんて、ひでえ濡《ぬ》れ衣《ぎぬ》を着せられたんだぞ？　生きてんなら抗弁のしようもあるけどよ、殺されちまった以上、どうやって潔白を証明したらいいんだよ？」

それだけを一気にまくしたてると、正木は急に疲れたように座敷の壁に背中を預けた。ごん、という頭のぶつかる音がした。

「殺された本人も無念だろうけどよ。一家の主《あるじ》が殺された上に犯罪者扱いされて、残された奥さんとヒメは、どんだけつれえ思いをしたんだろうなあ――」

正木は首を振りながら黙り込んだ。

鏑木と澤田も、しばらく言葉を発することができなかった。

沈黙を破ったのは、澤田だった。

「問題は、姫野の父親が殺害された時期なのです」

澤田は感情を押し殺した声で、冷静に喋《しゃべ》り始めた。

「日向咲が姫野の住むアパートに引っ越してきたのは一九九八年の五月初旬、また引っ越して出ていったのが七月下旬。そして、それから半月ほど経った八月十五日、当時警備員をしていた姫野の父親が、派遣先の事務所に侵入した強盗に殺害されているんです」

「澤田、お前まさか、日向咲が姫野の父親の死に関係していたと?」

鏑木の言葉に、澤田は慎重に言葉を選びながら答えた。

「日向咲の転居に関するいくつかの疑問は、お二人が仰《おっしゃ》ったようにいくらでも説明が付くようなことです。また姫野の父親の死にしても、警備していた事務所にたまたま強盗が入り運悪く殺されてしまったと考えれば、特に不思議な事件ではありません。でも、この二つが連続して姫野の周囲で起きたことを考えると、果たして偶然なのか――」

「そうだよトキオ！　おめえの言う通りだ！」

急に正木が勢い付いた。

「何か臭うぜ！　何が臭うのかは一ミリもわかんねえけどな！」

「わかった、澤田」

鏑木は頷《うなず》いた。

「ヒメの親父さんが殺された事件については、俺が直接ヒメに聞こう。捜査記録には載ってない話もあるだろうし、彼なりにいろいろ考えたこともあるだろうからな」

鏑木は覚悟を決めた。十六年前に起きた日向咲殺害事件、その捜査を進める上では、少しでも当時の情報が必要だ。実際は無関係なのかも知れないが、ほぼ同時期に姫野の父親が殺害されている以上、この事件を避けて通るわけにはいかなかった。

「お願いします」

澤田はほっとしたように、鏑木に向かって頭を下げた。

ふと鏑木は、思い出したように捜査記録のコピーに目をやった。

東京重工業は、大手電機メーカー系列のプラント建設会社だ。特に原子力発電所の建設では国内でもトップのシェアを持つと聞いたことがある。なぜ賊は、銀行でも貴金属店でもなく一般企業を狙ったのだろうか？

それに、現場前の道路に落ちていたという、四個のペットボトルのキャップだ。なぜペットボトル本体は残されておらず、キャップだけが発見されたのだろうか？　それには一体どんな意味があるのだろうか？

四種類の指紋が採取できたというから、犯人が残していったものだとしたら四人組だったということになる。この四種類の指紋は犯罪者データベースに登録されたはずだが、十六年たった今になっても、指紋が一致する人物は発見されていない。犯人を逮捕する材料としては、かなり期待薄というしかなかった。

「それで、澤田」

鏑木は話題を変えた。澤田にはまだ聞きたいことがあった。

「捜査会議に出なかったお前に、日向咲の死体が発見された状況について、あらためて意見が聞きたいんだ」

捜査会議後にメールで配布された捜査資料は、すでに澤田に転送していたが、鏑木は、さらに口頭で死体発見現場の様子を説明した。

被害者はサイロに監禁されていたらしいこと。死体は地上三メートルで串刺《くしざ》しになっていたこと。ドアには内側からカンヌキ、外側から南京錠がかけられていたこと。天窓があるが、外から板で封鎖してあったこと。ドアと天窓の他には、四個の換気用の小窓しかないこと――。

喋り終わると、鏑木は溜《た》め息《いき》をついた。

「あらゆることがわからないんだ。ホシは日向咲をどうして殺したのか、どうやって殺したのか、なぜあんなことをしたのか、どうやってサイロを出たのか、どうしてドアと天窓を外から封鎖したのか――」

「それでよ、ヒメがホトケさんを見た時、倒れる寸前に妙なことを言いやがってよ」

正木が、いかにも嫌そうに顔をしかめた。

「日向咲は空を飛べるから、逃げねえように天窓を塞《ふさ》いだんだ、そいで、日向咲がサイ口の中をひらひら飛んでいるところを、ホシは外から小窓に鉄パイプを突っ込んで、ぶっすり串刺しにして殺しやがったんだ、ってな」

「なるほど――」

澤田は口に右拳《こぶし》を当てて考え込み、そして大きく頷いた。

「確かに姫野の言う通り、『日向咲は空を飛べた』という仮説に立てば、現場のあらゆる状況に説明が付きます」

正木が慌てた。

「お、おいトキオ！　なるほどじゃねえだろ！　人間が空を飛ぶなんて、そんなふざけたことがある訳ねえだろうが！」

「澤田、それはいくらなんでも無茶な仮説じゃないか？」

顔を引きつらせる正木と、困惑する鏑木を交互に見て、澤田は言った。

「日向咲は空を飛ぶことができた。だから犯人は彼女を幽閉するにあたって天窓を封鎖したし、犯人はサイロに入らずとも、地上三メートルの小窓から彼女を刺殺することができた。『アブダクション』によれば、これもまた一つのありうべき仮説となるのです」

アブダクション――。かつて澤田自身から聞いたこの言葉を、鏑木は思い出した。

まず、不可解な現象Aが観察されたとする。しかし、ある仮定Bに立てば、Aは当然の帰結だとする。ならば、仮定Bは正しいと考えてもよいのではないか？

これこそが、論理学者・科学哲学者チャールズ・サンダース・パースが唱えたという、帰納法とも演繹法《えんえき》とも異なる第三の推論法、アブダクションだ。澤田はこのアブダクションを、独自に「飛躍法」あるいは「捕獲法」と翻訳していた。

いつも周囲からヤマ勘といわれる鏑木の突飛な推論に対し、澤田は「直観こそが真実を捕獲する唯一の方法だ」と言い切った。そして、その理論として持ちだしたのが、このアブダクションだった。鏑木自身は、自分がどのように発想しているかなど、考えたこともなかったのだが――。

澤田は続けた。

「ただし、アブダクションによって捕獲される仮説の中には『ありうべきだが、あってはならない仮説』があります。つまり『超常的な存在がいる』、あるいは『超常的な現象が起きた』と仮定すれば、どんな不可解な現象にも説明がついてしまうということです」

鏑木は、最初にアブダクションについて説明を受けた時、自分の頭に浮かんだ不毛な問答を思い出した。例えば『神がいる』という仮説に立てば、全ての不可解な現象が当然の帰結になってしまうのだ。

なぜこの世界は存在するのか？　それは神が創ったからだ。

なぜ人間は存在するのか？　それは神が創ったからだ。

なぜ人間は死ぬのか？　それは神がそう創ったからだ――。

「この場合、日向咲は空を飛ぶ女性だった、というのが、その『ありうべきだが、あってはならない仮説』なんだな？」

鏑木の言葉に、澤田は頷いた。

「そうです。仮説は証明されなければ正解にはなりません。そして『神がいる』とか『空を飛ぶ人間がいる』とかいう仮説は、証明することが不可能です。これらの仮説によって不可解な現象に矛盾なく説明が付いたとしても、証明できない仮説は否定されなければなりません。つまり、正解となるべき仮説は、別にあるのです」

正木が口を尖《とが》らせた。

「なんでえ。結局『人間が飛べるか、馬鹿！』でいいんじゃねえか」

「そうなんですが――」

澤田は顔を曇らせた。

「姫野は、こう言っていたんです。日向咲は、十一歳の姫野に『空を飛ぶ娘』という民話を朗読してくれた。そして、この民話は本当にあった話なのだ、『空を飛ぶ娘』は本当にいたのだと、力説したと」

「うへえ――」

正木は口の両端を下げたまま、言葉を失った。

鏑木の脳裏に、サイロの中で見た日向咲の死体が蘇《よみがえ》った。正木と澤田もまた、同じ光景を脳裏に思い浮かべているはずだった。そして、その死体の日向咲は、確かに空を飛ぶ娘としかいいようのない姿だった。

「ああ！　俺も、すんごくイヤなことを思い出しちまった」

正木は顔をしかめ、右手で胃のあたりを押さえた。

「日向咲のおっかさんも言ってたんだ。えみちゃんは空を飛べるのよ、ってな。あん時ゃあ、認知症の人の話だからって聞き流したがよ――」

鏑木も確かに国立の介護施設で、車椅子に座った日向光子がそう言うのを聞いた。その言葉を鏑木は頭の中で反芻《はんすう》した。

――えみちゃんはね、空を飛べるのよ。

えみちゃん、空を飛ぶ方法がわかったから、お母さんにも飛ぶ所を見せてあげるねって、約束してくれたの。それなのにえみちゃん、一体いつになったら、空を飛んで見せてくれるのかしら――。

鏑木の脳は、回転を止めかけていた。必死に回転しようとするのだが、全く逆方向からも強い力がかかって、どちらにも回れない状態になっていた。

証明できない仮説は否定されなければならない、そう澤田は言った。つまり、空を飛ぶ女性がいるなどという可能性は除外すべきだということだ。しかし一方で鏑木には、「日向咲は空を飛ぶ女性だった」という仮説に立たない限り、あらゆることに説明が付かないように思えた。

なぜ、日向咲を幽閉していたサイロの天窓は封鎖されていたのか？

それは、日向咲が空を飛んで逃げないようにだ。

なぜ、日向咲はサイロ内の空中で串刺しになっていたのか？

それは、日向咲がサイロの中を飛んでいたからだ。

なぜ、日向咲は十一歳の姫野に「空を飛ぶ娘」は本当にいたと言ったのか？

それは、日向咲が空を飛ぶ方法を知っていたからだ。

なぜ、日向咲は母・光子に自分は空を飛べると言ったのか？

それは、日向咲が空を飛べたからだ——。

「問題を整理しましょう」

澤田が冷静な声で言った。この言葉で鏑木は、はっと我に返った。

「この事件は一つの犯行ではなく、三つの犯行が重なった事件です」

「三つの犯行？」

鏑木が鸚鵡《おうむ》返しに聞くと、澤田は頷《うなず》いた。

「そうです。一つ目は拉致《らち》監禁、二つ目は殺害、三つ目は死体損壊です。これらを同時に考えようとすると混乱するばかりですし、それにまだ情報が圧倒的に足りません。まずは、被害者・日向咲が拉致監禁された理由に目を向けるべきではないでしょうか。殺害方法も、死体損壊の理由も、あるいは日向咲が空を飛べたかどうかも、その次に考えることです」

「そうか——」

鏑木は澤田にそう言われて、目の前が開ける思いがした。あの死体の異様な姿のせいだろう。いつの間にか自分は、事件の捜査を忘れてしまい、死体の謎を解くことにばかり汲々《きゅうきゅう》としていた。

しかし、この事件はあくまでも殺人事件なのだ。犯人はまず日向咲を推定五日間も拉致監禁し、そして殺害し、死体をあのような姿で放置した。ならば、まずは基本に返り、基本通りに拉致監禁の動機から捜査を始めるべきなのだ。

「うん！　そうだよな！　よっしゃ！」

正木が勢いよく立ち上がった。

「わかんねえことをいつまでも考えてたってしょうがねえや！　ホトケさんがなんであんなヘンテコなことになってたかは、おめえらと、明日《あした》っから合流するヒメの三人に任せた！　俺は今日はとっとと寝て、明日の朝一番で立川《たちかわ》に行ってくらあ！」

「立川、ですか？」

澤田が聞くと、正木は鴨居《かもい》に掛けた上着を取りながら澤田を見下ろした。

「なんでえトキオ！　おめえだろうが、日向咲が五月に引っ越してきたのがおかしいとか、三ヵ月でまた出てったのが妙だとか難癖付けたのはよ！　十六年前、日向咲がいつ立川の実家を出て、その後どこに引っ越してって、いつから行方不明になったのか、裏を取ってくらあ！　日向咲の拉致監禁について何かわかるかも知んねえからな！」

被害者・日向咲の足取りについては五日市署の担当になっているが、一応仁義を切った上で首を突っ込んでくる、と正木は付け加えた。

「それと、ガイシャが自慢してたっていうピアスと指輪だな。こいつを買った野郎は、当時ガイシャと深い関係だったのかも知んねえ。どこで売ってたか誰が買ったか、もう一回洗ってみようじゃねえか。そして背中の青い薔薇《ばら》のタトゥーだ。関係ねえかも知んねえが、どこで彫ったもんか洗っといても損はねえだろ」

「頼む、正木」

鏑木も大きく頷いて立ち上がった。

指輪とピアス、それにタトゥー。姫野が澤田に語った話を聞いた今、鏑木には何か違和感があった。姫野が語った日向咲は、男に高価な宝飾品をねだり、ファッションで身体にタトゥーを入れるような女性のイメージではなかった。民話を愛し、子供好きで、都会より山奥の牧場が似合う、野の花のように素朴な女性。

そう、まるでタンポポのような女性――。

「そうだ、澤田。君にも頼みがある」

鏑木が澤田を見た。澤田もブリーフケースを摑《つか》んで立ち上がった。

「何でしょう？」

「姫野が日向咲に朗読してもらったという『空を飛ぶ娘』という昔話なんだが、どこかで手に入るだろうか？　読んでみたいんだが」

澤田も大きく頷いた。

「私も読みたいと思っていました。探してみます。日向咲は姫野に、東京都の山間部に伝わる民話だと言っていたようです。口承文学の研究者に訊《き》けば、原典がわかるのではないでしょうか」

空を飛ぶ娘――。

それは羽衣伝説に登場するような「天女」なのだろうか？　それとも「天狗《てんぐ》」や「烏天狗」のような妖怪《ようかい》の類《たぐい》なのだろうか？　鏑木の知識では、空を飛ぶ人物といえばそれくらいしか思いつかなかった。

そして鏑木は確たる理由もないまま、なぜかこの「空を飛ぶ娘」という昔話が、今回の事件の始まりであるような気がしていた。

10 復帰

「やだなあ！　鏑木さん、そんな心配そうな顔で僕をチラチラ見ないで下さいよ！」

黒いアルファロメオ１５９ｔｉの運転席に座る姫野広海が、はしゃいだようにも聞こえる口調で、助手席の鏑木鉄生をとがめた。

「僕、もう生まれ変わったみたいに快調なんですから！　こんなにゆっくり休んだのはずいぶんと久し振りでしたからね。かえって体重が増えちゃったかも？　ほんと、他の皆さんには申し訳なくって！」

どうやら体調はもう問題ないようだな――。鏑木はそう思って安心した。相変わらずアクセルの踏み過ぎではあるものの、姫野の滑らかな車の運転にも、以前と全く変わった所はなかった。

四月九日水曜日――。

午前八時ちょうどに、姫野はいつもの愛車で西荻窪にある鏑木のマンション前にやってきた。鏑木を拾って井の頭通りを東へ走り、さっき高井戸《たかいど》ＩＣ《インターチェンジ》から首都高速道路四号新宿線に上がったところだった。このあとは三宅坂《みやけざか》ＪＣＴ《ジャンクション》、江戸橋《えどばし》ＪＣＴ、箱崎《はこざき》・

浜町《はまちょう》・清洲橋《きよすばし》ＩＣ、さらに辰巳《たつみ》ＪＣＴを経由して市川《いちかわ》ＪＣＴから東関東自動車道に入れば、そこからは二十分ほどで成田《なりた》国際空港に到着する。

鏑木は左手の腕時計を見た。現在、午前八時十五分。午前十時には、ロサンゼルス発のアメリカン航空ＡＡ一七〇便が成田に到着する予定だ。この便にサイロ殺人事件の被害者・日向咲《ひなたえみ》の双子の姉、日向夢が搭乗しているはずだった。

正木正也は今頃、立川市役所に向かっているはずだった。十六年前、日向咲は母親と姉と三人で、立川市内の貸家に住んでいた。二月に日向咲の母親・光子が介護施設に入所し、五月に妹の日向咲が、姫野家の住む国分寺のアパートに引っ越してきて、また七月に転出している。この頃の日向咲の足取りを追跡しに行ったのだ。

もっとも日向咲は、姫野の住むアパートには三ヵ月しか住んでおらず、住民票を動かしていない可能性も大きかった。だが正木は、「まあ、一応念のためってヤツだ。ついでに住んでた貸家の近所も、ちょっくら聞き込んでくらあ」と言っていた。

そして澤田時雄は、日向咲が姫野に語って聞かせた「空を飛ぶ娘」という昔話を、口承文学の専門家にあたって探しているはずだった。

「それで、ヒメ」

何気ないふりを装って、鏑木は前を向いたまま言った。

「捜査会議の内容は届いていたか？　捜査記録の担当者から回っていると思うが」

「はい！　完全に暗記するまで読んできました！　そして、まずは日向咲の拉致監禁事件から捜査を始めることも了解です！」

ようやく現場に復帰したせいか、姫野は張り切っていた。

「それにしても澤田はさすがです！　この訳のわかんない事件を三つに解体して、時系列で解決していこうって発想には、目からウロコが落ちましたよ！　もちろん心理分析官としても素晴らしく有能ですけどね。何しろ僕の子供の頃の話を、僕が忘れてたことまで聞き出されちゃいましたから！」

姫野はそこで口調を変え、静かに喋《しゃべ》り始めた。

「僕が小学校の五年生、十一歳だった時ですから、今から十六年も前ですね。五月から七月までの三ヵ月間、えみさん——日向咲は、僕の住んでいたアパートに住んでいました。その頃、毎日のように遊んでもらっていたんです。——ただ」

姫野はそこで、少し言い淀《よど》んだ。

「えみさんがいつもダイヤのピアスと指輪をしていたことは、全然覚えていませんでした。特に指輪は、えみさんとは手を繋《つな》いで走ったこともあったんですけどね。ましてや背中にタトゥーをしていたなんて、捜査会議の記録を見るまで、全然知りませんでした。まあ、何しろ子供の頃の記憶ですからね」

姫野の口調には、かすかに自嘲《じちょう》的な響きがあった。

鏑木には、その理由がわかる気がした。もしかしたら姫野は、指輪とピアス、それに、タトゥーに、日向咲に対して抱いていた印象を裏切られた思いがあるのではないだろうか。姫野の記憶の中の日向咲は、華美なアクセサリーや退廃的なタトゥーとは無縁な、健康的で素朴な女性だったのだ。

「お前を可愛がってくれてたそうだな？　澤田に聞いたんだが」

「はい。とっても！」

姫野は子供のような笑顔を見せた。

「えみさんが引っ越して来るまでは、僕はずっと独りぼっちだったんです。父は夜勤の警備員だったので、学校から帰るとたいていは仕事に出かけたあとでしたし、母は心臓が悪くて、ずっと入院してたので。えみさんはそんな僕の話し相手になってくれました。二人でアパートの階段に腰掛けて、いろんな話をしました。内容はすっかり忘れましたけど」

姫野は車を運転しながら、日向咲に関する記憶を喋り続けた。鏑木はところどころで相槌《あいづち》を打つだけでよく、正直なところほっとしていた。

「えみさん、最初は『勉強を見てあげようか？』とも言ってたんですけど、僕の場合その必要は全くなかったので、『結構です』と言ったらむくれちゃって。すると今度は、『自炊を始めたばかりだから、お料理の実験台になってくれない？』って、毎日のようにご飯を作ってきてくれて、うちの台所で一緒に食べました」

「日向咲は、料理が上手だったのか？」

そうなんです、と姫野は大きく頷《うなず》いた。

「驚いたことに、すごく美味《おい》しかったんですよ。プレーンオムレツはふわふわで、切るとトロっと半熟の中身がこぼれて。茶碗蒸《ちゃわんむ》しはプリンみたいにぷるぷるで、鬆《す》なんか全く入ってなくて、スプーンですくうと、中にいろんなものが隠れていて。ローストビーフも綺麗《きれい》なピンク色で、柔らかくて、お店で出てくるお肉みたいだったなあ」

姫野は料理の味を思い出したのか、陶然とした表情を浮かべていた。

「たまにえみさんの家に上がり込んで、彼女が料理するのを後ろで見てましたけど、今にして思えば、僕はずっとえみさんの手際の良さに見とれてたんです。料理を始めたばかりだなんて、謙遜《けんそん》だったのかなあ？」

やはり本人の口からは、伝聞とは違う具体的な話が出てくる。あるいは聞く者によって違う話が出るということだろうか。もっとも、被害者が料理上手だったということは、事件とは関係ないだろうが――。

鏑木は違う話題を振ってみた。

「それでヒメ、あの廃牧場なんだがな」

「本当に驚きました」

姫野が物憂げに眉根《まゆね》を寄せた。

「当時えみさんは、赤い小さな車に乗っていました。今にして思えば、あれはフィアット・パンダのシリーズ2《セリエドウエ》ですね。ジウジアーロがデザインした四角いヤツです。そして学校が休みの日は、日帰りでいろんなところに連れてってくれました。そんなちょっとした旅先の中に、あの牧場もあったんです」

澤田が言っていた通り、やはり姫野はあの廃牧場に行ったことがあったのだ。そういえば廃牧場へ向かう車内、姫野の様子がすでにおかしかったことを鏑木は思い出した。

「えみさんは、あの牧場のことを『あたしたちのユートピア』だと、そして『タンポポの国』だと言っていました。たぶん大学の友達と一緒に、いつもあの牧場に行ってたんじゃないでしょうか。そこに僕も連れてってくれたって訳です」

鏑木の鼓動が速くなった。これは重要な証言だった。

日向咲は生前からあの廃牧場に行っていた。いや、姫野の話によると当時はまだ牧場だったようだが。そして日向咲は、その牧場を「あたしたちのユートピア」と呼んでいた。つまり日向咲とともに牧場を訪れていた複数の人間がいた。そしてそこで、日向咲は殺害された――。

「つまりホシは、当時の日向咲の交友関係の中にいる、そうだな？」

「はい。そう思います」

鏑木の言葉に、姫野は前方を見たまま力強く頷いた。

「十六年前、日向咲と親交のあった人物たちを徹底的に洗いましょう。その中に必ず、彼女を拉致《らち》監禁して殺したホシがいるはずです。カルトの生贄《いけにえ》にされたなんて、タタリ、いえ斉木管理官も何を考えてるんでしょうね？」

姫野の言葉に頷きながら、鏑木は「ユートピア」という言葉に、妙な引っ掛かりを覚えていた。「あたしたちのユートピア」、「タンポポの国」、日向咲はあの牧場をそう呼んでいた。そして数ヵ月後、その「ユートピア」で、日向咲は何者かに殺された。

日向咲と仲間は、あの牧場で、一体何をしていたというのか――。

鏑木は独り言のように呟《つぶや》いた。

「ユートピアって、『理想郷』って意味なんだよなあ」

「翻訳では、そうなるんですけどね」

前を走る軽自動車をすいと追い越しながら、姫野は眉《まゆ》を寄せた。

「ユートピアって、荘子《そうし》が言った『無何有郷《むかゆうきょう》』や、陶淵明《とうえんめい》つまり陶潜《とうせん》が詩に詠んだ『武陵桃源《ぶりょうとうげん》』のような、アジア的な概念の『理想郷』、つまり天国みたいな隠れ里とはちょっと違うんです」

「じゃあ、本来はどういう意味なんだ？」

「ユートピアって言葉は、十六世紀のイギリスの思想家トマス・モアが造った言葉なんですけど、ギリシア語で『無い』という意味のオウと、『場所』という意味のトポスを合わせた言葉なんです。つまりもともとは、『どこにも存在しない国』『あるはずがない国』って意味なんですよ」

東洋の「理想郷」に相当する西洋の言葉は、ギリシア神話に登場する「アルカディア」や「エーリュシオン」、あるいは旧約聖書に登場する「エデンの園」ではないか、と姫野は言った。トマス・モア自身、ユートピアの場所について「理想郷《エーリュシオン》に近いところにあるらしい」と、理想郷とは別物であることを明記しているのだそうだ。

「だから、えみさんが『ここがユートピアだ』って言ったのは、本当は矛盾なんですよね。だって存在しないのがユートピアなんですから。あの時、えみさんがユートピアの本当の意味を知っていたのかどうかはわかりませんけれど」

おそらく、当時十九歳だった日向咲は、単に「理想郷」という意味でユートピアという言葉を使ったのだろう。鏑木もそう想像した。

「それに、トマス・モアの作中に描かれるユートピアは、誰もが没個性的で、進歩も止まってしまっていて、奴隷制度はあるし、生活の時間も全部管理されてるし、他の国はどうなってもいいという利己的な態度だし、誰が見てもとても理想の国なんかじゃないんです。そう、はっきりいうと『きれいごとの国』なんですよ」

「きれいごとの、国――」

呟いた鏑木を見て、姫野は頷いた。

「そうです。だからユートピアとはむしろ、反理想郷《ディストピア》作品の古典と言われるカレル・チャペックの戯曲『ロボット』や、フリッツ・ラング監督の映画『メトロポリス』に描かれた非人間的な管理社会の、支配階級の生活に近いんじゃないでしょうか。つまりディストピアこそが、本来のユートピアなんです」

ユートピアとは、本当はどこにも存在しない国。理想郷ではなく、本当は非人間的な反理想郷、しかも支配階級のための国――。そう聞いた途端、鏑木はユートピアという言葉に、何か禍々《まがまが》しい響きを覚えるようになった。

「あのご遺体を見るまで、なぜか僕は、えみさんのことをすっかり忘れていたんです。それがなぜなのか、ずっと考えてたんですが」

そこで一旦《いったん》言い淀《よど》むと、姫野は思い切ったように続けた。

「きっと、亡くなった父のことを思い出してしまうからなんでしょうね。父はえみさんをすごく気に入っていましたし、えみさんがいなくなって二週間ほどあとに、職場で強盗に殺されてしまいましたから。鏑木さん、それも澤田に聞かれたでしょう？」

「ああ――。それに申し訳ないが」

鏑木は躊躇《ちゅうちょ》しながらも、こう続けた。

「新宿署が作成した、あの事件の捜査記録も読ませてもらった」

「そうですか」

姫野はしばらく沈黙し、それからようやく口を開いた。

「わからないんです。あの場で一体、何があったのか――」

ハンドルを操作しながら、姫野は淡々と喋《しゃべ》り続けた。

「父は警備員の仕事に誇りを持っていました。そして何より父は、曲がったことの大嫌いな、正義感の固まりのような人でした」

鏑木は充分に納得できた。なぜなら息子の姫野が、まさにそういう人物だからだ。

「だから、父が強盗の共犯者だったなんてことは、絶対にあるはずないんです。でも、父の仕業じゃないとすれば、どうやって賊が侵入前に防犯カメラを止めたのか、そんなことが可能だったのか、いくら考えてもわからないんです」

そして姫野は、鏑木が初めて聞く話を口にした。

「あの日、本当は父は非番の日だったんです。でも、その日警備に出る予定だった同僚の人がひどい風邪で寝込んじゃって、代わりに父が仕事に出たんです。だから、しばらくはその同僚の人を恨みました。その人が風邪なんか引かなきゃ、父さんは死なずに済んだのに、って。その人はなんにも悪くないのに——」

そのまま姫野は黙り込んだ。静かになった車内に、かすかなエンジン音と、タイヤが道路の上を滑る音と、ボディーが風を切る音だけが流れた。

鏑木にも姫野の気持ちはよくわかった。まさに逆恨みというか八つ当たりなのだが、父親を理不尽に殺されてしまった子供の姫野は、誰かを恨んでいないと、怒りや悲しみの持って行き場所がどこにもなかったのだ。

澤田は、日向咲殺害と姫野の父親殺害との間に、何か関係があるのではないかと推測していた。しかし姫野自身は、そんなことは考えたこともないようだった。実際、姫野の父親は、非番の日にたまたま勤務に出て殺害されたのだ。何者かが計画的に姫野の父親を狙ったと考えるのは無理がある。

おそらく、澤田の考えすぎなのだろう——。鏑木はそう結論付けた。

そして、それよりも鏑木には、姫野に聞いてみたいことがあった。

「なあ、ヒメ」

「はい？」

「そのな、単刀直入に聞くが」

「はい」

「お前、親父さんがな、その、そうなってしまったんで」

「はあ」

「だからお前、あの、もしかするとなんとかして、いや、と思って、刑事を——」

「ちっとも単刀直入じゃないじゃありませんか！」

姫野は呆《あき》れた顔で、助手席の鏑木を見た。

「もしかして、僕が刑事を志したのは、父親が強盗に殺されてしまったせいなのか、って聞きたいんですか？」

「す、すまん。そうなんだ」

鏑木は恐縮して、自分の後頭部を叩《たた》いた。

「——わかりません」

そう言うと姫野は、ふっと息を吐いた。

「小さい頃、警備員の制服を着た父を見て、警察官だと思って憧《あこが》れていたのが理由かも知れませんし、父が殺されたせいで、凶悪犯罪そのものを憎むようになったせいかも知れません。あるいはもしかしたら、刑事になったら、いつか父を殺した犯人を見つけ出して逮捕できるかも知れない、そう思ったのかも知れません。その全部かも知れませんね」

そして姫野は、再び快活な口調で話を締め括《くく》った。

「でも、今日こうやっていろいろ話を聞いて頂いて、なんだかちょっと気持ちが楽になった気がします！　鏑木さん、どうもありがとうございました」

「いや、俺は、別に――」

曖昧《あいまい》に答えながら、鏑木はある事件を思い出していた。

あの、合計六人の罪もない人々が次々と無残な姿で発見された、忌まわしき連続猟奇殺人事件――。

あの時姫野は、真犯人の居場所を特定するため、警察官としてあるまじき行動に出た。幸いなことに、その暴走というしかない行動のお陰で事件は解決し、全ては元原良彦捜査第一課長の胸に納められ、姫野は今も警察官でいることができている。しかし、一つ間違えば首になるどころか、姫野自身が逮捕されてもおかしくなかったのだ。

姫野が持つ、過剰なほどの真相解明への情熱、そして犯人逮捕への執念。この、事件の解決のためなら手段を選ばないという姫野の「危うさ」こそ、父親が理不尽に殺害された過去から来ているのではないか――。鏑木にはそう思えてならなかった。

その時、ふと鏑木は、姫野の話の中に一つ気になる言葉があったことを思い出した。

「タンポポの国」――。

あの牧場を日向咲はそう呼んでいたという。子供の姫野を連れて行った理由も、そのタンポポを見せたかったからだ、と日向咲は姫野に言ったらしい。確かにあの牧場は、鏑木自身も、あのサイロの前に咲き誇る無数のタンポポを見た。しかし、なぜかこの言葉が、「タンポポの国」というのに相応《ふさわ》しい土地のように思えた。しかし、なぜかこの言葉が、喉《のど》に刺さった魚の小骨のように、鏑木の中に嫌な感触を残し続けた。

「タンポポの花言葉、って知ってます？　鏑木さん」

唐突に、運転席の姫野が聞いた。

「いや？　知らないが」

まるで頭の中を覗《のぞ》かれていたようで鏑木は驚いたが、もしかすると姫野も同じことを考えていたのかも知れなかった。

「他の花もそうですけど、タンポポの花言葉っていくつもあるんです。別れ、思わせぶり、神のお告げ、真実の愛、愛の神託――。何だかどれも恋愛をイメージさせる言葉ばかりですよね。でも、もう一つ、不思議な花言葉があるんです」

「不思議って、どんな言葉だ？」

鏑木が聞くと、姫野はゆっくりとした口調で答えた。

「解き難い謎、っていうんです」

タンポポの花言葉は、「解き難い謎」――。

その言葉は鏑木の心の中に、深く、重く沈んでいった。

午前十時三十分、成田国際空港・第二ターミナル――。

アメリカン航空AA一七〇便はすでに定刻の午前十時に着陸、ボーディング・ブリッジでサテライトに接続している。到着客はサテライト三階に下りたあと、連絡通路で本館二階に移動、ここで検疫と入国審査を受ける。そして一階の到着ロビーに下りて、預けた手荷物を受け取り、税関の検査を受けて、ようやく到着ゲートから外に出てくる。

鏑木は姫野と共に、入国審査の搭乗員専用出口前に立っていた。成田国際空港警察署に協力を仰ぎ、到着ゲート内に進入する許可を得たのだ。日向夢は殺人事件の被害者家族ということで、特別に搭乗員と同じルートで入国手続を済ませ、この専用出口に現れることになっていた。

出口のドアが開いた。制服姿の女性客室乗務員に続いて、ベージュのトレンチコートを羽織ったショートカットの女性が現れた。三十代半ばだろうか。コートの下はグレーのジャケットにタイトスカート、首には幾何学模様のストール、黒いハイヒール。黒い革のショルダーバッグを掛け、角に革の当てられたオレンジ色のトロリーケースを引いている。

先導する女性乗務員が、トレンチコートの女性に小声で話しかけながら鏑木と姫野を手で指し示した。その手に促されて、トレンチコートの女性が二人を見た。

女性は鏑木と姫野の姿を認めると、二人に向かって軽くお辞儀をした。そして厳しい表情でトロリーケースを引きながら足早に歩み寄り、二人の前で立ち止まった。

「日向夢さん、ですか？」

鏑木が声をかけると、女性は硬い表情で頷《うなず》いた。

「ええ。お待たせしました。警察の方ですね？」

鏑木は後頭部に手を当てながら頭を下げた。

「ご出張中なのに急いでご帰国頂きまして、まことに申し訳ありません。警視庁刑事部の鏑木鉄生です。ええ、こっちは」

「えみ、さん――」

鏑木の左で、姫野がかすれた声で呟《つぶや》いた。

鏑木は思わず姫野の顔を見た。姫野は、まるで幽霊でも見ているような青白い顔をしていた。その理由はおそらく他でもない。日向夢は、姫野が知っている日向咲と瓜《うり》二つなのだ。

「はい？」

日向夢は小首を傾げ、困ったような表情を見せた。その言葉で我に返ったように、姫野はあわてて頭を下げた。

「あ、すみません！　同じく姫野広海です！」

「鏑木鉄生さんと、姫野広海さん、ですね」

日向夢は二人の顔を順に見て名前を確認すると、まず鏑木に向かって会釈した。

「日向夢です。鏑木さん、この度は妹のことで大変ご面倒をお掛けしました」

そして姫野のほうを向くと、日向夢は無表情ともいえる顔でこう言った。

「日向夢です。初めまして、姫野さん」

11　日向夢

午前十一時〇〇分——。

大きなガラス窓の外に、成田国際空港の広大な全景が広がっている。新空港自動車道・成田ICを挟んで、右側に第一ターミナルビルと、国内最長を誇る全長四千メートルのA滑走路。左側が第二ターミナルビルと全長二千五百メートルのB滑走路。

鏑木、姫野、それに日向夢の三人は、成田国際空港に隣接する航空会社系ホテルのラウンジに来ていた。日向夢に話を聞くにあたっては、成田国際空港警察署の一室を借りる予定だったのだが、折角だから飛行機の見える場所がいいと日向夢が言い、姫野の車でここへ移動したのだ。

十一階にあるこのラウンジは、A滑走路に向けて長いカウンターが設《しつら》えられており、その右側がソファー席になっていた。丸い木製のカフェテーブルを中心に一人掛けの革製のソファーが四脚、そのソファーセットの一つに三人は座っていた。席の間隔も充分に取ってあり、ここなら会話には問題ない。

「それで、ええと——」

名刺を交換し、それぞれが飲み物の注文を終えてウエートレスが立ち去ると、鏑木が恐縮の体で口を開いた。

「日向さん、とお呼びするとお母様や妹さんと混乱しそうですので、夢さんとお呼びしますが、よろしいでしょうか？」

「はい、結構です」

「では、お言葉に甘えまして。夢さん、この度はまことにご愁傷様です。妹さんのことではさぞやお悲しみと思いますが、犯人逮捕のためにも、どうぞご協力をお願いしたく思います」

悔やみの言葉を述べる鏑木を見て、日向夢は首を左右に振った。

「妹の亡骸《なきがら》が見つかったというご連絡には、驚いたというか、ショックを受けましたし、あれ以来仕事も手に付きませんでした。でも――」

そこで一旦《いったん》間を置いて、日向夢は続けた。

「行方不明になったのは十六年も前ですし、ずっと何の連絡もありませんでしたし。心のどこかでは、もう生きてないということも覚悟してたんだと思います」

「そうですか」

鏑木は頷くと、さりげなく質問を開始した。

「光子さんのいらっしゃる介護施設で伺ったのですが、咲さんが大学に入られた年の二月に光子さんが入所されたそうですね？　そのあと五月に、咲さんは国分寺のアパートに引っ越された。それで合っていますか？」

日向夢は頷いた。

「ええ。母が認知症で施設に入所した時、お医者様がもう家へは戻れないだろうと仰《おつしや》いました。そこで私と咲は、三人で住んでいた立川の借家を引き払って、施設のある国立のアパートに引っ越しました。すぐに母に会いに行けるようにです。そして私は、国立のリサイクル着物屋で働き始めました」

思い出すように、ゆっくりと日向夢は喋《しやべ》った。

「五月になると咲は、少しでいいから一人暮らしをしてみたいと言って、国分寺のアパートに引っ越しました。でも、さみしくなったんでしょうね、三ヵ月後にはまた私のアパートに戻ってきました。でも、それから間もなくして、ある日大学へ行くと言って出かけたまま、ふっつりと行方をくらましてしまったんです」

「その、行方不明になられた原因については、何かお心当たりは？」

日向夢は寂しそうに首を横に振った。

「残念なんですが、何も思い当たることがないんです。うちは母子家庭でしたので、私は高校も通信制にして、家計を助けるためにずっとアルバイトをしていました。全日制高校の咲とは全く環境の違う毎日でしたから、咲とは共通の友人もおりませんでしたし。特に咲が大学生になってアパートを出ていってからは、あんまり話す機会も――」

「あの、失礼な質問かも知れませんが」

鏑木は遠慮がちに聞いた。

「母子家庭で、いろいろと不自由されていたと思うんですが、そんな中で咲さんは、よく思い切って私立大学に進学されましたね？」

「奨学金です」

日向夢は、あっさりと答えた。

公英大学には「公英大学スカラーシップ」という冠《かんむり》奨学金があり、経済的支援が必要な学生には五十万円が返還義務なしに給付される。それが、妹が公英大学を志望した大きな理由ではないか、と日向夢は言った。

さらに、当時住んでいた国立市にも『母子福祉資金貸付金』という母子家庭を支援する制度があって、私大生は月に六万四千円を無利子で借り受けできたのだという。

「なるほど。お困りのご家庭には、自治体が支援する制度があるんですね」

「ええ、お蔭様《かげさま》で。市からの貸付金は、私が代わりに返済しましたけれども」

日向夢は曖昧《あいまい》に頷いた。その顔はどこか、この話題を避けたがっているように感じられた。鏑木は、余計なことを言ったと反省した。公金による支援を受けたという事実は、受け取る側には引け目を感じるところがあるのだろう。

「咲が大学に進みたがったのは、民話の研究という目的もあったでしょうが、やっぱり小さい頃から病気がちで、小中高と、ろくに学校に行けなかったからだと思うんです。だから私も、せめて大学くらいは行かせてやりたいと思って、働いて咲を援助してたんですが――」

日向夢は、辛《つら》そうな顔で黙り込んだ。

頷きながら鏑木は、さっき受け取った名刺をあらためて見た。

株式会社　くれは　代表取締役　日向夢

「夢さんは、たったお一人で現在の和装会社を興《おこ》されたんですよね？　さぞやご苦労されたことと思いますが」

鏑木は日向夢の気持ちが落ち着くまで、一旦話題を変えることにした。すると日向夢も口を開いた。

「ええ。でも、運が良かったんですよ。十年ほど前、国立で小さなお店を借りて着物の古着屋を始めたんですが、自分が好きなので『銘仙《めいせん》』を中心に扱っていたんです」

「めいせん？」

「銘仙」とは、明治から大正時代に大流行した織物の総称なのだ、と日向夢は言った。当時、海外から入ってきた洋服のテキスタイルの影響を受けて、モダンなデザインに織った反物が生まれ、それを使った着物が大量に作られたらしい。

「そうしたらある時期、ちょっとした『銘仙』ブームが起きまして。私が多摩地域の旧家からタダ同然で譲ってもらった『秩父《ちちぶ》銘仙』が、結構な高値でたくさん売れたんです。

今はもう高騰は収まりましたけれども。そのブームのお陰で資金が貯まりまして、店の事業を拡大することができたんです」

現在でも程度のいい「銘仙」を集めるコレクターがいるし、端布《はぎれ》でもバッグや財布などの布製小物に再利用されている、日向夢はそう説明した。

「ははあ、そうですか。では、この社名の『くれは』というのは、どういう意味なんですか？」

鏑木が聞くと、日向夢はテーブルの紙ナプキン立てから一枚を抜いた。

「何か、書くものをお借りできますか？」

すかさず姫野が、スーツの内ポケットからボールペンを取り出して差し出した。日向夢は礼を言って受け取ると、紙ナプキンに文字を書きながら説明を始めた。

「呉服、と書いて『くれは』または『くれはとり』と読むんです。関西では地名や神社の名前にもなっているんですが、もともとは三世紀、中国の呉《ご》の時代に、日本に機織《はたお》りの技術を伝えた女性、クレハトリのことです。クレハトリは呉服の他にも、呉織《くれおり》とか呉羽とも書くようです。呉媛《ひめ》、呉織媛と書いてクレハトリヒメとも呼ばれたようです」

クレハトリは「呉の機織り」という言葉が約《つづ》まったものでしょうね、クレハトリヒメは「呉の機織り姫」という意味でしょうか、と日向夢は付け加えた。

「着物あるいは和服を指す『呉服』という呼称は、呉から日本に伝わった織物技術から来ているんです。もちろん日本にはそれ以前にも布も着物もありましたので、この時に伝わったのは、あくまで新しい織物の技術なんですが」

鏑木は納得した。要するに「くれは」とは呉服、つまり着物のことなのだ。そういうことならば、和装会社としてこれ以上ストレートな名前もない。

「鏑木さん。平安時代の『十二単《ひとえ》』や、現在も未婚女性が着る『振《ふ》り袖《そで》』のたもとは、なぜ大きな長方形なのか、考えたことがありますか?」

いきなり日向夢が聞いた。

そんなこと考えたこともなかった。しかし言われてみると、女性の着物のたもとというのは、何のためにああも無駄に大きいのかわからない。男物の着物にも四角いたもとは付いているが、機能的に必要なものとも思えない。むしろ邪魔に思える。

「何でしょう、飾りなんでしょうかね? 動きが優雅に見えるように、とか。それとも――なあヒメ、お前知ってるか?」

鏑木は困ってしまい、すがるように姫野を見た。

「え?」

鏑木の視線を感じて、姫野は我に返ったようだった。

「あ! す、すみません! つい、ぼーっとして――」

姫野はさっきから、日向夢の顔をじっと眺めていた。おそらく、死んだ日向咲の面影と重ねていたのだろう。

「ええと、そうですね。財布とか持ち物を入れるためですか? ポケット代わりに」

姫野を見て、日向夢は微笑んだ。

「確かに、たもとを物入れに使うこともありますよね。それに、装飾のために袖を広げて大きくする工夫は、洋の東西を問わず行われてきました」

鏑木と姫野の顔を潰《つぶ》さないようにだろう、日向夢はどちらの答えも肯定した。

「例えば中世ローマのブリオーやチュニック、南欧ではフラメンコの衣装ボレロ、中東ではベリーダンスの衣装チョリ、そして中国では伝統衣装の漢服《ハンフー》は、大きな袖が特徴です。でも、それらは全てラッパ状というか漏斗状というか、脇がすぼまって袖口に向かって広がっている形です。和服のように切り離すと長方形になるような袖ではありません」

「ほう、そうなんですか」

初めて聞く話に、鏑木は興味を持った。

「ええ。それに海外の袖の広い服は、あくまでも礼装や舞踏用の衣装です。普段着となると世界中どこでも、たもとがなくて袖口がすぼまった『筒袖《つつそで》』なんです。――日本以外は」

鏑木がまた聞いた。

「日本の着物の袖って、そんなに特殊なんですか？　世界的にも？」

「ええ、そう言って差し支えないと思います」

日向夢は頷《うなず》くと話を再開した。

「では、どうして日本の着物だけに、四角くて大きなたもとがあるんでしょうか？　もちろん収納や装飾という意味も大きいでしょう。また、布地は貴重品だったので、仕立て直してリサイクルしやすいように四角い形にした、という説も説得力がありますね。――でも、独学でいろいろ研究した結果、私は二つの夢のある仮説にたどりついたんです」

「夢のある仮説、ですか。それは一体何です？」

鏑木は身を乗り出した。

「まず一つは、『恋人を呼ぶため』という説です」

「はあ、ひょっとして袖を旗のように振って恋人を呼ぶんですか？　でも、袖を振るのはさよならの合図ですよね？　『袖にする』って言葉もありますし」

鏑木の言葉に、日向夢はまた微笑んだ。

「中国の故事成句に『断袖《だんしゅう》の交《まじわり》』という言葉があるのをご存じですか？」

「いえ、すみません、不勉強で――ヒメ、お前なら知ってるよな？」

「え？　ぼ、僕なら、ですか？　知ってますけど、でも、僕は別に――」

姫野が困ったように口ごもり、助けを乞《こ》うように日向夢を見た。日向夢は微笑みながら頷いて、姫野の代わりに説明を始めた。

「前漢の哀帝《あいてい》が美しい恋人と一緒に午睡をしている時、急用ができて出かけなければならなくなった。その時、恋人が自分の袖を頭の下に敷いていたので、哀帝は恋人を起こさないように袖を切って出かけた、という逸話から生まれた成句です」

感心したように、鏑木は何度も頷いた。

「はあ！　いいお話ですね！　袖を断つで断袖ですか、なるほど。すると意味としては、『仲の良い恋人同士』ということですか？」

「『男色の関係』って意味です。この恋人は、美しい家臣の男性だったんですね」

「だん――」

鏑木が絶句すると、日向夢は楽しそうに目を細めた。

ちょうどその時、ウエートレスが飲み物を持ってきた。鏑木と姫野がホットコーヒー、日向夢がオレンジジュース。日向夢はオレンジジュースにストローを挿して一口飲み、美味《おい》しい、と嬉《うれ》しそうに呟《つぶや》いたあと、話を再開した。

「恋人が男性か女性かはともかく、日本でも昔は、寝る時に布団《ふとん》というものを使わなかったようです。現在でも掻巻《かいまき》という着物の形をした布団がありますが、登場したのは鎌倉時代で、それ以前は着物のまま寝ていたんですね。布団が普及し始めたのはようやく江戸時代、それも幕末になってからです」

俺は今でも、たまに布団を敷かずに服のまま寝てしまうな、と鏑木は余計なことを考えた。

「例えば、国宝の絵巻物『源氏物語絵巻《げんじものがたりえまき》』の中に、重病に苦しむ光源氏《ひかるげんじ》の生母・桐壺更衣《きりつぼのこうい》の姿が描かれていますが、身分の高い女性なのに布団は掛けておらず、着物を重ね着しているだけです。――では、恋人同士が褥《しとね》にいる時、どうやって寝ていたのでしょうか？　どうやら、互いの袖を掛け合っていたようなんです」

日向夢はまた別の紙ナプキンに、さらさらと何事かを書き、鏑木と姫野に見せた。

袖片敷く……自分の衣服の片袖を敷いて、独り寝をする。
袖の別れ……袖を重ねて共寝した男女が、袖を解いて別れること。
袖交ふ……袖を交えて寝る。男女が共寝をする。
袖返す……袖を裏返しにする。こうして寝ると、恋人が夢に現れるという俗信があった。

「これらは『万葉集《まんようしゅう》』や『源氏物語』に出てくる、袖という言葉を含んだ言い回しです。四つめの『袖返す』という言葉から考えると、共寝する時には袖を裏返しにしていたのかも知れませんね。そうすれば、飛鳥《あすか》時代から広まったという白粉《おしろい》や紅などが、袖の表側に付きませんから」

「はあ――。さすがは和装の専門家ですね」

テーブルに置かれた紙ナプキンを見ながら、鏑木が呆然《ぼうぜん》と呟いた。

「つまり、通い婚が一般的だった時代、女性は大きな袖の着物を着ることで、うちにくるとあったかく眠れますよと、恋しい人を呼んだ。そして時代が下ってからも、未婚女性の着物には振り袖という形でその習慣が残った――。そういう仮説なんですね？」

日向夢は、満足そうに頷いた。

「ええ。私はそう考えたいんです。そもそも大きな袖を作って布団代わりにするのは、小さい子供が寝る時に風邪を引かないようにと始まったようですしね。『袖がちなり』という言葉が『枕草子《まくらのそうし》』に出てきますが、これは小さな子供が袖ばかりのように見える、という意味ですから」

「じゃあ、もう一つは何ですか？」

今度は姫野が身を乗り出した。

「着物の袖が四角くて大きいのはなぜか、もう一つ『夢のある仮説』をお持ちだって仰《おつしや》いましたよね？　どんな仮説なんです？」

すると、なぜか日向夢は急に口を濁した。

「ええ——。でも、本当に夢のような仮説ですので——。すみません、長々と余計な話をしてしまって」

日向夢は姫野にボールペンを返すと、視線を逸《そ》らすように窓ガラスのほうを向いた。ちょうどA滑走路から白いボーイング七八七機が、鳥のように反った翼に真昼の陽光を反射させながら、空に向かってゆっくりと舞い上がっていくところだった。静粛性を高めたとはいえ、ロールス・ロイスｐｌｃ製トレント一〇〇〇エンジン二基は結構な轟《ごう》音《おん》を発しているはずなのだが、防音性能に優れた窓のお陰で、その音は全く聞こえない。

「夢さんは、飛行機もお好きなんですか？」

鏑木が遠慮がちに聞くと、日向夢は外を眩《まぶ》しそうに見やったまま答えた。

「ええ。最近は仕事でアメリカとの往復が多いんですけれど、成田からの出発前や到着後に、時間の余裕がある時には、よくここに来て飛行機を眺めてるんです。可笑《おか》しいですよね、子供みたいで」

「私も飛行機を見るのは大好きです。高い所がダメなので、乗るのは苦手なんですが」

鏑木の言葉にくすりと笑うと、日向夢はようやく二人のほうに視線を戻した。

「私と咲がまだ小さい頃、母が昔話の本を買ってくれたんですが、その中に、赤い着物を着た女の子が、空を飛んで隠れ里に行くお話があったんです」

『空を飛ぶ娘』、ですね？」

姫野が口を挟んだ。日向夢は、姫野を見ながら小首を傾げた。

「ええ。よくご存じですね？　あまり有名なお話ではないようですけど。――姫野さんもお読みになったことが？」

「えみさん――日向咲さんに、教えてもらったんです」

「妹に？」

日向夢は、目を丸くして驚きの表情を見せた。

「はい。僕、小学生の頃、えみさんが一時引っ越した国分寺のアパートに住んでいたんです。三ヵ月だけでしたけれど、えみさんにはよく遊んで頂きました」

それだけを姫野が言うと、日向夢は感慨深げにゆっくりと頷いた。

「これも何かのご縁なのでしょうね、咲が可愛がっていた姫野さんが、大きくなったら刑事さんになられていて、咲が亡くなった事件の捜査を担当して下さるなんて」

「僕も、そう思います。ですから」

日向夢の顔を、姫野はじっと見つめた。

「えみさんを殺害した犯人は、僕が逮捕します。必ず」

「よろしくお願いします」

日向夢は姫野に深く頭を下げた。そして、鏑木に視線を移した。

「その『空を飛ぶ娘』という民話を、二人で何度も読んでいたせいでしょうね。私は昔の着物に惹《ひ》かれるようになって、通信制高校を卒業するとリサイクル着物屋さんで働き始めました。一方で咲は、民話の研究をしたいと言って公英大学の文学部に進んだんです。そうしたら、大学一年生の時に突然失踪《しっそう》してしまって、そして十六年も――」

そのまま日向夢は黙り込んだ。

「その、十六年前のことに戻りますが」

しばらくののちに、鏑木が口を開いた。

「咲さんは失踪されたのではなく、残念ながらその時すでに亡くなっていた訳です。咲さんが連れ去られ、命を奪われてしまった場所が、なぜ檜原村の牧場だったのか、この点については何かお心当たりはありませんでしょうか？」

「いろいろ考えてみたんですが、何もわからないんです」

日向夢は、悲しそうに首を左右に振った。

「そうですか──」

鏑木は残念そうに頷《うなず》いたあと、さらに聞いた。

「あの、妹さんの咲さんは、亡くなった時にダイヤの付いたピアスと指輪をされていたんですが、当時のお友達の話によると、親しい男性からのプレゼントらしいんです。どなたが咲さんに贈られたのか、ご存じではないでしょうか？」

日向夢は、首を横に振った。

「そのピアスと指輪は見た記憶がありますけれども、どなたに頂いたのかは存じません」

「そうですか。じゃあ」

鏑木はなおも質問を続けた。

「咲さんに、その、あんまり素行のよろしくないお友達がおられたとか、そういうお話はありませんでしたか？」

「どういうことですか？」

眉《まゆ》を寄せた日向夢に、鏑木はあわてて謝った。

「いえ、間違いだったらいいんですが、咲さんが、その、背中にタトゥーを入れておられたもので。ご存じでしたか？」

「ええ。知っておりました」

日向夢は小さく息を吐いた。

「たぶんお友達に誘われて、遊び半分でやったんじゃないでしょうか。当時もすでに、ファッションでタトゥーを入れる女性はいましたから」

「そうですか、ご存じだった」

鏑木は話題を変えた。

「失礼ですが、お母様とお父様は、離婚されていますよね？」

「はい。母が私と咲を身籠《みごも》っている最中に、父は母を捨てて家を出ていったそうです」

鏑木は頷いた。協議離婚ではなかったのだ。

「私、父に捨てられたことが、母が若年性認知症になった一因じゃないかと思っているんです。自分のどこが悪かったんだろうか、自分の何がいけなかったのだろうか――。真面目な母は、そうやって自分を責め続けたんじゃないでしょうか。妹の咲に対しても、ずっとそうでしたから」

鏑木はその言葉に対して、問いを挟んだ。

「咲さんに対して？　それはどういうことでしょう？」

「私と咲はご存じのように一卵性双生児ですが、咲だけかなり病弱に生まれたんです。それで母は、自分の身体に原因があったんじゃないか、それとも妊娠中の生活に問題があったんじゃないかって、いつも自分を責めていましたから」

「夢さん、僕が知っているえみさんは」

姫野が口を開いた。

「とても健康そうに見えました。とても明るくて、優しくて、綺麗《きれい》な人でした」

日向夢はじっと姫野を見たあと、こう言葉を返した。

「子供の頃は病弱だったんですけど、だんだんと身体も丈夫になって、大学を受験する頃にはすっかり丈夫になってましたから。咲が人並みの健康な身体になって、大学にも進めたことで、ようやく母は肩の荷が下りたんじゃないでしょうか」

そう言うと日向夢は、鏑木と姫野を交互に見た。

「たいした話ができなくて、本当に申し訳ありません。私もお役に立てなくて悔しいです。咲を殺した犯人が捕まれば、少しは供養になると思うんですが。でも難しいでしょうね、何しろ十六年も前のことですから」

日向夢は、二人に向かって深々と頭を下げた。

「今後ともどうぞよろしくお願いいたします。私も思い出したことがあればすぐにご連絡しますし、何でもご協力いたしますので」

「あ、あの！」

話が終わろうとしたので、姫野が食い下がった。

「えみさんが見つかった、檜原村の廃牧場なんですが。えみさんは、あの牧場を『ユートピア』とか『タンポポの国』と呼んでいました。そのことについて、何かお心当たりはありませんか？」

「――いいえ」

日向夢は、静かに首を左右に振った。

どうやらこれ以上は、日向夢から聞ける話はないようだ。そう判断した鏑木が暇乞《いとまご》いをしようとした、その時だった。

「あの、姫野さん」

日向夢が、遠慮がちに姫野に話しかけた。

「あなたが着てらっしゃるスーツ、ビキューナですよね？　ボタンホールやフラワーホールも手かがりのようですし、ロロ・ピアーナかしら？」

ビキューナとは、南アメリカのアンデス地方に棲息《せいそく》する偶蹄目《ぐうていもく》の哺乳類《ほにゅうるい》・ビクーニャの体毛から作られる高級生地だ。ロロ・ピアーナは北イタリアの服地メーカーだが、オーダーメイドでの縫製も行っている。そして確かに姫野は、ビキューナを使ってロロ・ピアーナが仕立てた春物のスーツを着ていた。

姫野は顔を上げると、驚いた口調で答えた。

「ええ、当たりです。さすがに服飾業界の方ですね」

「変なこと聞いてごめんなさいね。高級服地のオーダーメイド・スーツを着ておられるので、刑事さんって意外と高給取りなんだなって、ちょっと驚いたものですから。――それとも姫野さんが、裕福なご家庭でいらっしゃるのかしら？」

会話する二人を見ながら鏑木は内心で首を傾げた。今までの控え目な態度に比べると、この日向夢の質問は少々不躾《ぶしつけ》に聞こえたのだ。

しかし姫野は特に気にした様子もなく、頭を掻《か》きながら答えた。

「はあ、あの――。これは伯母《おば》の趣味なんです」

「おば様？」

「はい。父の姉です」

日向夢は、なおも質問を重ねた。

「伯母様が、姫野さんのお洋服を選んでらっしゃるの？　ご両親ではなくて？」

「両親はいないんです。僕が十一歳の時、父が不慮の事故で亡くなって、後を追うように母もすぐに病気で亡くなりました」

姫野は明るく答えた。

その答えを聞いた瞬間、日向夢は目を見開き、両手で口を覆った。

「それで僕は伯母に引き取られたんですが、この伯母というのが会社を経営している実業家でして、普段からいいものを身に着けていないと中身まで安っぽくなるという、困った持論の持ち主なんです。それで仕方なく、安月給にも拘《かか》わらず無理してこんな格好をしてるんですよ」

姫野は両手でスーツの襟をつまんで広げながら、軽く溜《た》め息《いき》をついた。

「でも、それが伯母なりの愛情なんです。伯母は僕を育てる上で、僕の両親に対して強い責任を感じてるみたいで、僕を必ず立派な人間に育て上げないと両親に顔向けできないとか、死んでも死にきれないとか、勝手にそんな風に思ってるんですね。そんな伯母の気持ちもよくわかりますから、伯母にはとても感謝しています」

「あの」

日向夢が両手を膝《ひざ》に下ろすと、姫野の顔を見た。

「はい？」

「今は、お幸せですか？」

唐突に、日向夢が姫野に聞いた。

「え？　ええと――」

姫野は戸惑いながら少しの間考えたが、すぐに大きく頷いた。

「うん、そうですね！　伯母はずっと深い愛情を注いでくれてますし、仕事は無茶苦茶忙しいですけど大きなやり甲斐《がい》を感じていますし、職場の人たちもみんな尊敬できる人ばかりですし。僕は今、すっごく幸せです！」

日向夢はじっと姫野の顔を見ると、息を吐きながら言った。

「そうですか」

同時に、日向夢の両目から、ぽろりと大粒の涙がこぼれ落ちた。

姫野はあわてて腰を浮かせた。

「す、すみません！　ヘンな話をしちゃって！　妹さんが亡くなったことが判明したばかりで、こちらが気を遣わなきゃならないのに、逆に僕の心配をさせちゃうなんて！

あの、これ！」

姫野は、パンツの後ろのポケットからハンカチを引っ張り出すと、日向夢に向かって差し出した。日向夢は顔を上げると、驚いたように姫野をまじまじと見た。

「ご遠慮なく！　どうぞ使って下さい！」

「ありがとう、ございます」

ようやくハンカチを受け取ると、日向夢は両目を順にぎゅっと押さえた。そしてそのハンカチをあらためて手に取ると、困ったように姫野を見た。

「マスカラが――。すみません、洗濯してお返ししたいんですけど、今日はこれから咲の遺体を確認して、明日《あした》は午前中に母の面会に行ったら、すぐに午後の便でロサンゼルスに戻らなきゃならないんです。空港で同じブランドのものを買って、警視庁にお送りしますから」

「いいえ！　いいんですよそんな！　気にしないで下さい！」

姫野は手を伸ばすと、日向夢の手からハンカチを抜き取って、元のポケットに戻した。

「でもこれ、伯母が誕生日に買ってくれたものなので、差し上げる訳にもいかないんです。女の人にあげたなんて言うと、伯母がまたあらぬ勘繰りを――」

「本当にすみません」

日向夢は、深々と頭を下げたあとで、静かに立ち上がった。姫野が急いで伝票を拾い上げると、日向夢は姫野にまた頭を下げ、そして暇乞《いとま》いをした。

「それでは、何か進展がありましたらお知らせ下さい。アメリカにいても、名刺の携帯電話番号で通じますので」

「あ！　夢さん」

鏑木があわてて立ち上がった。

「何度もすみません。あの、明日お母様に会われるとのことですが、あと一つだけよろしいでしょうか？」

「何でしょう？」

少し焦《じ》れたように小首をかしげる日向夢に、鏑木は恐縮の体で続けた。

「それが、何とも申し上げにくいんですが――。私がお会いした時、お母様がこう仰《おつしや》ったんですよ。『咲ちゃんは、空を飛べるのよ』――と。本当に不思議なお話で、私どもも途方に暮れているんです。これは一体どういう意味なんでしょうね？　夢さんには、何かお心当たりはありませんか？」

日向夢は表情を変えることなく、鏑木に謝った。

「申し訳ありません。なにぶん母は認知症なものですから、いろいろと意味のないことも口走るんです。どうぞ、お気になさいませんように」

ここで結構ですから、と言うと、日向夢は踵《きびす》を返して歩き出し、そのままラウンジを出ていった。

翌日——。

日向夢が、十五時五十五分発のアメリカン航空ＡＡ一七〇便で、確かにロサンゼルス国際空港へ向かって飛び立ったことを、鏑木は成田国際空港に確認した。

12　大蛇

「そいで、ハムの何とかって野郎からは、その後何も連絡はねえのか？　カブ」

正木正也が疲れた表情で、茶碗《ちゃわん》を口に運びながら聞いた。

「タツミって人か？　いや、何もないな。俺たちのことは全く当てにしてないようだ」

鏑木鉄生が答えると、姫野広海が盆を太腿《ふともも》の上に立てて怒りを露《あら》わにした。

「大体失礼ですよ！　捜査はしてもいいけれど、情報は一切渡さない、そっちの情報も必要ない、どうぞご勝手に、だなんて！　全く同じ警察とは思えませんよ！　どうして事件の解決のために力を合わせようとしないんでしょうね？」

四月十日深夜、午後十一時三十分——。

被害者の姉・日向夢が成田国際空港を発《た》った日の夜。

警視庁本部庁舎の六階に、刑事部捜査第一課に割り当てられた巨大な部屋がある。その隅にあるソファーセットに、鏑木、正木、姫野の三人が集まっていた。日中は来客用だが、夜になるとこうして課員たちが打ち合わせや雑談に使っているスペースだ。

「それで正木、十六年前の日向咲の住所については、ウラが取れたのか？」

「おう、昨日取れた。特に何の不思議もなかったな」

正木は、数枚の紙をローテーブルの上に放り投げた。

「戸籍謄本と住民票の写しだ。生まれてから高校卒業までは、ずっと立川の貸家。これは近所の人も認めてる。そして十六年前の一九九八年になって、日向咲は三回引っ越しているが、引っ越しのたんびに住所変更を役所に届け出てたぜ。律儀なこった」

正木は捜査本部の解散以来、三つの捜査を並行して行っていた。一つ目は、日向咲が立川の実家を出て殺害されるまでの居住場所の追跡。二つ目は、日向咲が身に着けていた指輪とピアスを売った店の割り出し。三つ目は、日向咲が背中に入れていたタトゥーを彫った店、または人物の割り出しだ。

もちろん一人でできる捜査ではなく、正木は何人かの若い捜査員を無理矢理巻き込んでいるようだった。正木によれば、後輩の捜査員たちも、事件を横取りした公安に一泡吹かせましょうと言って、積極的に手伝ってくれているという。

まず一九九八年の二月十二日。日向光子、夢、咲の三人は、光子が国立にある介護施設に入所したのを機に、それまで三人で住んでいた立川の借家を引き払った。住民票によると、夢と咲はこの時、母親のいる施設にほど近い国立のアパートに一緒に引っ越している。おそらく母・光子の世話に便利だからだろう。

同年五月二日、咲がこのアパートを転出、姫野が住んでいた国分寺のアパートに転入した。

同年七月三十一日、咲は再び夢の住む国立のアパートに戻る。この理由について姉の夢は、妹は一人暮らしをしたくなって引っ越したが、さみしくなってまた戻ったようだ、と言っていた。それは一応、納得できる理由ではあった。

そして同年八月三十日、咲の「家出人捜索願い」が国立市の所轄署である立川署に提出されている。この時すでに、日向咲は何者かに拉致《らち》され、殺害されていたと考えられる。

「そいからな、今日は朝から、同じ立川市役所の教育総務課に行ってきた」

正木の言葉に、姫野が不思議そうな顔になった。

「教育総務課ですか？　一体何しに行ったんです？」

「一応、日向咲が大学に入学するまでに通った学校を調べて来たんだ。もしかしたら、小中高校での関係者とかが事件に絡んでるかも知んねえだろ？」

正木は喋《しゃべ》りながら手帳を取り出すと、ぱらぱらとめくり始めた。

「だがな、無駄骨だったみてえだ。小、中、高校と、日向咲が在籍してた立川市内の学校にも話を聞いたんだがな、日向咲はガキの頃本当に病弱だったらしくて、ほとんど学校に行ってねえんだ。友達と言えるような同級生もいなかったらしい」

正木の話によると、日向咲が公英大学に入学するまでの学歴はこうだった。

小学校は、姉・夢と同じ市立小学校に入学。だが病弱だったため、定期的な担任教師との面談以外、ほとんど授業に出ていない。中学校も同じだった。姉・夢と同じ市立中学校に進学したが、ここでも身体的な理由で授業には滅多に出ていなかった。

しかし、そのあとに進んだ都立高校では、週に一日二日だが授業に出席していた。おそらく身体が徐々に快方に向かってきたのだろう。それでも出席日数が足りず、三年での卒業が難しかったため、高認——高等学校卒業程度認定試験を受験してこれに合格、大学受験資格を得て公英大学に進学したのだ。

「ちなみに姉の夢は、咲と同じ都立高校じゃなくて通信制高校だ。夢は身体が健康だったんで、アルバイトで家計を支えてたんだよな？　そして、通信制高校卒業後もそのまま働き続けて、苦労して古着屋から身を起こして、和装会社を経営するまでになったって訳だ。全くてえしたもんだな」

「正木、ちょっと教えてほしいんだがな」

鏑木が困った顔で正木を見た。

「高校を卒業していない生徒でも、高認を受けて大学受験できるのは知っていた。でも、小中学校にほとんど行ってなくても、高校に進学できるもんなのか？　だって小中学校は義務教育だろう？」

「おう。俺も不思議だったんで聞いてみた。そうしたら、高校に行こうという意志のある生徒は、たとえそれまで一日も小中学校に行ってなくっても、誰でも高校に進めるように考えてあるんだとさ」

正木は手帳を見ながら説明した。

全ての学齢児童・生徒には小中学校への就学義務がある。しかし、何らかのやむを得ない事情のある場合、教育委員会の判断で就学義務は猶予または免除される。そして義務教育を終了していなくても、文部科学省が定めた「中学校卒業程度認定試験」に合格すれば、高校入試を受けることができる──そう決められているのだ。

姫野が感嘆の声を漏らした。

「へえ！　向学心のある子供が学校から締め出されないように、いろんな段階で救済措置が用意してあるんですね。文科省もなかなかいいとこあるじゃないですか」

「その制度を使って、日向咲も高校、大学に進学できたんだな」

鏑木も頷《うなず》いた。

「しかし、日向咲は小中学校に行かなかったにも拘《かか》わらず、よく中認と高認に合格できたもんだ。きっと身体は弱くても、もともと頭は良かったんだろうな」

それに同い年の姉・夢がいたから、夢が学校で勉強したことを教えてもらってたのかもしれない、そう鏑木は想像した。

「──まあ、てな訳で、立川市役所で丸一日あれこれ調べて回ったんだが、成果らしい成果はなかった。骨折り損のくたびれ儲《もう》けってヤツだ」

ぎい、とソファーの背もたれに身体を預けた正木を、鏑木はねぎらった。

「いや、でも、殺害されるまでの日向咲の動きには、姫野の記憶とも、女性介護士の話とも、姉の夢の話とも矛盾がないことがわかった。それに、亡くなった日向咲のイメージが随分と鮮明になってきた。お疲れだったな」

するとと、姫野が正木に聞いた。

「でも、市役所に行ってたにしては帰りが遅かったですね。就業時間が終わってから話を聞いてきたにしても、正木さんが戻ってきたの、夜の十一時前でしたよ？」

「これから話そうと思ってたんだがよ、実は立川市役所のあと、そういや五日市署《いつかいちしょ》もこから近《ちけ》えんだよなと気が付いて、ついでにちょいと寄ってきた」

立川駅から五日市署のある武蔵《むさし》五日市駅までは、電車で三十分だ。

「廃牧場関係で、なんか新しいネタが上がってきてねえかと思ってな。ほれ、捜査記録にゃ上がってこねえ小ネタってのもあんだろ？　そしたらよ」

そう言ったあとで、なぜか正木が、ふうと溜《た》め息《いき》をついた。

鏑木は、一旦《いったん》捜査に入った時の正木のしつこさにあらためて感心しながらも、同時に妙な様子も気になった。

「どうした正木？　何かあったのか？」

そう聞いた鏑木に、正木は逆に聞き返した。

「イヤな話と、すんごくイヤな話があるんだが、どっちを先に聞きてえ？」

それを聞いた姫野が唇を尖《とが》らせた。

「正木さん、そういう時は普通、『いい話と、悪い話があるんだが』って言うんじゃないですか？」

「どっちもいい話じゃねえんだよ。じゃあ、普通にイヤな話のほうからな」

正木は話を再開した。

「まず、あのサイロの内壁の高さ三メートルあたりで、血液の飛び散った跡が確認された。これから鑑識に回すそうだが、たぶんガイシャのもんだろう。てことは、ガイシャは空中で刺し殺されたってことで決まりだ」

監察医の推定通りの結果で、それはほとんど覚悟していたことだった。そして現段階では、死体の謎は後回しだ。

「とりあえずは、日向咲の拉致監禁から先に考えることにしよう。それで正木、もう一つの『すんごくイヤな話』ってのは？」

「蛇だよ」

「ヘビ？」

姫野がきょとんとすると、正木はしぶしぶといった表情で頷いた。

「たぶん十六年前の夏だっていうから、日向咲が殺されたちょうどその頃だ。カブ、覚えてるか。あの廃牧場のサイロ、谷川沿いに建ってたよな？」

鏑木は急いで記憶を探り、頷いた。確かにあの檜原村の廃牧場を訪れた時、サイロの奥は谷川になっていた。

「その谷川の向こう側に農道があるんだがよ、そこを夜中に車で走っていた農家のオヤジが、ヘッドライトの光で一瞬、サイロの窓から黒くてでっけえ蛇が、ずるずるーって這《は》い出すのを見たって言うんだ。見間違いだと思って忘れてたらしいんだが、今回の事件で急に思い出して五日市署に届け出てきやがった。全く余計なことしやがって——」

鏑木と姫野が顔を見合わせた。

黒い大蛇——。

確かに、これ以上イヤな話もなかなか想像しにくかった。姫野が日向咲に聞かされたという「空を飛ぶ娘」の民話。その中に登場する黒い大蛇を、鏑木も姫野も否応《いやおう》なく想起させられてしまったのだ。

正木が言う通り、おそらくこんな与太話は無視されて捜査記録には残らないだろう。現に正木に話してくれた五日市署の署員も苦笑していたらしい。鏑木たち四人以外には、「空を飛ぶ娘」の民話を知っている者はいないのだ。

空中で刺し殺された女性の死体。そして、その死体があったサイロから這い出ていた黒い大蛇。考えるのをやめようと思っても、鏑木の脳は勝手に民話との不合理な一致について考え続け、空回りし、そしてショートしかけていた。

その民話については、科警研の澤田時雄が調べてくれているはずだったが、今のところ何も連絡はない。探すのに苦労しているのだろうか——鏑木は嫌な予感がした。

その時だった。

突然、捜査第一課内に、怒号といくつもの電話の呼び出し音が沸き起こった。部屋の中の捜査員たちが、口々に何かを叫びながら椅子を蹴《け》って立ち上がり、上着を引っ摑《つか》んで部屋の外に駆け出していく。

鏑木、正木、そして姫野もあわてて立ち上がった。重大事件発生だ。

「おい！ カブ、正木、ヒメ！ 行けるか？」

三人に向かって、同僚の一人が立ち止まって叫んだ。

「コロシか？ 現場はどこだ？」

鏑木は腕時計を見ながら早口に聞いた。現在〇時四十五分。三人に声を掛けた男が、ドアを出る直前に叫んだ。

「汐留《しおどめ》だ！ 焼死体《ヤキトリ》らしいぜ！ 殺《や》られる直前に一一〇番《マルデン》したらしい！『コンコード東京』の屋上だ！」

「コンコード東京」は汐留の海沿いに建つ、地上三十七階の外資系高層ホテルだ。

「だから、焼き鳥っつうなって言ってんだろ！ もう、どいつもこいつも！ しかもこのクソ忙しい時に別件のコロシかよ！」

正木も自分の席で、上着を引っ摑みながら怒鳴った。

その時、正木の携帯電話が鳴った。正木は画面を見ると、あわてて鏑木に怒鳴った。

「カブ！ 日向咲の指輪とピアスで動いてくれてる若《わけ》えのから電話だ！ 何かわかったのかも知んねえ！ ど、どうするよ？」

鏑木も上着を着ながら怒鳴り返した。

「正木はそっちに向かってくれ！　汐留は俺と姫野で行ってくる！」

「先に車で待ってます！」

姫野がいち早く、上着と鞄《かばん》を抱えて部屋を走り出ていった。

「ふんじゃあ、そうさせてもらうぜ！　カブ、あとでな！」

正木も電話を耳にあてながら、部屋から駆け出していった。

そして鏑木も、部屋を飛び出すと廊下を走り、そのまま地下駐車場に向かって階段を駆け下り始めた。とりあえずは、日向咲の件は後回しだ。鏑木は無理矢理に頭を切り替え、たった今起きたばかりの事件に集中しようと努めた。

高層ホテルの屋上、だって？　馬鹿な犯人だ。なぜそんなところで？

鏑木は階段を駆け下りながら考えていた。

もし殺人がたった今行われたばかりで、犯行現場がビルの屋上なら、犯人は袋のネズミだ。階段もエレベーターも、通報と同時に警備員と連携して封鎖しているだろう。そして通報から十分後には付近を巡回中のパトカーが現場に到着しているだろう。犯人は絶対に、ホテルから脱出することはできない、はずだ――。

そう思いながらも鏑木は、なぜか根拠のない不安に襲われていた。

13 消 失

東京都港区の東京湾岸に広がる、十三棟の高層ビルによる巨大複合施設エリア、それが汐留だ。汐留という名称は厳密には地名ではない。かつての汐留町は一九三二年の名称変更で消滅、現在は東新橋《ひがししんばし》の大部分と海岸《かいがん》一丁目の一部分で構成される地域の通称だ。四月十一日、午前〇時四十分、携帯電話による不穏な一一〇番通報が警視庁に入った。その時の録音によると、こういう通話内容だった。

「助けてくれ！　殺される！　今『コンコード東京』の屋上だ！」

警視庁通信指令センターは、すぐに電波の発信地を特定した。そこは確かに、汐留にある三十七階建ての外資系ホテル「コンコード東京」だった。指令センターはサッカーゴール約七台分の面積を持つ表示装置により、付近を走行中のパトカー五台を選別。現場への急行指令を下すとともに、「コンコード東京」及びその警備会社に連絡、屋上から階下に至る経路を全て封鎖するよう依頼した。

最初に警察官が臨場したのは、午前〇時五十分。パトカーで巡回中の愛宕《あたご》署の署員二名だった。二名の警察官は、ホテルの従業員に案内されて客用エレベーターで三十七階へと上がった。業務用スペースの中に入ると、屋上に至る階段のドアがあり、ドアの前には警備会社の警備員四名がいた。

警備会社は警視庁からの連絡と同時に二基の業務用エレベーターを停止し、非常階段への出入りを全て封鎖、客用エレベーターで三十七階に急行して、階段を下りてくる者がいないか監視していたのだ。

誰も下りて来なかったという警備員の言葉を確認し、二名の警察官は銃を抜いて階段を駆け上がり、屋上に出た。そこには一一〇番通報してきた男と、彼を殺そうとしている犯人がいるはずだった。

ドアを開けた途端、警察官は赤い炎と黒い煙が上がっているのを発見した。一名が消火器を取りに引き返し、もう一名は燃えているものの正体を確認するため、周囲に気を配りながら接近した。そばまで来た時、ガソリンの刺激臭と肉の焦げる悪臭が警察官の鼻を突いた。

燃えているのは、人間だった。

焼死体の横に、やはり燃えている携帯端末が落ちていた。

そして屋上には、他には誰の姿もなかった。

「このビルって、非常階段からも屋上に上がれるんですよね？」

四月十一日、午前一時十五分――。

鏑木と姫野は、制服や私服の警察官でごった返す「コンコード東京」のフロント前にいた。フロントは二十八階。一階から二十七階まではオフィスフロアだ。フロント前の各所で、捜査員たちがホテル従業員に聴取している。鏑木たちも手近な一人を捕まえて、話を聴き始めたところだった。

姫野の質問に、制服のホテル従業員は青ざめた顔で答えた。

「確かに非常階段は屋上まで繋《つな》がっておりますし、全ての客室フロアから非常階段に出ることができます。でも非常階段へのドアは、平常時に勝手に開けようとすると警備会社に通報が入り、警備員が駆け付けます。ですので、非常階段から屋上に上がるのは、おそらく無理ではないかと」

手帳にメモを取りながら、姫野は次々と質問した。

「じゃあ、被害者と犯人はどうやって屋上に出たんです？」

「ホテルのバックヤード、つまり従業員専用スペースに業務用エレベーターが二基あります。それで三十七階まで上がって、専用階段に繋がるドアを開けて、階段で上がったのだと思います」

「客室用エレベーターじゃないって理由は？」

「まずゲストの方は、一階のレセプションからフロントとレストランのある二十八階まで直通エレベーターで移動して頂きます。二十九階より上がゲストルームですが、客室用エレベーターはルームカードをかざさないと作動しません」

「業務用エレベーターには、乗ろうと思えば誰でも乗れるんですか？」

「もちろん従業員通用口のドアは、IDカードがないと開きません。しかし、各階の従業員専用スペースのドアは、リネン類や食器など荷物を持っての出入りが多いですし、急ぎの移動も多いので施錠しないことが多いのです。ですので、内部にある二基の業務用エレベーターには、乗ろうと思えばどの階からでも――。何しろ深夜の時間帯でしたし」

「従業員用スペースには、防犯カメラはないんですね？」

「はい。設置してございません。入り口のドアも、お客様用エレベーターホールとも客室とも少々離れた場所に設けておりますので、フロアの防犯カメラの視界には入ってないと思います」

続けて鏑木も質問した。

「屋上への階段に繋がるドアは、普段から開けっ放しですか？」

「もちろん施錠しておりましたが、内側からの施錠なんです」

「内側から？」

従業員によると、警視庁生活安全部と東京消防庁予防部から「避難階段又は屋上に通ずる戸の施錠に関する指導」というものが行われているらしい。それによると、屋上を一時的な避難場所とするビルの場合、「屋内から容易に解錠できる錠前」をかけるよう指導しているという。でないと、いざという時に屋上に避難できないからだ。

「開けても警報は鳴らないんですね？」

「左様でございます」

「壁面清掃用のゴンドラを動かした形跡は？」

「ゴンドラはございません。壁面清掃はコンピュータ制御の機械、つまりロボットによる高圧洗浄です」

「屋上に防犯カメラは？」

従業員は悲しそうに首を横に振った。

「ございません。当ホテルの屋上には展望台やヘリポートなどの施設は何もなく、一時避難場所としてのスペースの他は、空調の排気口や強風用制振装置、壁面清掃機械の設備があるだけですので、本来は、外部の方が全く立ち入るはずのない場所でございまして、まさかこのようなことが――」

また、ホテルの屋上への防犯意識が低かったのも責められないことだった。屋上に上がっても何も利になることはない以上、誰かが侵入する事態は想定していなかったのだ。

結論としては、犯人は被害者と一緒に、または別々に業務用エレベーターで三十七階に移動、あらかじめ犯人がピッキングで解錠しておいたドアを開け、直通階段から屋上に上がったものと推測された。ここまで用意周到であれば、おそらく指紋も残していないだろう。

業務用エレベーターは、日中は頻繁にスタッフが使用している。だが、犯行時刻の午前〇時四十分には、ルームサービスもバーやレストランの営業も終了しているため、この時間帯には滅多に使用する者はいない。ではあるものの、急な客の要望で届け物をすることもあるので、深夜にエレベーターが動いていても疑問に思う者もいない。

ホテルの業務用スペースの構造や、業務用エレベーターの使用状況を知るものでないと、おそらくこのようにスムーズに屋上へ上がれない。従って犯人は、過去に業務でこのホテルに出入りしていた可能性が大きいと思われた。

だがホテルという建物には、この世のあらゆる業種の人間が出入りしている。宴会やイベントの設営、食料品や飲料や生花の搬入、家具や備品や消耗品の設置、清掃、自動販売機、空調・電気・水道・通信回線の工事――。二〇〇五年の開業以来九年間、このホテルに出入りした全ての業者の社員と臨時雇用者を調べ上げなければならない。

それはおそらく、気が遠《とお》くなるような時間と膨大な人員の必要な作業だった。

「ホシはガイシャを殺るのに、なんでこのホテルを、それも屋上を選んだんでしょう？」

姫野が眉根《まゆね》を寄せながら呟《つぶや》いた。

「それが一つ。そして次の問題は、ホシはどうやって屋上から姿を消したかだ」

鏑木も顔に懊悩《おうのう》を露《あら》わにした。

「ガイシャは殺害される直前に一一〇番通報した。だから本庁は、通報を受けると同時にホテルに連絡し、従業員用エレベーターを停止させ、警備会社の協力を得て非常階段を封鎖した。ホシが逃げられるはずはないんだ。しかし、パトカーの警察官が屋上に踏み込んだ時、そこにはホシはいなかった」

ふと鏑木は、自分の発した言葉に疑問を持った。なぜ被害者には「一一〇番通報」をする余裕があったのだろうか？　犯人はおそらく目の前にいたはずなのに――。

その時、姫野が意見を述べ始め、鏑木の思考は中断された。

「常識的に考えれば、屋上からこっそり脱出できる、誰も知らないルートがあるってことですよね？　例えば、実は隠し階段があったとか、通気口を通れるとか」

鏑木は首を捻《ひね》った。

「ホテルの従業員も知らないルートか？　それは考えにくいんじゃないか？」

「そうですよねえ」

姫野は一旦《いったん》意気消沈したが、すぐにまた顔を上げた。

「じゃあ気球、パラシュート、あるいはハンググライダーかパラグライダーを使ったんじゃないでしょうか？　それで、ふわりと空中に浮かんで」

鏑木は首を横に振った。

「いくら深夜のオフィス街とはいえ残業中の人もいるだろうし、周囲には他のホテルもあるんだ。そんなものを使ってのんびりと空中を移動していたら、いくらなんでも誰かが見ているだろう」

「じゃあ、両手両足に吸盤を付けて壁を這《は》って下りたとか？　それともレンジャー部隊みたいにワイヤーで」

「ビルの下は警察官と野次馬でごった返してる。壁面にへばりついていたら見つからないはずがない」

するとと姫野は、ぷうっと頬を膨らませた。

「じゃあ、ホシは実は超能力者で、ビルの屋上からどこかへ瞬間移動《テレポート》したとでもいうんですか？　それとも、空を――」

飛んで、逃げた――。

鏑木はそう言いかけて、かろうじてその言葉を呑《の》み込んだ。

「あの、鏑木さん」

姫野が青い顔で言った。

「これって、もしかすると、密室殺人なんじゃないでしょうか？」

「え？」

鏑木は戸惑った。

「いやヒメ、密室っていうのは密閉された空間のことだろう？　ビルの屋上じゃ密閉どころか、床以外は全部、空に向かって完全に開きっ放しじゃないか」

「でも、空からは誰も屋上にやってこられないし、誰も屋上から空に出ていくこともできないんですよ？　誰も出入りできない空間であるのならば、そこは事実上、密室なんじゃないでしょうか？」

姫野は真剣な顔で鏑木を見た。

「そう、あえて名付けるとすれば『開放密室』なんじゃないでしょうか。この屋上は」

開放密室――。

鏑木は激しく混乱しながらも、必死に考えた。完全に矛盾した言葉だが、確かに姫野の言った通り、死体が発見されたのは完全に開放された密室の中だと言えた。

ただし、屋上を「密室」と呼ぶためには、一つだけ条件があった。「もし、犯人が空を飛べないとしたら」という条件だ。

そして、あの廃牧場のサイロもそうだ。四つの小窓こそ開いているが、地上三メートルの小窓の外からサイロの中にいる人間を串刺《くしざ》しにし、小窓から吊《つ》り下げることはできない。ならば、事実上あのサイロも密室なのだ。ただしこれも、「もし被害者・日向咲が空を飛べないとしたら」だ。

殺された日向咲と今回の殺人犯、どちらも空を飛べるという前提なら、二つの殺人事件はどちらも密室殺人ではない。しかし、どちらも空を飛べないという前提であれば、両方とも密室殺人だということになってしまう。

つまりどっちに転んでも、この二つは「ありえない犯罪」なのだ――。鏑木は、この自分の思考に呆《あき》れ、そしてあまりの不条理に激しい眩暈《めまい》を感じた。

「あれ？」

姫野がきょろきょろと周囲を見回した。

「どうした？　ヒメ」

「一課《ウチ》の皆さん、先に着いてるはずですけど、どこにいるんでしょうね？」

そう言われて、鏑木も初めて気が付いた。いつもなら殺人事件の現場には、普段顔を突き合わせている連中があちこちにいるはずだが、なぜか一人も見当たらない。従業員や警備員と話をしている者はいるが、よく見ると、みな見たことのない男たちだ。

「刑事部捜査第一課の方ですね？」

突然、背後から声がかかり、鏑木と姫野は、あわてて振り向いた。

いつの間に忍び寄ったのだろうか、短く刈った頭で白いマスクを掛けた、黒いスーツ姿の背の高い男が背後に立っていた。雰囲気からして年齢は四十前後か、鏑木よりもいくらか若いと思われた。物腰は丁寧だが、マスクの上に見える目は鋭かった。

「折角お越し頂きましたが、この事件の捜査は無用です。どうぞお引き取り下さい」

「――は、はい？」

姫野が思わず声をひっくり返した。

鏑木がその人物に質問した。

「あなたは？」

「公安の者です」

「公安？」

なぜ、殺人事件に公安が――？　そう考えた直後、鏑木は、あのサイロ事件でも斉木管理官が警視庁公安部に捜査を任せたことを思い出した。

しかし目の前の男は、ただ公安というだけで所属を口にしない。公安と言っても警察庁警備局、外務省公安調査庁、警視庁公安部、道府県警察本部警備部、所轄署警備課と様々な種類がある。第一、本当に公安の人間かどうかもわからない。

「失礼ですが、身分証を見せて頂いても？」

「ご容赦を。職務上の理由がありますので」

公安警察は情報収集が主たる任務だ。調査対象に顔を覚えられることを避けるため、普段からマスクやサングラスなどを着用する者が多い、それは鏑木も聞いていた。

「この事件の捜査は、我々が担当することになりました。刑事部とも話はついており、すでに他の方々にはお引き取り頂きました。ご説明は以上です」

「何ですって――？」

ついに姫野が、怒りを隠そうともせずに嚙《か》み付いた。

「他の人はともかく僕らは一歩も引きませんよ！　コロシなんですから！　大体名乗らないなんてどういうつもりですか？　それに夜中にノーメークでコンビニに行く若い女性じゃあるまいし、人と話をするのにそんなでかいマスクしてるなんて失礼じゃないですか！　インフルエンザか花粉症ですか？　それとも鼻の頭に何かできてるんですか？」

なおも何か言おうとする姫野を制して、鏑木が男に話しかけた。

「つい最近も、我々刑事部が担当すべき殺人事件を、あなた方公安に渡せと言われたばかりです。もしかするとこのヤマは、その檜原村のサイロ事件と関係があるんじゃありませんか？」

無言の男に、鏑木は落ち着いた口調で話し続けた。

「この汐留の事件と関係があるのならば、檜原村のサイロ事件はカルトなんかの犯行じゃない。そしてあなた方は、ホシの目星はとっくについていた。それなのに、たった今再びコロシが起きて、ホシを取り逃がしてしまった。もう、公安か刑事かなんてことにこだわっている時ではないでしょう」

少しの沈黙のあと、男は鏑木を見ながらマスクの下の口を開いた。

「鏑木鉄生、階級・警部補、四十七歳、独身、離婚歴あり。大卒ノンキャリア。温厚、事なかれ主義、上昇志向なし。渾名《あだな》は昼行灯《ひるあんどん》。総合評価D」

次に男は、姫野を見た。

「姫野広海、階級・巡査、二十七歳、独身、大卒ノンキャリア。軽薄、浪費家、上昇志向なし。渾名はヒメ。総合評価C」

鏑木と姫野は、思わず顔を見合わせた。

「どうやら我々の調査は正確ではなかったようですね。あなたたちが出世しない理由は、上昇志向がないからではなく、妥協や譲歩をしないことにあるようです」

男は独り言のように呟《つぶや》くと、ゆっくりと白いマスクを外した。

「公安部第一課・第二公安捜査の巽功二《たつみこうじ》です」

現れた顔を見て、鏑木と姫野は息を呑んだ。巽の顔自体は、苦みばしった男前といえた。ただ、右の頰から顎《あご》にかけて、火傷《やけど》の跡と思われる赤黒いケロイドが広がっていた。

警視庁公安部第一課・第二公安捜査は「極左暴力集団」、つまり左翼過激派の担当だ。おそらく巽も過去に、火薬や爆弾を使った事件に遭遇したのだろう。鏑木は、情報戦が主な任務といわれる公安警察の苛烈《かれつ》な一面を見た思いがした。

「マスクをしている理由の一つです。顔を覚えられやすいこともありますが、周囲に不快な思いをさせたくありませんので」

「いや、あの、す、すみません。失礼なこと言っちゃって――」

姫野は思わず、巽に頭を下げた。

巽は再びマスクをかけると、スーツの内ポケットからチョコレート色のケースを取り出し、開いて警察バッジを見せた。青い枠線の中に「警視」という階級と巽功二という名前、及びその英語表記が見えた。警部補の鏑木よりも階級がはるかに上だ。役職は管理官か理事官クラスだろうか。年齢から見てキャリア入庁組なのは間違いない。

鏑木も気を取り直して、巽に声をかけた。

「では巽警視殿、お伺いしたいのですが」

「巽で結構です」

「では巽さん。公安一課が動いているということは、このヤマも、檜原村のサイロ事件も極左がらみですね？　どの団体です？」

「申し上げられません」

巽は鏑木を見たまま、マスク越しのくぐもった声で答えた。

鏑木はなおも質問を重ねた。

「では、ガイシャは誰なんです？　殺される前にガイシャが携帯で通報してきたのなら、かけてきた携帯の番号で身元はわかっているはずです。言っても構わないでしょう、どうせ遠からず発表されることだ」

マスクで表情はわからないが、巽は仕方ないと言った様子で答えた。

「河堀哲二、三十六歳。許山一郎《もとやまいちろう》参議院議員の私設秘書です」

「許山議員の秘書、ですか」

鏑木は頷《うなず》いた。

許山一郎参議院議員、三十八歳。前回の参議院選挙の東京区に、無所属で初めて立候補。原発の即時全廃、再生可能エネルギー開発の推進、環境保護、憲法改正反対などを訴えて二十〜三十代の若者や主婦の支持を集め、七十万票弱を獲得して一気に当選。そしてつい三日前の四月八日、保守系野党第一党の民生党に電撃入党——。

鏑木が持っている知識はそれだけだった。

「これ以上は申し上げられません。失礼します」

「巽さん！　待って下さい」

踵《きびす》を返そうとした巽に、鏑木は言葉を投げかけた。

「我々は河堀に関する情報を何も持っていない。でも、たぶんあなた方は何かを知っている。それを私たちにも教えてもらえませんか？」

「刑事部が知る必要はありません」

巽は首をゆっくりと左右に振った。

「他に何かご質問は？　もっとも、回答は全て同じですが」

そう言われては鏑木も、もはや何も聞くことができなかった。

「よろしいですか？　お疲れ様でした。気を付けてお帰り下さい」

そう言うと巽は、二人に背中を向けて歩き始めた。

巽の行く先の壁際には、真っ黒いスーツ姿の一団がいた。同じ店で買ったスーツを着ているかのように服装の印象がよく似ており、皆一様に白いマスクを着用して、中には深夜だというのに濃いサングラスをかけた者もいる。おそらく巽と同じ、公安部第一課の捜査員たちだろう。

巽の後ろ姿を睨《にら》みつけながら、憤懣《ふんまん》やるかたないといった様子で姫野が声を上げた。

「鏑木さん！　いいんですか？　あの人たちにコロシの捜査なんかできるんですか？　しかも二つとも、不条理ともいえるくらい訳わかんないヤマなんですよ？　それに大体、刑事部の上の人たちもひどいですよ！　あのサイロ事件に続いて、またもやコロシのヤマをハムに渡しちゃうなんて、一体どういうつもりなんです？」

激高する姫野の肩に、鏑木は手を置いた。そして自分に言い聞かせるように、ゆっくりと話しかけた。

「落ち着くんだ、ヒメ。もうここにいても仕方がないし、考えるのはここでなくてもできる。とりあえず社に戻ろうじゃないか。そろそろ正木も戻ってくるだろう」

やがて姫野も、気を取り直したように頷いた。

「そうですね！　もし、えみさんに指輪とピアスを贈った人物がわかったのなら、大きな前進ですからね！」

二人はエレベーターに向かって急ぎ足で歩き始めた。エレベーターの脇には若い男が無表情に立っていた。人の出入りを監視している公安一課の捜査員と思われたが、二人と目を合わせることも会釈することもなかった。

二人がエレベーターに乗り込んだ時、すでに時計は、午前一時半を回っていた。

降下するエレベーターの中で、鏑木は考えていた。

檜原村のサイロ事件と、汐留のホテル屋上での事件。山奥の廃牧場と湾岸の高層ビル街という、全く異なるロケーション。発生した時間にも実に十六年もの開きがある。

だが、共通する一つの現象があった。それは、荒唐無稽《こうとうむけい》すぎるという他ないのだが

「人間が空を飛んだかもしれない」ということだった。

サイロ事件、被害者の日向咲は、あたかも空を飛んでいたところを鉄パイプで貫かれたような死に姿だった。そしてこの汐留の事件では、犯人がまるで空を飛んで逃げたかのように屋上から消えた。まるで岩山の上から空に向かって飛び立った、昔話の中の「空を飛ぶ娘」のように。

それに加えて、正木が聞いてきた「黒い大蛇」の目撃証言——。

——いや。鏑木は、ぶるぶるっと首を横に振った。

この不条理な現象については、今は考えてはならない。わからないことを考えても仕方がない、正木が言った通りだ。

鏑木は、現在までに入手できた情報を頭の中で整理した。

十六年前の檜原村と今回の汐留、この二つの殺人事件で公安部第一課・第二公安捜査が動いていることがわかった。これは、事件に「極左暴力集団」が関係しているということに他ならない。そして今回殺害されたのは、参議院議員・許山一郎の秘書・河堀哲二という人物だ。

——ならば。

日向咲。その殺人犯。河堀哲二。その殺人犯。この四者の間に十六年前、「極左」をめぐる何らかの関係があったと見ていいのではないだろうか。

それに加えて、十六年前に指輪とピアスを日向咲に贈った「男友達」がいる。この

「男友達」とは誰なのだろうか。単なる恋人なのか。河堀なのか。日向咲殺害犯なのか。河堀殺害犯なのか。あるいは、全く別の人物なのか――。

鏑木はふと、左隣に立っている姫野を見た。

神業としか思えないほどの素早い指さばきで、姫野は携帯端末に何事かを打ち込み続けていた。今日の捜査記録をまとめているのだ。

手帳に手で書いたほうが早いんじゃないか、と聞いたこともあったが、手書きじゃ科警研にいる澤田と共有できませんし、最初からテキスト化しておかないと二度手間です、と斬って捨てられた。そのことを思い出して、鏑木は苦笑した。

姫野の父親が殺害された事件は、どうなるのだろうか――。

一心不乱に携帯端末を操作する姫野を見ながら、鏑木は胸が痛んだ。

その日姫野の父親は非番だったが、たまたま同僚の代わりに出勤して、侵入した賊に殺害された。しかもあろうことか、強盗の共犯容疑までかけられた。

澤田は日向咲との関連を疑っていたが、その日出勤したのが偶然である以上、そこに計画性は考えられない。同じ一九九八年に起こった事件ではあるが、日向咲の殺害とは無関係な事件だと考えるしかない。

事件からすでに十六年が経過していた。二〇一〇年に殺人事件の時効が廃止されたので、新宿署か本庁の特命捜査対策室が捜査を継続しているのだろうが、何も進展は見られていないようだ。

事件はこのまま迷宮入りしてしまうのだろうか。そして姫野の父親は、強盗の一味であったという汚名を、永遠に雪《そそ》ぐことができないのだろうか。

鏑木は姫野を見ながら心に誓った。

今回の二つの事件が決着を見たら、姫野の父親が殺害された強盗事件の捜査班に、参加を志願しよう。もしそれが叶《かな》わないのであれば、個人的に空いた時間を使ってでも捜査を始めよう。

すまない、ヒメ。だが、もうちょっと待っていてくれ。必ず、お前の父親を殺したホシを挙げてみせる。

鏑木は心の中で、姫野に約束した。

14　一九九八年四月　疑問

今から十六年前、一九九八年四月二十九日、水曜日――。

「ええ、まず本年一九九八年の最初の四半期、つまり一月から三月までの活動について報告します」

天野亘《わたる》が、資料の紙――レジュメと言うんだそうだ――を広げて喋《しゃべ》り始めた。

「『紙パック運動』と『ライフバッグ運動』については、今四半期もスーパー、コンビニを中心に大手小売業各社の本社を訪れ、運動の趣旨の説明を行いました。中には真剣に検討してくれる企業も出てきており、引き続き根気強く説明を続けて、運動への参加と協賛を呼びかけていきたいと思います」

午後四時――。

いつもの喫茶店の二階席で、「タンポポの会」の臨時報告会が行われていた。集まっているのは、いつもと同じく野臥、河堀、天野、そしてあたしの四人だ。

「それでは続きまして、いよいよ『ハッピーキャップ運動』です。つい昨日、四月二十八日に集計結果が出ました」

天野はぱらりと紙をめくった。

「学内の自販機脇とキャンパス通路の十二ヵ所、大学周辺の協力店舗二十三ヵ所、計三十五ヵ所に設置した六十リットル回収容器で、この三ヵ月間に集めたキャップは、なんと五五二一個、重さにして約十三・八キロでした！」

おおー、という嬉《うれ》しそうな声が、野臥正と河堀哲二から同時に上がった。

「四月の頭に『持可研』に宅配便で送付しましたが、このキャップの売却益として二七六円が計上されました。ポリオワクチンの値段は一回分が約二十円ですので、僕らはこの三ヵ月で、貧しいアフリカの子供たち十四人を救ったことになります！」

「五千個を超えるとは思わなかったな、素晴らしい！」

「よかったな、十四人も！　頑張って集めた甲斐《かい》があった！」

野臥と河堀が拍手し、天野も嬉しそうに何度も頷《うなず》いた。

「あの」

あたしは思わず口を開いた。

「ん？　何だい？」

野臥が笑顔で、あたしを振り向いた。

「たった、それだけなんですか？」

あたしはおそるおそる聞いた。

「一月から皆さんが三ヵ月も頑張ってきて、五千個以上のキャップを集めて、アフリカの子供たちに寄付できるのは、たったの二七六円なんですか？」

三人は一斉に沈黙した。

「それだったらあたし、このカフェオレを頼まないで寄付すればよかったです。ここのカフェオレは一杯三〇〇円ですから」

河堀が苦笑しながら口を開いた。

「いや、それは全く意味が違うよ。本来はゴミになるものを集めて、再資源化して、CO_2を削減して、その成果に付随して発生した二七六円なんだ。ミーティングのコーヒー代と比べるのは間違ってる」

あたしは河堀に聞いた。

「あの回収容器は『持可研』から買ったんですよね？　いくらなんですか？」

「六十リットル用一個が六五〇〇円、中の専用袋が五〇〇円だ。でも、三十五個のうちの大半は、小売店の協賛で費用を負担してもらっているからね」

河堀は真面目な顔で答えた。合計で七〇〇〇円。つまり回収容器三十五個で、合計二四万五〇〇〇円。

「集めたキャップは宅配便で送ってるんですよね？　送料はいくらかかるんです？」

「一袋あたり、四三〇円だね」

「じゃあ――」

あたしは息を呑《の》んだ。

「あの、あたし計算に弱いんですけど、もしかすると二七六円の寄付をするために、三十万円くらいかかってるんじゃないんですか？　だったらキャップなんか集めてないで、その回収容器代やビニール袋代、宅配便代を寄付したほうがいいような気がするんですけど」

「でも、回収容器は随分前に買ったものだし、今後もずっと使えるし――」

天野が小さく呟《つぶや》いた。

「あのねえ、咲」

河堀が溜《た》め息《いき》をついた。

「君は、僕たちの運動の趣旨を全然わかってないよ。僕たちは別にお金儲《もう》けのためにやってる訳じゃないんだ。ゴミとして捨てられて燃やされているペットボトルのキャップを、資源としてリサイクルして、同時にCO_2を減らす、この活動を広げていくことが大事なんじゃないか」

「河堀の言う通りだよ」

野臥もあたしに向かって言った。

「そして、この運動を通じて、リサイクルと助け合いの心を日本中に広げていくことが、最も大事なことなんだよ。これからは小中学校にも声をかけて、この心を子供たちにも育てていきたいと思ってる。この心は、お金では買えないものなんだ」

野臥たちの言うことは、頭では理解できた。素晴らしい活動だと思っていた。しかし一方で、何かが間違っているような不安を打ち消すことができずにいた。

「あの、あたしにもわかるように教えてもらえないでしょうか」

あたしは思い切って、不安の内容を口にした。

「キャップを『持可研』に送る時のトラックや、『持可研』からリサイクル業者に送る時のトラックが消費する燃料のことは考えなくていいんでしょうか？　ガソリンを消費するし、CO_2も排出しますよね？」

三人を順に見ながら、あたしは聞いた。

「そもそもキャップを集める回収容器だって、中の専用ビニール袋だって、新たに石油を消費して作った製品ですよね？　この容器を作ったメーカーがあちこちの設置場所に輸送する時にも、トラックがガソリンを使ってCO_2を出していますよね？」

そう、一ヵ月前に「タンポポの会」へ入会して以来、あたしの中には小さな疑問がいくつも堆積《たいせき》し始めていたのだ。

「ペットボトルって、キャップを外すと、本体に蓋《ふた》と同じ素材のリングが残りますよね？　このリングは取り外して回収しなくていいんでしょうか？　今は本体と一緒にそのままリサイクルに出していますけど、どういう風に処理されているんですか？　もしリサイクルの過程で分離できるのなら、蓋だけを別に集める必要はないですよね？」

いったん疑問を口にしたら、もう言葉が止まらなくなっていた。

「あたし調べてみたんです。『PETボトルリサイクル推進協議会』は今年の二月、キャップは比重一・〇未満のプラスチックを使用する、と定めています。ボトル本体の比重は一・四だそうです。水に浸《つ》ければ簡単に分離できるように比重を変えているんです。だからリングが残ってても問題ないんです。わざわざ別々に集めなくてもいいんです」

「でも、異素材である以上、分別してあげたほうが親切だし――」

天野の弱々しい反論にも、あたしは耳を貸さなかった。

「素材と言えば、紙パックもそうです。牛乳の紙パックだけは回収するのに、なぜ他の紙パックは回収しないんですか？　なぜコーヒーやジュース、お酒などの紙パックは燃やしてしまうんでしょうか？」

「わかってないな。紙パックの中には、アルミ箔《はく》が挟み込まれていてリサイクルが難しいものも多くて――」

そう言う河堀に向かって、あたしは首を横に振った。

「じゃあ、なぜリサイクルできない紙パックが堂々と流通しているんでしょう？　それに紙パックだけじゃなくて、ティッシュペーパーや、お菓子や、お化粧品や、上質紙を使った立派な紙箱のパッケージはたくさんありますよね？　なぜ牛乳の紙パックだけリサイクルして、そういう紙箱は回収しないんでしょう？」

あたしは、この一ヵ月間に感じていた疑問を、残らず喋《しゃべ》り続けた。

「レジ袋もそうです。あんな薄っぺらい袋一枚は断るのに、どうしてデパートの過剰な包装は誰も断らないんでしょう？　何でもきれいな紙で包んで、布や紙やビニールの袋か立派な紙箱に入れて、大きくて丈夫な紙袋で持って帰りますよね。あの包装一回にはレジ袋何十枚分、いえ何百枚分の資源が使われているんじゃないでしょうか？」

「それらは、今後の研究課題にしようじゃないか」

野臥がなだめるように、あたしに向かって微笑んだ。

「咲がエコロジーについて真剣な態度で臨んでいることはよくわかったよ。その姿勢をずっと持ち続けてくれれば、僕らの運動もますます――」

「あと一つだけ、教えて欲しいんです」

あたしは一番聞いてみたかったことを口にした。

「『ハッピーキャップ運動』で、アフリカの子供たちに贈るワクチンって、どうしてポリオワクチン、つまり小児まひのワクチンなんでしょうか？」

うんざりした顔で、河堀が言った。

「だから前にも言ったようにだね。ポリオは日本では根絶されたけど、アフリカでは依然として子供たちを苦しめている深刻な伝染病なんだ」

「でも、ユニセフの調査によると、五歳未満児の死亡原因はこうなってます。八年前の統計ですけど」

あたしは大学ノートを帆布のバッグから取り出すと、あるページを開いて河堀の前に置いた。数日前、ユニセフの資料を大学の図書館で書き写してきたものだ。

一九九〇年度　世界の「五歳未満児」死亡者数……一二六〇万人
【死因】
出産時の問題……三七％（四六六万人）
肺炎（急性呼吸器感染症）……一九％（二三九万人）
下痢性疾患……一七％（二一四万人）
マラリア……八％（一〇〇万人）
はしか……四％（五〇万人）
HIV……三％（三八万人）
その他……一〇％（一二六万人）

「確かにポリオは恐ろしい病気です。十年前には、世界中で年間三十五万症例が確認されました。でも、ユニセフの最新の調査では、昨年の発症例はアフリカ全域で二三三九人だそうです。そして十年後には、ポリオの常在国は世界でもパキスタン、アフガニスタン、ナイジェリアの三ヵ国だけになり、世界の発症数は一〇〇を切ると予想されています」

「たったの二三三九人なの？　アフリカ全域で？」

天野がノートを覗《のぞ》き込みながら、目を丸くした。

河堀はノートを一瞥《いちべつ》すると、すぐに視線を逸《そ》らした。

「それなのに、百万単位の死亡者を出している他の病気を差し置いて、なぜポリオワクチンなんでしょうか？　肺炎球菌ワクチンや各種混合ワクチンを贈るべきじゃないんでしょうか？　この『ハッピーキャップ運動』は、アフリカの子供たちに何が本当に必要か、ちゃんと最新の数字を調べた上で行っている活動なんでしょうか？」

あたしは三人を見回しながら、夢中で喋り続けた。

「うがった考えかも知れませんが、もしかしたらポリオ、つまり小児まひという名前の病気を使えば、いかにも『子供のためなんだ』というイメージが強いから、支持や協賛を得やすいという理由なんじゃ——」

そう、牛乳パック回収も、マイバッグも、ペットボトルのキャップ回収も、全部がただの自己満足で、きれいごとなんじゃないだろうか？　こうやってこの国は、どんどん「きれいごとの国」になっていくんじゃないだろうか？

「言いすぎだぞ！」

河堀が声を荒らげた。

「咲！　君は人の善意を何だと思ってるんだ？　みんな、恵まれない人、特に貧しいアフリカの子供たちを助けようと思って、ささやかでも自分ができることを一人一人やってるんじゃないか！　その尊い気持ちに難癖を付けるつもりか？」

野臥もこの言葉に頷《うなず》くと、あたしに言った。

「ポリオは恐ろしい病気なんだ。自然発症例はなくなったとしても、予防接種が必要なことには変わりがない。日本だって今も予防接種をやってるじゃないか。アフリカの子供たちにポリオワクチンが必要ないなんて言えると思うかい?」

あたしはあわてて、首を横に振った。

「必要ないなんて、あたし、そんなことは一言も——」

「まあいい。実はね」

言いながら野臥は、革の鞄《かばん》から紙の大きな封筒を取り出した。

「正直なところ、僕も現在の活動には、これだけでいいのかというもどかしさを感じるんだ。咲が言うように、僕たちには新しいステップを踏み出す時が来ているのかも知れない。今日はその話もしたいと思ってたんだよ。——まず、これを見て欲しいんだ」

野臥は封筒の中から五〜六葉の写真を取り出すと、テーブルの上に置いた。それらは全て、黄色い花を咲かせたタンポポの写真だった。

「タンポポ、ですか?」

あたしが聞くと、野臥は頷いた。

「よく見てごらん」

あたしはそれを手に取った。その瞬間、ぞくっと背筋に寒気を覚えた。

それは全て、奇形化したタンポポの写真だった。あるものは茎や葉がねじくれ、あるものはいくつもの花が癒着して固まり、あるものは茎が幅五センチほどもある帯のように広がって、もはや何の植物かわからないような奇怪な姿をしていた。

野臥はあたしたちを見回した。

「これらは全部、全国各地の原子力発電所から十キロ以内の地点で撮影されたタンポポの写真なんだ。原発から漏れている放射能が周囲を汚染している証拠だよ。放射能がタンポポをはじめとする植物の遺伝子に異常をもたらして、原発の周囲ではこんな奇形植物がどんどん誕生しているんだ。恐ろしいことだと思わないか？」

「なんてことだ――」

河堀が真剣な表情で呟《つぶや》いた。

「原発の放射能って、こんなに恐ろしいものだったんですね」

天野はぶるっと身震いした。

あたしはショックのあまり、しばらく口が利けなかった。知らなかった。あたしの大好きなタンポポが、原発の放射能のせいで、こんな可哀相な姿に――。

野臥は静かに言葉を続けた。

「みんなが知らないところで、この日本は大変なことになっているんだよ。それに気が付いているのは、もしかしたら僕たちだけかも知れないんだ。この事実をみんなに知らせて、何としてもこの国から原発をなくさなくちゃならない。そのために僕たちは、具体的に行動を起こさなくちゃならないんだ。――ああ、来た来た！」

野臥が腰を浮かせて、あたしの後ろを見た。あたしが振り向くと、がっちりした体格の同年代と思える男が立っていた。

「『持可研』で『大学サークル会』の幹事をやっている僕の友だちだ。『タンポポの会』の活動について提案したいことがあるというので、今日ここに呼んだんだよ」

「どうも」

そう言うと男は、会釈もせずに天野をじっと見た。あわてて天野が隣のテーブル席に移動すると、男は当然のように、空いた席にどすんと腰を下ろした。

「持続可能性研究会」――。あたしはその名前を聞く度に、なぜだか不安な気持ちがわいてくるのを抑えられなかった。目の前に座った初対面の男にも、その不遜《ふそん》な態度に嫌悪感を覚えた。しかし、どんな人かも知らないくせにそんなことを考えてはいけないと、あたしは必死に、顔に笑みを浮かべていた。

「この人が、日向咲さん？」

突然、男があたしを見た。あたしはどきりとした。何か言う間もなく、野臥が嬉《うれ》しそうに男に応じた。

「そうなんだよ。今年入学したばかりの新入会員なんだけど、エコ活動についてとても研究熱心でね。今も僕たちの活動が生ぬるいとやりこめられてたところなんだ。彼女ならきっと適任だと思うよ？」

「そうか。それは頼もしい」

男はあたしに向かってゆっくりと身を乗り出すと、口の端を持ち上げながら、あたしの顔を覗きこんだ。

「実は日向咲さん。君にとても重要な活動をやってほしいんだ」

信じていいんですよね——？

あたしは横目で、野臥正をすがるように見た。そして、心の中で問いかけた。

野臥さん、あなたを信じていいんですよね？　あたしたちは、正しいことをやっているんですよね？

そして、あたしたちがこれから、やろうとしていることも、間違いではないんですよね——？

しかし、当たり前だけど、野臥はあたしの祈るような気持ちには気付かず、ただ微笑みながら、持可研の男があたしに熱心に話しかけるのを見ているだけだった。

社会のために、何かをやりたい。

何か、あたしたちの手でできることをやりたい。

世の中が間違っているのなら、世の中そのものを変えたい。

確かに生きているという手応え《てごた》えがほしい。

誰かのために役に立っているという実感がほしい。

一所懸命に努力すれば、あたしにだって何かができるはずだ——。

その時、あたしは本気でそう思っていた。でもそれは、おそらくは十九歳という若さゆえの、何の根拠もない未来への期待であり、何の力もない自分への過信であり、何の実現性もない儚《はかな》い夢でしかなかった。

そう、子供の頃に「空を飛ぶ娘」に憧《あこが》れ、いつかは自分も空を飛べるんだと信じていたのと同じように——。

15　民　話

四月十一日金曜日、汐留の殺人事件勃発《ぼっぱつ》から約八時間後——。

午前九時に出庁すると、鏑木鉄生はまず元原良彦捜査第一課長の机に向かった。昨夜の事件の担当部署について確認するためだ。

「公安部に一任せよ、それが上からのお達しだ。事情は一切わからねえ」

捜査第一課の部屋の一番奥、捜査員たちの机の島とは離れた机で、元原は不愉快そうに言った。

「上とは刑事部長、それとも副総監ですか？　まさか、警視総監ですか？」

それには元原は、直接答えなかった。

「察するに、よほど重大な公安案件が背後にあるってことだ。通達をおおっぴらに無視して動くと、おめえだけじゃねえ、刑事部全体の責任問題になる」

そこで元原は、鏑木に向かって身を乗り出すと、小声になった。

「動くなとは言ってねえ。やるんならわからねえように動けってことだ。ただし、バレちまったら俺もケツは持てねえかも知れねえ。用心しろ」

鏑木は礼を言って課長のデスクを辞した。捜査を禁じられなかったのはありがたかったが、かなり行動が限定されるのは覚悟するしかなかった。

それよりも気になるのは、元原が言った「よほど重大な公安案件」の内容だった。十六年前の日向咲殺害事件も、昨夜の河堀哲二殺害事件も、どうやらその「公安案件」に関係しているようなのだ。

一体、どんな「公安案件」なのか――。

「関係あるかどうかわからんがな」

元原課長はよそ見をしながら、世間話のような口調で言った。

「河堀が秘書をやってた許山一郎って議員な、結構なタマらしいぞ」

元原が言うには、許山一郎はもともとは市民運動の活動家だったらしい。特定の団体に所属していた訳ではないのだが、様々な市民運動各派の集会やデモに参加して、着々と横のネットワークを築いていった。そして、それら市民団体各派の膨大な票をバックに無所属で参院選に出馬、浮動票も巻き込むことに成功して、見事当選を果たした。

だが、つい三日前、許山は無所属の立場をあっさりと捨て、保守系野党である民生党に電撃入党した。そのため複数の市民団体が、許山の保守転向を裏切り行為だとして、激しく非難しているのだという。

鏑木が聞いた。

「じゃあ、河堀が殺されたのも、そのせいだと？」

「どうだかな。俺にゃあ、活動家の連中がそこまでやるとは思えねえが。ただ、ハムは何か情報を摑《つか》んでるのかもしれねえがな」

そう言って、元原課長は肩をすくめた。


「どこにもない?」

鏑木が驚いて聞き返すと、澤田時雄が無念そうに首を振った。

「はい。あれから科警研の法科学第四部の力を借り、民俗学者、国文学者、民間の民話研究家、大学教授、童話作家など数十人にあたったのですが、とうとう発見できませんでした。国会図書館にも、都内各地にある全ての民俗資料館にも、収録した古書はありませんでした。もちろん、あらゆる電子ネットワークにもです。申し訳ありません」

同日、午前十時〇〇分——。

鏑木と姫野、それに科警研の澤田の三人は、警視庁本部庁舎の最上階、即《すなわ》ち十八階にある警視庁職員専用喫茶室に来ていた。

窓の外に皇居が一望できるこの喫茶室は、一階の食堂とは違ってまず警視庁職員以外が入ってくることはない。ちなみに最上階には中央管制室のほか、柔剣道場、音楽隊室などが配置されている。

正木は昨夜、汐留の殺人事件が勃発したちょうどその時、捜査に動いてくれている同僚からの連絡を受け、どこかの宝飾店へ出かけていったまま、まだ帰ってきていない。

そして朝、科警研に戻っていた澤田から連絡が入ったので、鏑木と姫野は澤田をここへ呼んだのだった。

「澤田が謝ることないよ。僕がお話の筋を、間違って覚えてたのかも知れないし」

姫野がなだめるように言ったが、澤田は首を横に振った。ある民俗学者は、「空を飛ぶ娘」というモチーフは初めて聞いた、かなり特殊なので、多少細部に異同があったとしても似た話があればすぐに思い出すはずだ、聞き違いや記憶違いという問題ではないだろう、とコメントしたらしい。

「おかしな話だな」

鏑木が首を捻《ひね》った。

「俺も、姫野の記憶力からして、日向咲から聞いたっていう『空を飛ぶ娘』という昔話の内容は、かなり正確なんだと思う。どういうことなんだろう？」

澤田が、コップの水を一口飲んで、こう言った。

「誰かの創作なのではないでしょうか」

「創作？　あの昔話がか？　一体、誰が作ったっていうんだ？」

鏑木が不思議そうな顔で聞くと、澤田は姫野を見た。

「姫野。日向咲は『母親が買ってくれた本に載っていた話だ』と言った。そして、この話をお前に朗読してくれた時も、大学ノートに書いたものを読んでいた。そうだな？」

「あ、ああ。確かそうだった」

澤田は頷《うなず》いて鏑木を見た。

「では、最も可能性が高いのは、日向夢・咲姉妹の母親である日向光子です。だから、日向家の人間以外に誰も知らないし、出版物にも収録されていないのです」

「空を飛ぶ娘」という話は、日向夢・咲姉妹の母親が創った——。

鏑木は納得した。それならば、どの専門家も知らないのも頷ける。

「しかし、だとすると、あの話の内容には少々おかしな点があります」

澤田の言葉に、姫野が肩をすくめた。

「でも澤田、作家じゃなくて素人が自分の娘二人のために創ったお話だろ？　多少ヘンなところがあったって仕方ないよ」

澤田が説明を始めた。

「まず、主人公である『空を飛ぶ娘』が一人しか出てこない。双子の娘が一緒に読むという前提で物語を考えたのなら、主人公を双子の女の子にするか、そうでなくても、少なくとも主人公は二人にするんじゃないだろうか？」

「そりゃそうだけど、主人公が二人もいたら、お話がややこしくなるしさ」

「まあ、そうかもしれない」

澤田は姫野に向かって曖昧《あいまい》に頷いた。

「じゃあ、このお話がこんなストーリーなのはどうしてだろう？『空を飛ぶ娘』は、『しあわせな村』を見つけるが、村人に騙《だま》されて大蛇の生贄《いけにえ》にされ、あやうく殺されてしまいそうになる。そして最後は、全てが洪水でなくなってしまう。自分の娘たちを楽しませるために創った物語のはずなのに、なぜ、こんな後味の悪い物語なんだろう？」

「うーん。確かに、決して楽しいお話だとは言えないね」

姫野も肯定した。澤田はなおも説明を続けた。

「『しあわせな村』にはあらゆるものが揃っていて、しかも無料で手に入る。まさに幸福な状態だ。しかしそれは、年に一度誰かが大蛇に喰《く》われるという、恐怖の条件のもとに成立している幸福なんだ。誰かの犠牲の上に成立した幸福は幸福と呼べるのか、そして現実の社会も同じではないのかという、非常にシニカルな問題提起がなされているんだ」

鏑木も頷いた。

「何というか――。他人とは騙すものだ、あるいは裏切るものだ。そして、全員が幸せな状態なんてないんだという諦《あきら》めが感じられるな」

澤田は、鏑木に頷き、さらに言葉を続けた。

「そして私は、話の中に『蛇』が出てくることにも注目したいのです」

「蛇？」

鏑木が首を捻った。

「神学の深層心理学的解釈で言うと、人間は古来、蛇に対して三つのイメージを持っているそうです。それは『生』『死』『悪』の三種類です」

蛇は生命力が強く、脱皮で再生するという属性から、「生の象徴」とする考えが生まれた。また毒を持っていて人を噛《か》んで殺すものがいることから、「死の象徴」ともされてきた。さらに夜行性で隠れるのが上手《うま》く、音もなく姿を現すことから、「悪の象徴」ともなった。

夢分析で有名なオーストリアの精神分析学者ジークムント・フロイトは、「蛇は男性の象徴」と言ったが、それは形状から連想した少々短絡的な解釈で、神学的・民俗学的には女性を象徴することのほうがはるかに多いのだ——。澤田はそう語った。

「確かに蛇は、古来そんなモチーフを生んでいるよね」

姫野も納得したようだった。

「尻尾《しっぽ》を咥《くわ》えた姿の『ウロボロスの蛇』は『永遠』の象徴だし、杖《つえ》に一匹の蛇が巻き付いた『アスクレピオスの杖』は『医学』の象徴、杯に一匹の蛇が巻き付いた『ヒュギエイアの杯』は『薬学』だ。そして『旧約聖書』に現れる蛇は悪魔だから、まさしく『死』と『悪』の象徴そのものだと言える」

「ええと、それで——」

鏑木が、困った表情で二人を見た。

「澤田、あの話の中に蛇が出てくるのは、どういう意味があるんだ？」

「あの『空を飛ぶ娘』を創作した人物は、その時『生』『死』『悪』のどれか、あるいは全部に関わる問題を深層心理に抱えていたのではないか、とも考えられるのです。それが無意識のうちに、話の中に蛇の形を取って現れたのではないかと」

鏑木は確認した。

「つまり、日向咲の母親である日向光子が、それらの問題で悩んでいたと？」

澤田は頷いた。

「あの話を書いたのが日向光子であれば、ですが」

日向光子が創ったと思われる、主人公がたった一人で、悲劇的な結末を迎え、他人への無念さが感じられる物語。そして蛇が「生」「死」「悪」の象徴なのだとすれば、どうして蛇が登場することになったのだろう——？

鏑木は考えてみたが、何も思い付かなかった。心理分析官《プロファイラー》である澤田が言うのだから、間違いないのだろうが、そのことが事件に関係があるのかどうかも、鏑木には判断ができなかった。

ともあれ、「空を飛ぶ娘」という話を調べれば何かがわかるのではないか、というあては外れた。日本中の他のどこにも、そんな話は見当たらなかったのだ。

そして、正木の捜査も難航しているようだった。日向咲の死体が身に着けていた、指輪とピアスを売った店はまだわかっていない。背中に入れていたタトゥーについても、まだ何も手掛かりはない。

本来なら、河堀哲二を雇っていた参議院議員・許山一郎に会って話を聞くべきだった。しかし、護衛に付いている警備部は、職務上公安部と非常に密接な関係がある。許山議員に接触すれば、鏑木たちが動いていることが公安部に気付かれる恐れがある。

となれば、今、鏑木と姫野がやるべきことは一つだった。サイロ殺人事件と高層ホテル屋上殺人事件、どちらも公安の巽警視が動いている以上、この二つの事件には間違いなく関係がある。ということは、それぞれの被害者である日向咲と河堀哲二には、必ず接点があるのだ。

そして意外にもというべきか、やはりというべきか、河堀哲二が日向咲と同じ公英大学の法学部を出ていることは、すでに判明していた。

「公英大学に行ってみよう」

鏑木は姫野に言った。

「とりあえず大学で聞いてみれば、日向咲と河堀哲二の接点が見つかるかも知れん」

すると澤田が鏑木に言った。

「日向咲が空を飛べた、河堀を殺害した犯人が空を飛んで逃げた、二つの事件からはそういう仮説すら成り立ちますが、現実にはその可能性は皆無です。もしこれが誰かの意図によって作られた状況なのであれば、その誰かはなぜ、そしてどうやって作ったかという二つの問題が残ります。私は、それを考えてみたいと思います」

「わかった！　じゃあ行きましょう、鏑木さん！」

姫野の声を合図にしたかのように、三人は同時に立ち上がった。

同日、四月十一日金曜日、午後一時――。

鏑木と姫野は、東京都港区の青山にある私立公英大学に来ていた。

公英大学は文学部のほか法学部、経済学部、教育学部、理工学部など九学部二十五学科を有し、学生数は約一万八〇〇〇人。一九五〇年創立の由緒あるミッション系大学だ。男女共学だが、特に女性に人気のある大学として知られている。

鏑木と姫野が石造りの重厚な門を通ると、左側に外来者受付があった。そこで学生課にアポを取っている旨を伝え、入館者リストに氏名と所属を記入すると、紐《ひも》のついた入館証を渡された。二人はそれを首から下げて、学生課のある校舎までキャンパスを歩いた。


「日向咲さんについては、以前、別の刑事さんにお話ししましたけど？」

受付カウンターの向こうで、学生課の中年の女性職員が怪訝《けげん》な顔をした。

公英大学の学生課は、三号館の二階にあった。ここには、日向咲の死体と学生証が発見された直後、他の捜査員が真っ先に身元確認に来ていた。そして当時の同級生や教授に事情聴取を行い、死体が間違いなく日向咲であることを確認していた。

「実は、今日は河堀哲二さんという方について伺いたいんです。こちらの法学部のご出身だと聞いたのですが、間違いないでしょうか？」

「その方が、どうかされたんですか？」

「つい最近、ある事件で亡くなりまして、事情を調べております」

鏑木が説明すると女性職員は、あらまあ、そうですか、それはそれはと言いながら、急いでパソコンの前に座り、マウスを操作した。どうやら在籍したことのある者は、全員データベースに登録してあるようだった。そして、河堀哲二の名前はすぐにヒットした。

「確かに、法学部に在籍していましたね。卒業生名鑑に残っていました。一九九六年入学、二〇〇〇年卒業です」

日向咲は一九九八年入学。河堀は二年先輩だが、確かに同時期に在学している。

「サークル活動は何をやってたとか、わかりませんか？」

姫野が聞いた。日向咲は文学部、河堀哲二は法学部だ。何か接点があるとしたら、サークル活動だと考えるのが最も自然だった。

女性職員は曖昧《あいまい》に頷《うなず》いた。

「わかるかも知れません。当大学では、学生サークルは学生課に登録して毎年メンバーを届け出ないと、一切の活動が認められませんから。当大学の名前で妙な活動をされては困りますので」

鏑木はカウンターから身を乗り出した。

「本当ですか？　では、是非お願いします」

女性職員はまたマウスを操作していたが、やがて残念そうに言った。

「河堀さんの名前からは、何も出てきませんね」

姫野が思わず、情けない声を出した。

「えー？　ないんですかあ？」

「ええ。当学の書類が電子化されたのは二〇〇四年からですので、もし河堀さんがサークルに入っていたとしても、それまでにそのサークルが解散したんでしょうね。現在も続いているサークルなら出てくるはずですから」

「日向咲の名前でも、出てきませんか？」

鏑木が尋ねると、女性職員は即座に否定した。

「前回、別の方がいらした時、何も残っていないことをお伝えしたはずです」

鏑木はなおも食い下がった。

「紙の形でもいいんです。十六年前の、つまり一九九八年のサークルの記録は残っていませんか？　探すのが大変なら、私たちが自分でやりますので」

女性職員は首を横に振った。

「データ化されてない以上、すでに焼却になっていますね」

「それでは、当時学生課にいた方はおられませんか？　もしかしたら何か覚えておられるかもしれませんし」

「無理ですよ。当学に一体いくつサークルがあると思ってるんです？」

ついに女性職員の声は、甲高くなった。

「現在でも四五〇ものサークルがあるんですよ？　そして毎年毎年、数十単位のサークルができてはなくなっているんです。私も二十年前から学生課にいますけれども、十六年前のサークルなんかいちいち覚えていませんよ」

学生課を出ると、鏑木と姫野は桜の木の下にあるベンチに座った。鏑木は左手の腕時計を見た。すでに午後三時を回っていた。

「とりあえず同期の卒業生名簿はもらった。全員にこっそり連絡をとって、一人ずつ潰《つぶ》していくしかないな」

鏑木は溜《た》め息《いき》をつきながら言った。

「特に親しかった人物は河堀の葬儀に来るだろうが、公安部の担当案件である以上、斎場まで押しかけて首を突っ込むことはできない。鬼原さんも、わからないように動けといっていたからな」

「そうですね――」

姫野はベンチの座面に両手を突くと、悔しそうに呟《つぶや》いた。

「公安部はきっと、こんなこと全部とっくに調べ上げてるんですよね。公安部が持ってる情報さえ開示してくれたら、こんな無駄足は踏まなくて済むのに」

公安部の持ってる情報さえ、手に入れば――。

考えても仕方ないことだったが、鏑木もそう思わずにはいられなかった。だが、あの巽警視の態度を見る限り、その望みは全くないと考えるしかなかった。公安部は、一体何を捜査しているのか。公安部が抱える「よほど重大な公安案件」とは何なのか。それも全く不明だった。

姫野が頭上を見上げた。

「春は、桜がきれいなんでしょうね」

頭上には、鮮やかな緑色の葉が青い空に映えていた。

「えみさんも入学した時、桜が満開の頃にここを通ったんですよね。もしかしたら、このベンチにも座ったのかも知れないなあ」

鏑木もつられて、通路の両側に並んでいる木々を眺めた。今は緑の葉が茂っているだけだが、確かに樹皮を見ると、数十本の木は全てソメイヨシノのようだった。その木陰のところどころにベンチがあり、学生たちが木漏れ日を浴びながらお喋《しゃべ》りに興じている。

「えみさん、悔しいだろうなあ。早くホシを見つけてあげたいなあ」

姫野が感傷的な口調で呟いた。その様子を鏑木は無言で眺めた。

「鏑木さん！」

いきなり、姫野が立ち上がった。

「のど渇きませんか？　たまには僕、おごりますよ！」

「え？　ああ。じゃあすまんが、お茶かなんか――」

鏑木が答えた時、姫野はすでに二十メートルほど離れたキャンパスの隅に立っている自動販売機に向かって駆け出していた。そして、すぐに飲料二本を持って戻ってきた。

「なんだ、これ?」

鏑木は姫野の差し出したペットボトルを受け取ると、思わず姫野の顔を見た。ラベルには顔に隈取《くまどり》の入った寄り目の人物のイラストが描いてあり、緑色がかったどす黒い色の液体がたっぷりと入っている。

「知らないんですか? 新発売の『壮健中年茶・五右衛門《ごえもん》』ですよ。黒豆ポリフェノールとゴマと霊芝《れいし》とドクダミとノコギリヤシの入ったトクホ指定のお茶で、中性脂肪を燃やすとともに悪玉コレステロールを減らし、血圧や血糖値を下げ、老化を防いで、おまけに美肌効果もあるんですよ? まさに鏑木さんのための機能性飲料です」

そう言うと姫野は、自分のミネラルウォーターを美味《おい》しそうに飲み始めた。

「俺は、普通のお茶がいいんだがなあ」

仕方なく鏑木が目をつぶってなんとか飲み干すと、姫野が右手を出した。

「捨ててきます! あ、キャップははめなくて結構です。分別しますから!」

「ああ、すまんな。ご馳走様《ちそうさま》」

姫野はペットボトルとキャップを受け取ると、また自動販売機へと駆け出した。機械の横にはリサイクル用回収容器が置いてあった。姫野は二人分のペットボトルとキャップを、それぞれ別の投入口に落とした。

「キャップ——?」

自動販売機の横で両手をはたいている姫野を見ながら、鏑木は呟いた。

なぜ自分は、そんなにキャップが気になるのだろうか——。鏑木は考えた。そして、姫野の父親が殺害された強盗事件のせいだと気が付いた。その現場となったビルの前に、四個のキャップが落ちていたという。

犯人が残していったものなのか、それとも何の関係もないゴミなのか。それすらもわからないキャップが、なぜか鏑木には無性に気になった。

16 電話

「ホシが、三十七階建てのホテルの屋上から消えたあ?」

正木が口に運ぼうとした茶碗《ちゃわん》を途中で止め、目を大きく見開きながら、あんぐりと口を開けた。

「そいでそこに、タツミハムが来やがったのか?」

「本名は巽功二、公安一課二捜の警視殿だ。そのまま捜査は公安部に割り振られた。どうやら刑事部《うち》の上のほうにも話はついてるようだ」

鏑木が物憂げな表情で答えた。

「被害者が許山一郎という参議院議員の秘書・河堀哲二。公安一課が出てることからしても、極左がらみのヤマらしいな。巽警視が出てきた以上、サイロ事件とも関係があると思うんだが、何しろ情報を一切開示してくれないんだ。詳しいことは何もわからない」

正木は忌々《いまいま》しげに鼻の穴を膨らませた。

「畜生、ハム野郎め! どこにでも出しゃばって来やがって。なまくら揃いのくせに生意気な野郎どもだぜ！　全くあいつら、ハムはハムでも——」

「生ハムだ、っていう駄洒落《だじゃれ》は言わなくて結構ですから」

姫野に先にオチを言われ、正木は口だけを虚《むな》しくぱくぱくと動かした。


汐留のビル屋上で殺人事件が発生してから、まもなく十八時間。

四月十一日金曜日、午後六時十五分——。

鏑木、正木、姫野の三人は、昨夜と同じく警視庁本部庁舎六階の、刑事部の隅にある打ち合わせ用ソファーに集まっていた。

姫野が小声で正木に聞いた。

「それより正木さん、昨晩は指輪とピアスの件でどこかに行ってきたんでしょう？」

「おう、そうだった！　ついにわかったぜ、カブ、ヒメ！　まだタトゥーの件はさっぱりだがな、とりあえずあの指輪とピアスを売った店がわかった！」

正木は慌ただしく鞄《かばん》から数枚のコピー用紙を取り出すと、木製のセンターテーブルの上にばさばさと並べた。

「指輪に刻印するにゃあ、手打ちで打刻する、刻印機で彫る、レーザーマーカーで焼くってえ三つの方法があるらしいんだが、聞き込みの過程で、あの指輪に刻印したのはダイヤモンドチップを使った刻印機だってことがわかった。そこで、ダイヤ刻印機を使ってる宝飾店に絞って、あの刻印を彫った職人を探してたんだ」

ダイヤで彫ると断面がキラキラして綺麗《きれい》なんだそうだ、と正木は補足した。

「そうしたら、ある店を退職した職人の一人が、かなり前に指輪に『0125』って数字を彫ったことがあるのを覚えてた。それからこっちは、その店の倉庫に仕舞ってあった十六年分の注文伝票の山と格闘だ。探してるうちに夜が明けて、昼になって、さらに夕方近くになって、そしてようやく見つけ出したって訳だ」

コピー用紙は、指輪とピアスのカタログ写真、代金の明細書、それに刻印の注文伝票だった。注文書には「0125」という数字の刻印指定がボールペンで書かれている。

「ダイヤのカラット数じゃなかったのか？」

鏑木が聞くと、正木は首を横に振った。

「違うみてえだ。買ったヤツの指定で彫った数字だからな。それにガイシャの誕生日って訳でもねえ。日向咲の誕生日は四月十一日だからな。買った奴が見つかりゃあ、何の数字かわかるんだろうがよ」

正木は紙を指し示しながら説明を続けた。

「ブランドは『Fairy&co.《フェアリーアンドカンパニー》』、当時若い女の子に人気があった貴金属店だ。こいつぁ比較的安いほうのラインらしいが、指輪とピアス一対のセットで十二万円、消費税別。女子大生にゃあ結構な贅沢品《ぜいたくひん》だ。客は現金で一括払いしてるが、ほれ、ここに買った奴の名前と電話番号が書いてある。連絡用に控えたんだろうぜ」

伝票の日付は、一九九八年の四月十五日。注文書に書かれた名前は「鈴木太郎」。いかにも偽名といった名前だ。そして電話番号は、〇九〇-××××-××××。携帯電話の番号だ。

　姫野がコピー用紙から顔を上げ、鏑木を見た。

「名前はウソっぱちでしょうけれども、この携帯の番号は本物かも知れません。刻印が終わったという連絡を受けるために教えたんですからね」

「かけてみよう」

　鏑木は自分の携帯電話を取り出した。

「ヒメ、俺の携帯を番号非通知に設定してくれ」

　姫野が受け取りながら、心配そうに聞いた。

「だ、大丈夫ですか？　先に電話会社で持ち主を調べたほうがいいんじゃ？」

　姫野から非通知になった携帯電話を受け取ると、鏑木は慎重にボタンを押し始めた。

「とりあえず、電話が生きているかどうか調べるだけだ。着信番号が表示されないから、どっちみち出ない可能性が大きいしな。もし相手が出たら、その瞬間に相手の居場所が電話会社に記録される。間違い電話のふりでもして切って、それから急いで電話会社に問い合わせて追跡すればいい」

「こいつときたら、小心なんだか肝が太いんだかよくわかんねえ奴だぜ。全くよ」

　正木が呆《あき》れたように小声で呟《つぶや》いた。

　番号を押し終わると、鏑木は携帯電話を左耳に当てた。

呼び出し音が鳴り始めた。ということは、この携帯電話番号は今も使われているのだ。ことによると、この電話番号の主が日向咲を殺害した犯人かもしれなかった。

「鏑木さん、やっぱり、相手が出る前に切ったほうが——」

姫野がそう言った時、呼び出し音が止んだ。鏑木は緊張した。相手が電話に出たのだ。

「もしもし？　夜分にどうもすみません。あのう、聞こえますか？」

普段は出さないような明るい声で、鏑木が話しかけた。

すると、一、二秒の間を置いて相手が答えた。

「どなたでしょう？」

警戒した男の声だった。

その瞬間、鏑木はあやうく電話を取り落としそうになった。そして、驚きのあまり言葉を失った。なぜなら鏑木はこの男を知っていたからだ。

そして次の瞬間、鏑木は指輪とピアスに関する全ての事情を理解した。

十六年前、この男が日向咲に指輪とピアスを贈ったのには、確たる理由があったのだ。日向咲と交際していたからではなかった。この男には明確な目的があって日向咲に、若い女性が喜ぶであろう高価な贈り物をしたのだ。

正木が、あわてて両手を振り回しながら、小声で鏑木を責めたてた。

「おいっ！　カブっ！　馬鹿っ！　なに黙ってんだよ！　なんか喋《しゃべ》るなり切るなりしねえと相手に怪しまれちまうだろ！」

ようやく気を取り直すと、鏑木は静かに言った。

「刑事部捜査第一課の、鏑木です」

その言葉に姫野と正木が仰天し、思わず同時に腰を浮かせた。

「か、鏑木さん?」

「てめえ何言ってんだよ?　そいつあホシかも知んねえんだぞ?」

再び、相手の声が鏑木の携帯電話のスピーカーから流れた。低くくぐもった、マスク越しに話しているような声だった。

「どこで、この番号を?」

鏑木は電話の向こうに、静かに話しかけた。

「ご相談があります。お時間を取ってもらえませんか、巽さん」

「たつ――」

正木と姫野が絶句し、呆然《ぼうぜん》と顔を見合わせた。

電話に出たのは、公安部第一課の巽功二警視だった。

「鏑木さん」

巽は不愉快そうな声を出した。

「私にはあなたと相談することは何もありません。ご用はそれだけですか」

電話を切ろうとする巽に、鏑木はさらに畳みかけた。

「相談がダメなら仕方がない。気が進まないのですが、私と取引して下さい」

「取引？」

巽が怪訝《けげん》な声で聞き返した。

「十六年前、日向咲は公安部の『協力者』だった。そうですね？　それとも、恋人だったとでも強弁しますか？」

巽は沈黙した。その沈黙が、鏑木の推測が正しいことを証明していた。

鏑木の言葉に、姫野が衝撃を露《あら》わにした。

「えみさんが、公安部の、協力者――!?」

鏑木はさらに喋り続けた。

「あなたは十六年前、おそらくある極左暴力集団を監視していた。そして内情調査のために、一人の若い女性を公安部の協力者にした。それが日向咲です。そして、十六年後の今になって、日向咲が何者かに殺害されていたことが判明した。となれば、殺したのは監視対象であった極左暴力集団である可能性が高い」

巽はなおも、無言だった。

「つまり公安部は、民間人を協力者にした結果死なせてしまった。あなたはこの事実を隠すために、刑事部を排除して公安部が日向咲殺害事件を担当するよう手を回した。そして今回の河堀哲二殺害事件も、十六年前の日向咲殺害事件と関連があると睨《にら》んでいる。――そうですね？」

「そ、そうか――。そういうことだったのかよ」

　正木が呆然とした顔で呟いた。

　公安第一課が動いているということは、監視対象は極左暴力集団だ。そして極左グループの調査を行う時の公安の常套《じようとう》手段は、監視対象の内部もしくは近くに協力者を作ることだ。そして十六年前、公安部の巽警視は日向咲に高価な宝飾品を贈っていた。ということは、宝飾品は「協力者」への供与または報酬だという推測が成り立つ。

　正木に頷《うなず》いて見せ、鏑木は話を続けた。

「巽さん、あなたを脅迫するようでまことに心苦しく思います。しかし、十六年前と今回、二つの殺人事件を解決するためです。どうぞお許し下さい。そして、私と取引して頂けませんか。刑事部でも捜査第一課でもなく、私という個人とです」

「あなた個人と？」

　ようやく巽が口を開いた。

「大変失礼ながら、協力者を監視していた組織に殺害されてしまったことは、あなたの、ひいては公安部の大失態でしょう。しかし私は、この事実を伏せておくことをお約束します。その代わり、あなた方の持っている情報と、あなた方が現在抱えている『案件』が何かを、私に教えて下さい」

　再び巽は沈黙した。鏑木は必死に巽に語りかけた。

「十六年前の日向咲殺害事件、そして今回の河堀哲二殺害事件。どちらも奇怪極まりない事件です。おそらくあなた方も袋小路に入り込んで、今も出口が見えない状態で焦っているはずだ。あなた方公安は情報のプロですが、私たち刑事も強行犯捜査のプロです。情報さえあれば、必ずお役に立てるはずです」

巽は沈黙を続けた。明らかに、巽は迷っていた。

「公安部の『案件』については一切他言しません。それに二つの事件が解決できたら、どちらも公安部の手柄にしてもらって構わない。私は、ただ二つの事件の真相を知りたいだけなんです。そして殺人事件の犯人を捕らえ、被害者とご遺族の無念を晴らしたいだけなんです。お願いします。取引に応じて下さい」

「あなたには、解けるんですか？」

巽が電話の向こうで口を開いた。

「空を飛んでいたかのような日向咲の死体。そして、空を飛んで逃げたかのような河堀哲二殺しの犯人。あなたには、この不可解な二つの事件の真相が解明できるとでも仰《おつしや》るんでしょうか？　鏑木さん」

「できます」

鏑木は言い切った。

「いえ、私一人では無理かもしれませんが、我々には解明できると思います。我々とは――」

鏑木は、固唾《かたず》を呑《の》んで自分を見ている二人の男を見た。そして、もう一人の頼りになる若者の顔を思い浮かべた。

「捜査第一課の私と、正木と、姫野、それに科警研の澤田の四人です。それ以外には一切他言しません。どうか我々を信じていただけませんか、巽さん」

17　一九九八年五月　咲と広海

今から十六年前、一九九八年五月九日、土曜日――。

「えみさん、おいしい！　すごくおいしい！」

ハンバーグを頬張りながら、ひろみくんはあたしの顔を見て嬉《うれ》しそうに叫んだ。

夜の七時――。

台所のテーブルの上には、あたしが自分の部屋で作ってきたハンバーグ、ホワイトシチュー、茶碗蒸《ちゃわんむ》し、それにクレソンとベーコンをたっぷり入れたポテトサラダが載っている。我ながら脈絡のないメニューだが、ひろみくんの好きなものばかりだ。

「そう？　よかった！　たくさん食べてね！」

あたしは両手で頬杖《ほおづえ》を突きながら、旺盛《おうせい》な食欲を見せるひろみくんを眺める。

ふと、ひろみくんのほっぺたにデミグラスソースが付いているのに気が付く。あたしはティッシュペーパーを箱から引き抜くと、手を伸ばしてひろみくんのほっぺたを拭《ふ》く。子供特有の、ふにふにとした大福のような柔らかい感触がする。なんだか自分が母親になったような気がして、少しこそばゆい。

「いつも申し訳ありません。でも、本当にありがとうございます」

台所の奥にある和室の六畳間で細身の中年の男性が、ネクタイを締める手を止めて、あたしに向かって深々とお辞儀をした。ひろみくんの父親、姫野広志さんだ。

姫野さんは夜勤の警備員のお仕事をしている。これから新宿にある雑居ビルの警備に出かけるところだ。

「家内が入院してからというもの、ろくなものを食べさせてやれなくて、栄養は大丈夫なのかといつも心配してたんです。咲さんが同じアパートに引っ越してきてくれて、本当に助かりました。運が良かったと思います」

ひろみくんを見ながら、姫野さんはしみじみと言った。

「そんな、いいんです！　あたしのほうこそ、いつも練習中の下手な料理を試食してもらって、かえって申し訳ないくらいで」

あわててあたしが両手を小さく振ると、姫野さんも同じ動きをした。

「とんでもない、いつもレストランみたいなお料理で感心するばかりです。家内もお陰で安心だって、とても喜んでいます。面会に行くと、最初の日に挨拶《あいさつ》しただけだから、また咲さんにゆっくり会いたいって、いつも言うんですよ」

姫野さんの奥さんは、国分寺駅の近くにある総合病院に入院している。

あたしが国分寺にあるこのアパートに引っ越してきたのは、ちょうど一週間前、五月二日のことだ。

荷物を全部運びこむと、あたしは挨拶のタオルを持って、一軒置いて隣の姫野さんのお宅に挨拶にいった。その日はたまたま奥さんも体調が良く、病院から一時帰宅していて、夫の姫野さんも休みを取っていた。つまり、その日姫野家は、家族三人が揃ってアパートにいたのだ。

姫野夫婦は揃って玄関口まで出てきた。あたしが緊張して引っ越しの挨拶をすると、「こちらこそよろしくお願いします」と頭を下げたあと、「初めての一人暮らしは不安でしょう、何でも聞いてくださいね」と親しみを込めてにっこりと笑った。そして、その足もとで一緒になって頭を下げていた男の子が、一人息子で小学五年生のひろみくんだった。

翌日、あたしがアルバイトが終わって帰宅すると、ひろみくんは一人でアパートの階段に座っていた。

「何をしてるの？」

あたしが声をかけると、ひろみくんは警戒したような視線を向けた。ひろみくんが座っている脇には、図書館のシールを貼った本が置いてあった。

あたしが自分用に買ってきたシュークリームを一つあげようとしたら、ひろみくんは、知らない人にものをもらっちゃいけないから、と言った。でもその時、ひろみくんのお腹が鳴る大きな音がしたので、あたしは思わず噴き出した。

「ねえ、あたしは昨日ご両親にご挨拶もしたし、もう同じアパートに住んでるんだし、知らない人じゃないでしょう？　あたしは、ひろみくんのご近所さんなの。だから、これは遠慮しないで食べてもいいのよ？」

あたしがそう言うと、ひろみくんはようやくシュークリームを受け取った。そして一口かじると、あっという間に全部食べてしまった。

それからひろみくんは、あたしにいろんな話をしてくれた。父親が夜勤の警備員なので昼間は寝ていて、夕方に起きるとすぐに出かけてしまうこと。ひろみくんが学校に出かける頃、父親はようやく帰ってくるが、すぐに寝てしまうこと、母親は心臓が悪くて入院していること。だからひろみくんは、いつも独りぼっちだということ――。

アパートの階段の途中で、ひろみくんの隣に腰を下ろして、あたしはひろみくんの話を聞いた。

次の日からあたしは、ひろみくんにご飯を作って、持っていってあげることにした。どうやらいつも、冷凍やレトルトの食品ばっかり食べているようだったからだ。差し出がましいとも思ったが、父親の姫野広志さんは、これで息子に人間らしいものを食べさせてやれると、とても喜んでくれた。

そしていつの間にか、あたしは図々《ずうずう》しくもご飯を持って姫野家に上がり込むようになり、父親の姫野さんとも親しく言葉を交わすようになったのだ。

「でも姫野さん、大変ですね」

あたしは話題を変えた。

「土曜日の夜なのに、これからお仕事に出かけるなんて。警備員のお仕事って、職場でも忙しいんですか？」

「そんなに忙しくもないいんですけどね」

姫野さんは、ネクタイの結び目を整えながら微笑んだ。

「夜勤は夜の九時から朝七時までなんですけど、見回りに行くのは四回なんです。九時、十二時、四時、六時ですね。あとは、座ってぼーっとしてるみたいなもので」

「一晩中起きてるんですか？　途中で仮眠とか取れないんですか？」

「二時から三時まで、一時間だけ仮眠します。そうしないと、さすがに集中力が途切れますので」

あたしは遠慮がちに聞いてみた。

「じゃあ、仮眠中って、何かあったら心配ですね？」

スーツの上着を羽織りながら、姫野さんも頷《うなず》いた。

「通常は二人で警備してますから、ちょっとずらして交代で仮眠するんですけど、たまに人間が足りなくて、一人だけの時もありますね。何しろ不景気ですから、警備会社も人員を減らしているんです」

内緒ですよ、と言って姫野さんは悪戯《いたずら》っぽく笑った。

「でもまあ、今の勤務地は設備プラント会社の技術系の部署ですから。銀行や宝飾店とは違って金目のものはありませんし、そんなところに泥棒に入る奴はいませんよ」

では、息子をよろしくお願いします、とまたあたしに頭を下げて、姫野さんは仕事に出かけていった。あたしはひろみくんと一緒に、玄関口で姫野さんを見送った。


夜、九時――。

ひろみくんとあたしは、姫野家の台所のテーブルに座っていた。

ひろみくんは食事を終えると、食器を洗うのを手伝ってくれた。そのあと、あたしとひろみくんは、冷蔵庫の牛乳をコップに注いで飲んだ。あたしは牛乳が大好きだったので、ひろみくんにも体にいいから飲みなさいと、食後には必ず飲ませていた。

「じゃあ、あたしそろそろ帰るね？」

あたしはひろみくんに向かって微笑んだ。でも、いつもなら元気よくお休みなさい、と言うひろみくんが、その日は黙って俯《うつむ》いていた。

あたしは気になって、ひろみくんの顔を覗《のぞ》きこんだ。

「どうしたの？」

「えみさん」

ひろみくんが顔を上げると、ぽつりと言った。

「僕、父さんに、謝らなきゃいけないことがあるんだ」

「なに？　謝らなきゃいけないことって」

「僕は小さい頃、父さんの仕事を警察官だと思ってたんだ。母さんが、制服姿で敬礼してる父さんの写真を見せてくれた時、てっきり警察官なんだと思って、学校でそう言って自慢してたんだ」

ひろみくんは、そこで間を置いた。

「そうしたら先生が、姫野くん、君のお父さんはガードマンでしょう、嘘をついちゃいけませんって言って。それから友達みんなに、嘘つき嘘つきって馬鹿にされて。それで僕、しばらく父さんと口を利かなかったんだ。父さんに騙《だま》されたような気がして」

そしてひろみくんは、あたしを見た。

「ガードマンが立派なお仕事だっていうことは、わかってたんだ。でも、馬鹿にされたのが悔しくて、父さんに八つ当たりしてしまったんだ。だからね、いつかそのことを父さんに謝りたいんだけど、勇気がなくって、なかなか言い出せなくて。――ねえ、えみさん。もし僕が謝ったら、父さん許してくれるかなあ？」

ひろみくんは、今にも泣きそうなくしゃくしゃの顔をして、それでも泣かないように一所懸命にこらえながら、じっとあたしの顔を見ていた。

「大丈夫よ」

あたしは微笑んで見せた。

「いつか謝れたらいいね。きっと——ううん、必ず許してくれるわよ。でもね、ひろみくん、別に急がなくてもいいの。ひろみくんが大人になってからでもいいじゃない？　いつか、その日が来た時に謝ればいいわ」

「そうかな。——うん、そうだよね！」

ひろみくんは元気よく頷いた。

「ありがとう、えみさん。僕、いつか大人になったら父さんに謝ることにする！」

その時、ぼろぼろっとあたしの目から涙がこぼれた。ひろみくんはこんなにも、あたしに心を開いてくれている——そう思ったら、たまらない気持ちになったのだ。

「どうしたの？　えみさん」

ひろみくんが不思議そうに聞いた。

「なんで泣いてるの？　何か僕、ヘンなこと言った？」

そう言うとひろみくんは急いでお尻《しり》のポケットに手を伸ばし、くしゃくしゃになったタオル地のハンカチを抜き取ると、あたしに向かって差し出した。

「なんでもないの。ごめんね。ありがとう」

あたしはハンカチを受け取って涙を拭《ふ》いた。そして、洗って返すからねと言って、自分のポケットに入れた。

「ねえ！　ひろみくん！」

あたしはテーブルに両肘《りょうひじ》を置くと、ひろみくんに向かって顔を近付けた。

「明日《あした》は日曜日よね？　ドライブに行かない？」

「ドライブ？」

ひろみくんは、みるみる目を輝かせた。

「えみさん、車持ってるの？」

「持ってるわよ。あたし大学生だもの。当然でしょう？」

本当は車なんか持ってない。でも、誰かに借りればいい。

そうだ、野臥正が赤くて小さい車を持っていた。あれはなんという車だったろうか、あれを借りよう。もちろん免許証は持っている。アルバイトでどうしても必要なので、教習所の早朝コースに通って取ったのだ。

ひろみくんも、あたしに向かって身を乗り出した。

「行きたい行きたい！　ねえ、えみさん、ドライブってどこに行くの？」

「それは着いてからのお楽しみよ。でも、とっても素敵なところなの。だから楽しみにしててね！」

あたしはひろみくんを、「タンポポの国」に連れていってあげようと思っていた。あそこは「タンポポの会」が建設する理想郷。あたしたちのユートピアになるところ。この計画は誰にも秘密で進行しなければならない、野臥正はそう言っていた。

だからあたしも、これまでその牧場のことを、友達にも誰にも言わずにいた。そう、友達の八木百合香にも話していなかった。でも、あたしはどうしても、ひろみくんを

「タンポポの国」に連れていってあげたかった。あの一面の緑の野原を、のんびりと草を喰《は》む牛たちを、赤い屋根のサイロを、風に舞う幻想的なタンポポの綿毛を見せてあげたかった。

ひろみくんにはその権利がある——。

あたしはそう思った。

そして、それはせめてもの、ひろみくんに対する罪滅ぼしのつもりだった。

でも、とても罪滅ぼしになど、ならなかった。

そのあとしばらくして、ひろみくんは、父親に謝る機会を永遠になくしてしまうことになったのだ。

18　裏本部

そこは窓が一つもない、コンクリート打ちっ放しの部屋だった。

広さは十五平米ほどだろうか。天井の中央に埋め込まれた蛍光灯の下に、スチール製の長机を二つ合わせたテーブル。その周囲に同じくスチール製のパイプ椅子が四脚。テーブルの上には三本の、五百ミリリットルのミネラルウォーターのペットボトル。部屋に置いてあるものはこれだけだった。

そしてテーブルの奥に公安部第一課第二捜査の巽警視、その向かい側に鏑木と姫野が座っていた。

「この建物に刑事部の方が入るのは、あなた方が初めてです」

巽は、静かに口を開いた。

「この建物の場所に関しては、くれぐれも他言無用に願います。よろしいですか？」

巽はマスクをしていなかった。二人を見る巽の目は、頬の火傷《やけど》の痕《あと》と相まって余計に鋭さを増しているように思えた。

「承知しました」

鏑木が言うと、その隣に座る姫野も、緊張した表情で頷《うなず》いた。

四月十二日土曜日、午前十一時〇〇分――。

鏑木と姫野がいるのは、警視庁公安部の極左暴力取締本部、通称「裏本部」のある建物だった。建物があるのは東京都港区新橋《しんばし》六丁目。雑居ビルのふりをした地味な外観には、もちろん警察の施設である表示は何もない。

巽は昨夜、個人的にという条件で鏑木と会うことを約束した。協力者を死なせてしまうという不祥事を摑《つか》まれたことも、不可解な事件の連続に公安部が追い詰められていることもその理由だろう。だが鏑木は、それよりも巽の中に、絶対に事件の真相を解明し、死んでしまった協力者の仇《あだ》を討ちたいという執念を感じ取っていた。

鏑木と面会するにあたって、巽はこの建物の地下にある一室を指定した。公安部と刑事部が密会しているところを、誰かに見られる訳にはいかないということだろう。そして同席者には、以前にも巽と会ったことのある姫野だけが許可された。

「では巽さん。早速ですが、教えて頂きたいのは二つです」

鏑木が本題に入った。

「まず第一に、日向咲と河堀哲二という被害者二人の接点です。十六年もの時間の離れた二つの殺人事件が、どちらも発覚と同時に公安部の担当案件とされ、どちらもあなたが捜査されている。それは、この二人に何らかの接点があるからです。そうですね？」

十六年前、二人とも公英大学に在籍していたことまではすぐにわかった。しかしそれ以上の情報が鏑木たちには摑めていなかった。

「もう一つは？」

巽が促した。

「第二に、あなた方が現在抱えているという公安案件です。ある人は、『よほど重大な公安案件』があり、そのために二つの殺人事件が刑事部ではなく公安部の担当になった、と言っていました。それが何であるかを知りたいのです」

巽は頷いて、喋《しゃべ》り始めた。

「では、最初の質問についてです。一九九八年当時、公英大学に『タンポポの会』という学生サークルがありました。会員四名の、エコ活動を行っていたサークルです」

「『タンポポの会』！」

姫野が思わず声を上げた。

「そ、その『タンポポの会』に、日向咲が所属していたんですね？」

「そうです。そして、河堀哲二《ぼうぜん》もまた、この『タンポポの会』に所属していました」

巽が首肯すると、姫野が呆然と呟《つぶや》いた。

「だからえみさんは、あの牧場を『タンポポの国』とか『あたしたちのユートピア』と呼んでたのか――」

巽が姫野を訝《いぶか》しげに見た。

「あの牧場とは、日向咲の死体が発見された檜原村の牧場のことですね？　なぜ君はそんなことを知っているんです？」

姫野は、自分が子供の頃、日向咲が一時期、自分と同じ国分寺のアパートに住んでいたことを話し、一緒にあの牧場に行ったことがあると説明した。

「そうですか。道理で私たちの知らない情報を持っているはずだ」

そのあと巽は、首を傾げた。

「しかし、日向咲は私には、大学入学前からずっと国立のアパートに、姉の夢と一緒に住んでいると言っていた。国分寺に転居したという話は聞いていないが——」

「でも、正木さんの調査では、その間は住民票だって国分寺に移してるんですよ？　まあでも三ヵ月で、姉と住んでいた国立のアパートに戻ってますが」

巽はしばし考えていたが、やがて諦《あきら》めたように首を振った。

「理由は不明ですが、私には国分寺に転居したことを言わなかったのでしょう。ともあれ、これで疑問に思っていた日向咲と廃牧場との繋《つな》がりがわかりました。『タンポポの会』の活動拠点だった訳ですね」

鏑木は頷くと、話を戻した。

「そしてあなたは十六年前、『タンポポの会』の日向咲に接触した。なぜ、そんなエコ活動の小さな学生サークルに目を付けたんです？」

「この『タンポポの会』が、『持続可能性研究会』、略称『持可研』という環境運動団体の傘下にあるという情報を摑んだからです」

「持続可能性、研究会？」

鏑木が首を傾げた。

「持続可能性とは、人類文明はこのまま持続できる可能性があるのか、というテーマのことです。文明の持続に関わる問題は、戦争、災害、疫病、資源、食糧、経済など多岐にわたりますが、特に大きな研究課題は、環境問題とエネルギー問題です。――そして」

巽は二人を順に見た。

「この『持可研』こそ、我々公安第一課第二捜査が監視を続けていた、極左暴力集団だったのです」

鏑木は納得した。

極左暴力集団――。これが、二つの殺人事件に公安部が出てきた理由だったのだ。

「『持可研』と『タンポポの会』の関係を理解するには、極左の歴史に関する知識が必要です。少々長くなりますが、聞いて下さい」

そう前置きして、巽は説明を始めた。

警察用語で言う極左暴力集団、即《すなわ》ち左翼テロリストグループは、「新左翼」と呼ばれる諸団体にルーツを持つが、その歴史は一九五五年に始まる。

この年の七月、日本共産党が武装闘争路線を放棄し、日本国憲法秩序の下、議会制民主主義を尊重し、その枠の中で国民の支持を獲得していくという方針を打ち出した。この発表は当時の大学生や知識人に深い失望を与え、日本共産党や日本社会党を「既成左翼」と呼んで批判する過激な勢力が生まれた。これが新左翼だ。

新左翼は「世界の共産主義化は、歴史の必然」という認識を持ち、暴力による共産主義革命の実現を本気で目指していた。そして、これを阻もうとする「保守反動」は抹殺しても構わないと考え、同じ左翼でも共産主義革命を志向しない者は、「日和見《ひよりみ》主義者」として糾弾した。

新左翼活動は大学自治会を中心に活発化し、一九六〇年代になると「安保闘争」の失敗をめぐって離合集散を繰り返すようになる。やがて「内ゲバ」と呼ばれる新左翼同士の抗争が百人を超える死者を生むようになると、各派の中心人物が次々と逮捕され、過激派の一部は地下に潜伏し、革命よりも「テロ」による社会の揺動を狙うようになる。

そして一九七四年。東京・丸《まる》の内《うち》にあった三菱《みつびし》重工業東京本社ビルが何者かによる爆弾テロを受けた。死者八人、負傷者三七六人を生んだこの事件の主犯は、「東アジア反日武装戦線・狼」と名乗る新左翼集団であり、さらにこの凶行に「大地の牙《きば》」「さそり」を名乗る極左グループが呼応し、日本各地で爆弾テロの実行を宣言した。

だが、警視庁公安部を中心とする警察の威信をかけた捜査により、その爆弾テロのほとんどは未遂に終わり、主要メンバー七人が逮捕された。裁判では首謀者四名のうち二名に殺人罪による死刑判決が下された。なお、残る二名は、その後ハイジャック事件犯の要求により「超法規的措置」で釈放され、現在も逃亡中である。

そしてこの事件をピークに、新左翼の反政府活動は急速に縮小に向かう。新左翼はテログループ、殺人集団と認識されるようになり、母体となっていた大学自治会は一般学生の支持を失い、大学側からも排除されるようになっていった。

一九九〇年代になって、ソビエト連邦などの社会主義国家が崩壊を始めると、新左翼活動家は共産主義革命という目標を見失い、次々と脱落していった。新左翼活動に見切りをつけ、「新保守派」へと「転向」する者も続々と出現した。

またこの時すでに活動開始から二十年以上が経過しており、活動家の高齢化も組織維持の中で無視できなくなっていた。一九九九年の時点で、まだ約二万七〇〇〇人の新左翼活動家が存在することを公安警察は確認しているが、大学紛争の最盛期の六〇年代に二十代だった者は、この頃には五十代、六十代になっていた。

この一九九〇年代になると、ネオ・ヒッピー運動やニューエイジ思想、スローライフ運動などの世界的ムーブメントが起こる。するとこの影響を受けた新左翼の中に、消費者運動、環境保護活動、エコロジー運動へとシフトしていく流れが生まれる。いわゆる「赤から緑へ」と呼ばれる流れだ。

やがてこの運動は、新左翼の「負の歴史」、つまり爆弾テロや内ゲバによる殺人という血塗られた過去を知らない若い世代、あるいは主婦層を巻き込んでいくことになる。

一九九〇年代、環境保護や反原発を訴える多くの市民団体が出現したが、その中のいくつかは新左翼諸派を出自とする団体だった。

そして、こういう団体に勧誘され、入会したり集会に参加する人々の中には、新左翼という言葉すら知らない者も多い——。

「赤から緑へ——。なるほど。極左活動から環境運動へ、ですか」

何度も頷《うなず》いたあと、鏑木が確認した。

「つまり、『持可研』はただの環境運動団体ではなかった。いつか、緑から赤へ——、つまり再び極左の本性を現して、テロ活動を再開する可能性があると公安部は見ていた。そうですね?」

「その通りです」

巽は頷いた。

「『持可研』はデモや署名集めなどで市民運動を煽動《せんどう》する一方、全国の大学に存在するエコ活動サークルを傘下に収めることで、若返りを図りながら急速に勢力を伸ばそうとしていました。そのサークルの一つが、公英大学の『タンポポの会』だったのです」

「そこであなたは、『持可研』の動きを探るために、『タンポポの会』の一員である日向咲に接近し、協力者に仕立て上げた——」

鏑木が「協力者」という言葉を口にすると、巽は首を横に振った。

「鏑木さん。私の口からは、日向咲と友人になったと申し上げておきます。何でも話してくれるような、仲の良い友人ということです」

公安警察は、所属するメンバーも人数も捜査本部の場所も、同じ警察の他部署に対しても一切非公開だ。その理由は、本来なら警察の捜査では許されない「非合法捜査」を行っているからだといわれている。

その一つが「盗聴」だ。反政府活動を行う可能性のある組織や、場合によっては幹部の自宅に盗聴器を仕掛け、日頃から監視を行うのだ。各都道府県警に盗聴担当の捜査員が配備され、定期的に招集して最新盗聴技術の指導を行っているともいう。

そしてもう一つが「スパイ行為」だ。監視対象となっている組織の人間に接近し、金品を与えて買収したり、時には個人的な弱みを握ることで組織を裏切らせ、協力者という名のスパイに仕立て上げるのだ。もっとも刑事部でも、符牒《ふちょう》で「エス」と呼ぶ協力者を使うことは珍しくないのだが――。

「一九九八年の四月、公英大学の学生課に提出された会員名簿を入手した私は、四人の会員の中で、新入生である日向咲が最も友人になりやすいと判断しました。キャンパス内で声をかけ、ある程度親しくなってから話を持ちかけたのですが、その時日向咲に、あのアクセサリー類をねだられ、買い与えました」

つまり、日向咲が最も協力者に引き込みやすいと判断し、接近して親しくなり、宝飾品を買い与えて籠絡《ろうらく》したという訳だ。

鏑木が質問した。

「あの『0125』という刻印ですが、巽さんが宝飾店に依頼したんですよね？　どういう意味があるんですか？」

「日向咲が刻印を希望したので、店に注文しました。私も何の数字かと聞いたのですが、自分のラッキーナンバーだと言うので、それ以上追及しませんでした」

「ラッキーナンバー、ですか」

「ええ。公務用の番号はなるべく知られたくないので、宝飾店には私用の電話の番号を伝えました。それを鏑木さんたちに突き止められた訳ですが」

鏑木は首を捻《ひね》った。普通ラッキーナンバーとは、三や七などの一桁《けた》か、多くても二桁なのではないだろうか？　四桁というのは珍しい。

「しかし、こうして友人にはなったものの、日向咲からは『持可研』はおろか、『タンポポの会』の情報すらもほとんど得ることができませんでした。檜原村の牧場の件も、私には黙っていたくらいですからね。何度会ってもめぼしい情報が得られないので、ついに私は日向咲に友人として見切りを付け、関係を絶ちました」

巽警視は淡々と話を続けた。

「すると八月、野臥正が大学の学生課に『タンポポの会』の解散届を提出しました。そして私は、公英大学での活動を終了することになった訳です」

十六年前に檜原村で起きた日向咲殺害事件、今回の汐留での河堀哲二殺害事件、この両方に公安部の巽功二が乗り出してきた理由を、鏑木はようやく理解した。

「その時すでに日向咲は、『タンポポの国』、つまり檜原村の牧場で殺されていた。そしてあなたは、今回日向咲の死体が発見されるまで、そのことを知らなかったんですね」

鏑木の言葉に巽は無言だった。その顔も無表情と言ってよかった。

だが鏑木は、巽の静かさの中に、焦げるような激しい苦悩と、己への強い怒りを感じ取った。十六年前と言えば、現在は四十代と思《おぼ》しき巽も、まだ二十代の駆け出しだったはずだ。鏑木自身、若い頃には功を焦って周囲を見ずに突っ走り、幾度となく失敗を重ねた。そして巽は十六年経った今、過去に自分が犯していた重大な過失を思い知らされたのだ。

あらためて鏑木が聞いた。

「日向咲と河堀哲二、この二名を殺害したホシについて、公安部はそれぞれどういう仮説を立てているんです?」

「まず、日向咲殺害事件ですが」

巽は、隣のパイプ椅子に置いていたブリーフケースを手に取ると、中から一枚のコピー用紙を取り出して、それを鏑木と姫野に差し出した。

「日向咲が殺されていた理由は、私との交友関係が発覚したからだと思うしかありません。そして、日向咲の死体が発見された廃牧場が『タンポポの会』の活動拠点だったとなると、『タンポポの会』に所属していた誰かではないかという推測が成り立ちます。これが『タンポポの会』の会員、全四名のリストです」

これこそが、喉《のど》から手が出るほどに求めていた情報だった。鏑木と姫野はその紙を受け取ると、急いで目を落とした。

「タンポポの会」
野臥正（会長、公英大学理工学部）……一九九八年に海外渡航後、行方不明
天野亘（公英大学経済学部）……一九九八年に海外渡航後、行方不明
河堀哲二（公英大学法学部）……死亡（本年）
日向咲（公英大学文学部）……死亡（一九九八年）

「この野臥正と天野亘のどちらか、あるいは両方が、十六年前にえみさんを――」

姫野が苦渋の表情で呟《つぶや》いた。巽も頷いた。

「今日の話を総合すると、そういうことになります」

「そして、二人とも海外へ渡航したまま帰国してないんですね？」

鏑木が確認すると、巽は頷いた。

「再入国記録はありません。つまり二人は依然として海外を逃亡中ということです」

「では、河堀哲二殺害の犯人についての公安部の考えは？」

「これについては、あるグループの犯行という疑いが濃厚です」

鏑木と姫野は思わず顔を見合わせた。

鏑木があわてて聞いた。

「すでに、目星は付いているんですか？」

巽は説明を始めた。

「汐留のホテル『コンコード東京』で殺される直前、河堀は一一〇番に通報して助けを求めました。かけてきた携帯電話の番号から持ち主は河堀哲二だとわかり、発信時の位置情報も『コンコード東京』と一致しました。そして雇い主の許山一郎議員に電話すると、許山もまた同じホテルの二十九階の部屋にいました」

姫野が首を捻った。

「許山議員の住所は世田谷《せたがや》区ですよね？　どうして都内のホテルに泊まってたんです？」

「このホテルの大宴会場で、民生党による一泊二日の議員研修会が行われており、秘書の河堀とともども宿泊していたのです」

巽は話を元に戻した。

「公安部はすぐに許山一郎の部屋を訪れ、事情聴取を行いました。すると許山は河堀が殺されたことにショックを受けながらも、犯人に心当たりがあると言ったのです」

「心当たり？」

驚いた鏑木に頷《うなず》くと、巽は別の紙をブリーフケースから取り出した。

「事件の二日前、つまり許山一郎が保守政党である民生党への入党を発表した翌日の四月九日、許山議員の事務所へ、差出人不明のメールが届いていました。海外の無料ウェブメールを使い、送り主は送信直後に登録を削除しており、追跡はできませんでした。文面は、この一行だけでした」

巽は、メールを出力した紙を二人の前に置いた。

裏切り者には、死を。「獅子《しし》の牙《きば》」

「こ、これって、殺害予告じゃありませんか！」

驚く姫野に、巽は頷いた。

「受信した時は、よくある嫌がらせメールだと思ったらしいんですが、念のために保存していたんだそうです。現在は警護部と連携し、許山議員の警護を固めています」

現役の参議院議員への、殺害予告——。

鏑木は得心した。これこそが元原良彦課長が言った、公安部が抱えている「よほど重大な公安案件」に間違いなかった。

姫野が巽に聞いた。

「この『獅子の牙』というのも、極左暴力集団の一つなんですか？　七〇年代に爆弾テロを行った『狼』や『大地の牙』や『さそり』を彷彿《ほうふつ》させる名前ですけど」

巽は首を横に振った。

「それが、全く未知の組織名なのです。私もこの名称は初めて目にしました。警視庁公安部のみならず、あらゆる公安警察の監視対象組織リストにも記載されていません。ともあれ、この『獅子の牙』という組織が、許山議員の殺害を狙っている訳です」

「『獅子の牙』――、ライオンの歯――」

呟いていた姫野が、突然、はっとして鏑木と巽を見た。

「この『獅子の牙』って、『タンポポの会』の野臥と天野のことじゃないでしょうか？」

「どういうことです？」

戸惑う巽に、姫野は早口に説明した。

「タンポポは英語でダンデライオン、『ライオンの歯』という意味です。だから『獅子の牙』という名称は『タンポポの会』を意味してるんじゃないでしょうか？　ということは、『獅子の牙』は野臥正と天野亘なんですよ！」

「そうか――」

巽が興奮を隠さずに呟いた。

「確かに帰国した記録はないとはいえ、密《ひそ》かに再入国する方法がない訳ではない。海外では偽造パスポートも出回っている」

「いや、しかし巽さん」

鏑木が異議を挟んだ。

「仮に野臥と天野が密かに再入国しているとしましょう。そして『タンポポの会』をもじって『獅子の牙』という名前で許山議員に殺害予告を送り、秘書の河堀を先に殺したとしましょう。しかし、その動機は何です？　十六年前に解散したサークルの二人が、なぜ今になって河堀哲二を殺害し、許山一郎の命を狙っているんです？」

さらに鏑木は疑問点を挙げた。

「それに、河堀哲二の殺害方法です。野臥と天野がホシだとすると、なぜ殺害場所に『コンコード東京』を選んだんでしょうね？　そしてなぜ焼き殺すという面倒な方法を採ったんでしょうね？」

「それはまだ不明です。しかし状況から見ると、野臥正と天野亘が容疑者として最も有力であることは間違いありません」

そして巽は鏑木と姫野を順に見た。

「お二人のお陰で、二つの殺人事件の容疑者が確定しました。あとは、密かに再入国しているはずの野臥と天野を捜し出すだけです。この二名が逮捕できれば、鏑木さんが気にしている全ての残された謎も明らかになるでしょう」

そうだろうか――。

鏑木はまだ迷っていた。確かに話の辻褄《つじつま》は合っていた。しかし、鏑木の中で何かが激しく警鐘を鳴らしていた。何か見落としていることはないか。鏑木はまだ必死に考え続けていた。

鏑木は、ふいに巽に聞いた。

「この『タンポポの会』の四人は学部がバラバラですが、一体どうやって知り合ったんでしょうね？」

巽は、今さら何を、という顔で答えた。

「当時の事前調査によると、野臥と天野の二人はもともと知り合いで、二人で『タンポポの会』を始めたようでした。河堀が入会した経緯は不明ですが、会員募集にでも応募したのでしょう。日向咲は、入学式の前に野臥に勧誘されたと言っていました」

「野臥と天野がどこで知り合ったかは、わからないんですよね？」

「スカイダイビングのクラブです」

「スカイダイビング？」

鏑木が眉《まゆ》を寄せた。

「あの、パラシュートを着けてわざわざ飛行機から落っこちる、アレですか？　確かに空を飛ぶスポーツですけど、でも、さすがにそれは――」

巽は肩をすくめた。

「ええ。あの河堀殺しとは関係ないでしょうね。ビルから飛び降りるベースジャンプというものもあるそうですが、汐留のビルの屋上からパラシュートを広げて飛び降りたら、どうやっても誰かに目撃されます。着地する前に通報されているでしょう」

確かにそれは鏑木自身もすでに一度検討し、否定した可能性だった。

鏑木はさらにしつこく巽に質問した。

『タンポポの会』はエコ活動サークルだったとのことですが、具体的にはどんな活動をしてたんです？」

「それが何か、事件と関係があるとでも？」

巽は少々うんざりしたように、小さく溜《た》め息《いき》をついた。

「リサイクル活動ですよ。日向咲によると、牛乳紙パックを回収する『紙パック運動』、レジ袋を辞退してマイバッグを使用する『ライフバッグ運動』、それに、ペットボトルのキャップを集める『ハッピーキャップ運動』の三つが主な活動だったようです。ごく穏健で牧歌的な活動だといえますね」

「キャップ？」

鏑木は、思わず大きな声を上げた。

「キャップって、あのペットボトルの蓋《ふた》のキャップですか？　プラスチックの？」

「え？　ええ」

巽は、鏑木の勢いに当惑しながらも説明した。

「キャップの回収とリサイクルを行っていたようです。現在では二つの全国的な団体があり、小売店の店頭のほか、学校、職場、駅など自動販売機のある所には、必ず回収容器が置いてありますね。しかし、この一九九八年の時点で活動していたというのは、かなり早い動きだったと思います」

「キャップ――」

鏑木が真っ青な顔で呟《つぶや》いた。姫野も鏑木の顔を覗《のぞ》きこんだ。

「キャップが、どうかしたんですか？　鏑木さん」

その時、鏑木の頭の中には、一気に様々な言葉が浮上して渦巻いていた。やがてそれらの言葉は、徐々に大きな一つの流れとなり、そして、整然と並んでいった。


ペットボトルのキャップ。

エコ活動サークル「タンポポの会」。

極左暴力集団「持続可能性研究会」。

赤から緑へ。

反原発運動。

日向咲の転居。

姫野の父の出勤。

東京重工業強盗事件。

そして、現場に落ちていた、四個のペットボトルのキャップ——。

突然、鏑木は椅子から立ち上がった。そして両手で姫野の両肩を握ると、がくがくと前後に激しく揺さぶり始めた。

姫野が目を白黒させながら叫んだ。

「な、何をするんです？　鏑木さん、やめて下さい！　く、首が痛いです！」

「いいかヒメ、落ち着け。落ち着くんだ。取り乱すんじゃないぞ」

巽が呆気《あっけ》にとられて、揉《も》み合う鏑木と姫野を眺めた。

「と、取り乱しているのは鏑木さんですよ！　一体どうしたっていうんですか？」

「キャップだ」

鏑木は姫野の両肩を摑《つか》んだまま、真正面から姫野の顔を凝視した。

「無関係じゃなかった。澤田の言った通りだった。日向咲がお前の住んでいたアパートに引っ越してきたのは、偶然じゃなかったんだ」

「鏑木さん、な、何を言って――」

混乱する姫野に、鏑木は早口に喋《しゃべ》り始めた。

「お前のお父上が殺された事件、強盗はなぜ銀行でも貴金属店でもなく、東京重工業を襲撃した？　それは原発製造の主力企業だからじゃないのか？　そして現場のビルの前には、四個のキャップが落ちていた。あれは、キャップのリサイクル活動を行っていた『タンポポの会』が落としていったものだと考えられないか？」

「た、『タンポポの会』って、じゃあ鏑木さん、犯人は――」

鏑木は頷《うなず》いた。

「『タンポポの会』の四人、つまり野臥正、天野亘、河堀哲二、それに日向咲だ。これは『持可研』の指示で行われた企業襲撃事件なんだ。そして襲撃後、日向咲は公安部と通じていたことがバレて消されたんじゃないだろうか？　もちろん『持可研』にだ」

「そんな――。えみさんが、父を殺した強盗の中の一人――」

姫野は絶望の表情で、顔を左右に振った。

「そうだ。残念だが、そう考えるしかないんだ。警備員だったお前の父上に接近して、襲撃するビルの警備状況を聞き出すためだ」

鏑木は決然と言い切った。

「あの日、お前の父上は休暇の予定だったな？　だから日向咲はその日を襲撃の日に選んだんだ。しかし、たまたま同僚が病気になってお前の父上は出勤してしまった。そして監視カメラで見張っている時、侵入しようとする賊の中に、日向咲の姿を発見した。だからヒメの父上は、監視カメラを止めたんだ」

姫野は真っ青な顔で、鏑木の言葉を聞いていた。

「お前の父上は、四人を警察に突き出す代わりに、こんな馬鹿なことはやめるよう説得しようとした。お前を可愛がってくれる日向咲に、罪を犯させたくなかったんだ。その結果野臥と天野と河堀は、目の前の警備員が日向咲を知っており、自分たちの正体もいずれバレてしまうことを知った。それで口を封じるために、お前の父上を――」

「鏑木さん、何を言ってるんですか！」

姫野が必死の形相で反論した。

「そんなの、何の証拠もないじゃないですか！　確かに理屈は通りますけど、全部鏑木さんの想像でしょう？」あの事件は本当に『持可研』の破壊活動だったんですか？　襲撃のあと『持可研』は犯行声明だって出していないじゃないですか！　あのえみさんが、父さんを殺した賊の仲間だったなんて、そんなこと！」

「じゃあ、俺の想像を否定しろ！　ヒメ！」

鏑木は、また姫野の肩を激しく揺さぶった。

「四人が東京重工業襲撃犯だったという仮説を否定するためにはどうすればいい？　そう、四個のキャップに付いていた四種類の指紋だ。この指紋が四人の指紋と一致しなければ、俺の考えは何の根拠もない妄想だったということになる。野臥正、天野亘、河堀哲二、それに日向咲の指紋はどうすれば手に入る？」

姫野は鏑木を見たまま、力なく首を振った。

「えみさんの指紋は、死体から採取されてます。河堀の指紋も自宅から採取できるでしょう。でも、野臥と天野の指紋は無理ですよ。指紋の残存期間は、たかだか数ヵ月です。自宅でも大学でも、十六年前の指紋なんてとっくに消滅しています」

「考えろ！　ヒメ、頭を冷やせ！　冷静になって考えるんだ！　お前の大切な父上が殺された事件と、大好きだった日向咲が殺された事件の真相とを、お前が解明して、お前が全て白日の下に晒《さら》すんだ！　野臥と天野の指紋を手に入れる方法はないのか？　頭を冷やして考えろ！」

「わかりましたよ！　くそ！」

突然、姫野は鏑木の手を振り払い、テーブルの上にあるペットボトルを摑んだ。そしてキャップを開けると、五百ミリリットルのミネラルウォーターを、自分の頭の上で一気にどぼどぼとぶちまけた。

鏑木と巽は、呆気に取られて姫野を見た。水は姫野の軽くウエーブした髪を伝い、イタリア製の高級スーツをびっしょりと濡《ぬ》らし、床にぼたぼたと流れ落ちていた。

「ヒ、ヒメ——？」

「頭を冷やせって言ったじゃないですか！」

姫野は、空のペットボトルをばりばりと握り潰《つぶ》すと、びしょ濡れの頭を激しく左右に振りながら叫んだ。

「大体、いくら考えても無理なんですよ！　もう、この世のどこにも野臥と天野の指紋なんか、残っているはずが——！」

姫野はそこで、ふいに顔を上げた。そしてゆっくりと鏑木を見た。

「残ってるかも」

姫野はうわ言のように呟いた。

「光沢プリントの銀塩写真なら、残ってるかも知れません。警察学校で習った記憶があります。昔のアナログ写真の印画紙にはゼラチン乳剤を使っていたから、汗で乳剤が溶けて、指紋が印画紙の表面に定着したり、指紋の形にカビが生えたりするって」

「写真か！　それだ！」

鏑木は頷いた。現在は写真といえばデジタルが主流になっているが、十六年前はまだ銀塩写真、つまりフィルムを印画紙に焼き付けた写真が一般的だった。カラーフィルムの売り上げのピークは、二〇〇〇年だったと言われている。

鏑木が急いで旧式の二つ折り携帯電話を取り出し、慌ただしくボタンを押しながら、姫野に向かって怒鳴った。

「正木と瀧村さんに頼もう！　まず日向咲の死体の指紋だ。河堀の指紋は自宅で取れる。野臥と天野の指紋は、実家に行ってアルバムから採取する。もし指紋が一致しなければ、俺のただの妄想だったことになる。だがもし一致したら、その時はお前も真実を受け入れる覚悟を決めろ！　いいな！――ああ、正木か？　すまんが頼みがある！」

鏑木は携帯電話を左耳に当てて、正木と話を始めた。

「水――？」

ふいに姫野がぽつりと呟いた。

巽は姫野を見た。姫野は髪の毛からぽたぽたと水を滴らせながら、自分の足もとの床にできた水溜《みずた》まりをじっと見ていた。

次に姫野はテーブルの上を見た。テーブルの上には、まだ開封されていないミネラルウォーターのペットボトル二本が載っていた。姫野はその一本を手に取ると、またテーブルの上に立てて、横からしげしげと眺めた。そして、またぶつぶつと呟《つぶや》き始めた。

「そうか。こんな風にサイロの中に水を満たせば、人が浮かぶ――。でも、どうやったらサイロに水を満たせるんだ？　そうだ！　外からサイロの中に水を溜《た》めて、その水の中で立ち泳ぎさせれば――」

「姫野君、どうした？」

思わず巽が声をかけた。だがその声は、姫野の耳には届いていなかった。

「いや、ダメだ。あのサイロはドアも小窓もあって隙間だらけだ。塞《ふさ》いだ跡はなかった。第一そんな面倒臭いことやった訳がない。もっと簡単な方法のはずなんだ。じゃあ、どうやってえみさんは、サイロの地上三メートルに浮いてたんだ？　何か方法があるはずなんだ。何か思いもよらない、あくまでも物理的な方法が――」

ふいに姫野は顔を上げた。

「物理？」

姫野は巽を振り向いた。

「巽さん、野臥正は公英大学の理工学部でしたよね？　専攻は？」

「あ？　ああ――」

戸惑いながらも、巽は答えた。

「『ベルヌーイの定理』というものを研究するゼミに入っていたことはわかっている」

「『ベルヌーイの定理』！」

姫野は目を見開いた。

「それがどういう定理なのかは知らないがな。ちなみに、経済学部の天野は」

「天野はどうでもいいです！」

姫野がぴしゃりと言い、巽は気圧《けお》されて思わず絶句した。

再び姫野はぶつぶつと呟き始めた。

「『ベルヌーィの定理』は完全流体における流体力学の定理だ。当然サイフォンを使うことになり、大気圧説と重力説を比べる際に、あのモデルも実験しているはずだ」

そして姫野はいきなり叫んだ。

「そうだよ！　正木さんが聞いてきてたじゃないか。黒い大《お》っきな蛇が、サイロからニョロニョロと這《は》い出してたって話を！　じゃあ、あれが——」

電話で話し続ける鏑木の横で、姫野も急いでスマートフォンを取り出すと、数字を親指の先で叩《たた》いて左耳に当てた。

「五日市署？　本庁捜査一課の姫野と言います！　例のサイロ事件の担当者を——もしもし？　お願いがあるんです！　ダイバーの人を手配して下さい！——そうです！　水に潜るダイバーです！——いない？　いなけりゃカッパでも探してきて下さい！　さ、山岳救助隊？　折角ですけど今回は——水難事故？　それを早く言って下さい！」

その間巽は呆然《ぼうぜん》として、電話で怒鳴っている鏑木と姫野を見ているだけだった。

電話を切った鏑木に、巽が話しかけた。

「鏑木さん、一体あなたたちは何をしているんです？　ペットボトルのキャップって、一体何のことなんですか？」

鏑木はもどかしげに説明した。

「十六年前、東京重工業という企業が襲撃された事件がありました。その実行犯四人が、おそらく『タンポポの会』の四人です。今、我々はそれを証明しようとしてるんです」

「東京重工業？　なぜそんな事件をあなた方は知ってるんです？」

その時、鏑木の携帯電話が旧式のベルの音を奏でた。巽との話を途中で放り出し、鏑木はすぐに電話に出た。

「ああ、正木。――え？　何だって？　何かの間違いじゃないか？」

鏑木は絶句した。電話の向こうで、正木が叫んでいた。

「だから一致しねえっつってんだろ！　あの中に日向咲の指紋はねえんだ！　四つのキャップの指紋は、どれもサイロの中でめっかった日向咲の指紋とは一致しねえんだよ！

――おい、カブ？　聞いてんのか？　もしもーし？」

鏑木はようやく気を取り直すと、電話の向こうの正木に向かって早口に喋《しゃべ》った。

「わかった。とりあえずは河堀の自宅と、野臥と天野の実家に行ってくれ！　その三人の指紋を、四個のキャップの指紋と照合してほしいんだ。頼む！」

鏑木は電話を切ると同時に、真剣な表情でぶつぶつと喋り始めた。もはや巽がそこにいることは、すっかり頭の中から消えてしまっているようだった。

「おかしい――。どうして一致しないんだ。そんなはずはないんだ。日向咲は絶対に、襲撃犯の中にいたはずなんだ。じゃあ、どうして指紋が一致しないんだ？　あのキャップが襲撃犯とは無関係だったのか？　いやそんなはずはない。偶然に四という数字がピッタリ揃うなんて考えられない。じゃあ、なぜなんだ――？」

「鏑木さん！」

姫野も電話を終えると、すぐに鏑木に向かって叫んだ。

「僕、あのサイロ死体の謎が解けたかもしれません！　いや、誰がどうしてそんなことをしたのかはわかんないんですけど、少なくともえみさんの死体が空中に浮いていた仕組みはわかりました！　やっぱり、頭を冷やせって言われて水をかぶったのがよかったのかも――」

そこまで喋ってから、姫野は鏑木が自分の話など全く聞いていないことに気が付いた。

「ど、どうしたんです？　鏑木さん」

「俺の仮説が正しければ、一人多すぎるんだ。あれは一体、誰なんだ？――いや、そうじゃない。一人足りないんだ。このキャップの指紋の人物は、東京重工業襲撃に参加した人物は一体誰なんだ？　もう一人、事件の陰に誰かがこっそり隠れているんだ」

鏑木は依然として、ぶつぶつと独り言を喋り続けていた。

「一人足りない。そして一人多すぎる。それはなぜだ？　それは――」

そして鏑木は、大きく目を見開くと、ゆっくりと姫野に視線を動かした。

「――ヒメ」

「は、はい？」

呆然とした表情で、鏑木は呟いた。

「俺たちは、とんでもないことを、見落としていたのかも知れん」

19　一九九八年八月　襲撃

今から十六年前、一九九八年八月十五日、土曜日――。

闇夜――。

野臥正と天野亘と河堀哲二、それにあたしを乗せた赤い小さな車は、星一つ見えない真っ暗闇の中、新宿区の一角で止まった。

今日はお盆、しかも土曜日なので明日《あした》も休日。学校も夏休みだし、多くの会社はお盆休みだ。だから雑居ビルが立ち並ぶこの界隈《かいわい》は、しんと静まり返っていた。そしてここから一ブロック離れた所に、あたしたちが目指す、東京重工業株式会社・第三エネルギー事業部の入った雑居ビルがあった。

「あと十分で、午前二時だ」

運転席の野臥が、腕時計を見た。

「二時になったら突入する。みんな、準備はいいね?」

「オッケーだ」

助手席の河堀が硬い声で答えた。

後部座席で隣に座る天野が、今にも泣き出しそうな顔であたしに聞いた。

「ねえ、咲。本当にこの時間は、警備員は仮眠中なんだよね？」

その声は不安で震えていた。手に持っている懐中電灯も震えていた。

「間違いありません。警備員の姫野さんが、そう言ってましたから」

そう答えたあたしの声も震えていた。

今夜は、姫野さんはこのビルにはいない。週に一度の休暇の日だ。だからあたしは、この日がいいと野臥に進言し、幸いなことにその提案は受け入れられた。これで、姫野さんに迷惑がかかることはない。そして今日は、普段は二名いる警備員が一名しかいないことも、姫野さんに聞いて知っていた。

今夜だけだ。これ一回で、こんなことはお終《しま》いなんだ——。

あたしは自分に必死に言い聞かせながら、初めてこの計画を聞かされた日のことを思い出していた。


「そこに、強盗に入るっていうんですか？」

あたしは自分の耳を疑った。

「しーっ！　声が大きいよ！」

天野があわてて唇の前に人差し指を上げ、周囲をきょろきょろと見回した。だがあたしたちがいる喫茶店の二階には、他には客はいなかった。

「強盗という言葉は間違っているよ。これは、警告なんだ」

あたしの向かいの席に座った「持可研」の男は、出来の悪い生徒にものを教える先生のような口調で言った。

「いいかい？　日向さん。東京重工業は、原発を製造している企業でも最大手だ。政府が原発を推進する方向で突き進んでいる以上、僕らにできることは、原発企業に圧力をかけて原発事業から撤退させることしかない。あくまでもこれはそのための行動なんだよ」

そう語る「持可研」の男の顔には、犯罪に対する罪悪感などは微塵《みじん》もなく、そのふてぶてしい顔には、無知なあたしを憐《あわ》れむような微笑みさえ浮かんでいた。

原発企業を襲撃することが、いつからあたしたち「タンポポの会」の活動になったのだろうか。あたしはゴミを拾ったり、捨てるものをリサイクルしようという、人のためになるサークルだと思ったから入会したのに。「タンポポの国」という自給自足のユートピアを作るという、野臥正の夢を一緒に追いかけたいと思ったから入会したのに。

なぜだろう、いつの間にかあたしは、犯罪者になろうとしていた。

「咲、君の力が必要なんだよ」

あたしの右側に座っている野臥が、いつもと同じ優しい声で言った。

「警備情報を手に入れるには、警備員から聞き出すのが一番正確だ。そして標的となるビルの警備員の住所はあとを尾《つ》けて調べた。咲には、その警備員が住んでいる国分寺のアパートに引っ越して、警備情報を聞き出してほしいんだ。僕らがやったんじゃ怪しまれる。女子大生の君にしかできないことなんだよ」

「そうだとも。この作戦は君の働きにかかっている」

河堀が頷《うなず》いた。

「やろうよ、咲」

天野も覚悟を決めたようにあたしに囁《ささや》いた。

「僕も頑張るよ、怖いけど。だから一緒にやろうよ、ね？　君だけやらないなんて、そんなのずるいよ」

野臥はあたしの右手を取り、両手で握り締めた。

「咲、奇形化したタンポポたちの写真を見たよね？　あんな恐ろしい放射能汚染を起こしている原発は絶対になくさなくちゃならないんだ。この国の未来を救わなければ、僕たちの『ユートピア』だって幻に終わってしまうんだよ。そうだろう？」

そしてあたしは、とうとう野臥に向かって、こくりと頷いたのだった。

その時あたしの胸の中にあったのは、未来への明るい希望などではなかった。とても重くて、とても苦くて、全ての希望を消してしまうような、押し潰《つぶ》されてしまうようなものが、あたしの身体全体に満ちていた。

そう、今にして思い返せば、それは「絶望」とも呼ぶべきものだった。

真夏の夜、エンジンを止めてエアコンも動いていない小さな車の中は、とても蒸し暑かった。そしてあたしたちは、極度の緊張のために衰弱し、意識も朦朧《もうろう》となりかけていた。

からからになった喉《のど》を潤すために、ペットボトルのミネラルウォーターをごくりと一口飲んだ。そして午前二時になるまでの十分間、もう何度目になるだろうか、あたしは必死に精神を集中し、行動計画を頭の中で反芻《はんすう》した。

まず、ドライバーでシャッターの鍵《かぎ》をこじ開け、なるべく音がしないようにそっと持ち上げて、ビル内に侵入する。東京重工業のオフィスは、ビルの二階から五階までだ。一番低い二階にあるのが総務部で、その奥に警備員の仮眠室がある。

仮眠中の警備員を三人で縛り上げ、それから総務部を物色し、所属する社員の名簿を探し出して持ち出す。今後、原発社員の一人一人を説得して共闘を促すためだ。あとは、事務所内を適当に荒らして素早く引き揚げる。

あたしは、ビルの外での見張り役。もし巡回中の警察官が現れたりしたら、懐中電灯をビルの窓に当てながら回して知らせ、自分は素早くビルの陰に隠れる。

そして、全ての行動が終わったら、翌日の朝、主な新聞社に対して犯行声明文を送る。声明文はもう決まっている。

裏切り者には、死を。「獅子《しし》の牙《きば》」

いつまでも健康でありたいという国民の願い、それを裏切って原発製造を進める、全ての企業の息の根を止める――そういう意味の予告だ。

実際にはどこまでやれるのかわからないが、とりあえず強い言葉を使わないと警告の意味がない、と野臥が考えた文章だった。「持可研」の男も、それは面白い声明文だと喜んでいた。

「獅子の牙」というのは、英語でタンポポを指す「ダンデライオン《Dandelion》」から取った架空のグループ名だ。まさか「タンポポの会」という名で犯行声明を送ることもできない。ダンデライオンはフランス語起源の言葉で、もともとは「ライオンの歯」という意味だ。タンポポのギザギザした葉っぱが、ライオンの歯並びに似ているからだという。

二時五分前。

あたしは手に持っていたペットボトルの水を飲み干すと、ぎゅっとキャップを締めた。気が付くと、野臥と天野も無言のまま、それぞれペットボトルのミネラルウォーターを飲み干すところだった。

「それ、こっちにくれよ」

隣の天野が、あたしに右手を差し出した。

あたしがペットボトルを渡すと、どうやら天野は足もとにビニール袋を置いているらしく、くるくるとキャップを外して本体だけをそこに入れると、キャップはジャケットの外ポケットに入れた。

この人は、まだ「ハッピーキャップ運動」を続けているのだ。

「感心だね、天野」

運転席の野臥も、空のペットボトルを天野に差し出した。助手席の河堀も、苦笑しながらそれに倣った。そして天野は、自分のものと合わせて合計四つのペットボトルのキャップを外すと、本体のボトルは足もとのビニール袋へと落とし、キャップは自分のポケットへ滑り込ませた。

「じゃあ、行こうか」

野臥は、コンビニにでも出かけるように軽く言った。しかし、それは緊張を隠すための精一杯の演技だった。なぜなら野臥は運転席のドアを開けて外に出る時、ステップにつまずいて転びそうになっていたからだ。

みんなが極限まで緊張していた。生まれて初めて犯罪に手を染めることに、みんなが恐れおののいていた。そして四人が四人とも、他の誰かが「やっぱりやめよう」と言い出すのを待っていた。でも誰も言い出さなかった。いや、言い出すことができなかった。

どうしてだろう、全部自分たちで決めたことなのに、あたしたちはまるで人質でも取られているかのように、足を止めることができなかった。現実感の全くない世界の中で、重い足をいやいや持ち上げ、のろのろと歩みを進めていた。

前を歩く野臥の背中を見ながら、あたしはぼんやりと考えていた。

野臥はやっぱり、ピーター・パンだったのだ。それもただ高い空に憧《あこが》れるだけの、空を飛べないピーター・パンだ。

そしてあたしは、飛べないピーター・パンに恋をして、何もわからず、ただ手を引かれるままにあとをついていく、愚かなウエンディーだった。

気が付くと四人は、真っ暗闇の中、これから侵入するビルの前に立っていた。

そしてその時、監視カメラというものの存在を全く想定していなかった。

もっとも、夜間監視カメラの設置が普及するようになったのは、赤外線機能が追加された二〇〇〇年代になってからだ。量産化によるコストダウンが進み始めていたものの、この一九九八年当時には夜間も撮影できるものは少なくて、あたしたちもあまり目にする機会がなかった。

なんという杜撰《ずさん》で、いい加減で、お粗末な襲撃計画。

無計画と言われても仕方のないような、笑ってしまうしかないような、子どものままごとのような犯罪計画——。

そして、あたしは知らなかった。

河堀哲二が「持可研」からあたしたちを監視するために送り込まれたスパイで、背中にしょったナップサックの中に、アーミーナイフを忍ばせていたことを。

あたしたち四人が恐慌状態で逃げる時、天野がビルの前で転んで、ポケットに入れていた四つのキャップを道路にバラまいてしまったことを。

20 許山一郎

四月十九日土曜日、午後三時——。

東京都港区赤坂《あかさか》、青山通り沿いにある多目的会館「風月ホール」は満員だった。

鏑木鉄生は暗い会場の一番後ろに立って、ステージの上を見ていた。ステージの後ろの壁には、横長の大きなパネルがかけられており、そこにはゴシック体の文字でこう書かれていた。

「タンポポの警告」——原発、放射能汚染の真実
（主催／「原発即時全廃を訴える会」）

壇上でライトを浴びているのは、ハンドマイクを手にした参議院議員の許山一郎だった。

一九七六年東京都生まれ、私立慶安《けいあん》大学法学部出身、三十八歳。昨年行われた「参議院議員通常選挙」に東京都選挙区から無所属で出馬、「原発即時全廃」を訴えて若者や

主婦層の支持を集め、七十万票余りを獲得していきなり初当選した若手国会議員だ。

参院選出馬時には、かつて政権を担当したこともある保守系野党・民生党のほか、同時に脱原発を訴える複数の左翼系政党からも支援を受け、さながら「反原発大連合」のシンボル的存在となった。

そして先日、許山一郎は無所属の立場を捨て、野党第一党である保守政党・民生党への入党を発表した。より力が発揮できる環境を得て「原発即時全廃」という公約を実行するためだ、と許山は弁明していたが、無所属当時の支援グループは、保守への「転向」であるとして強く非難している。

許山は現在も、全国各地で行われる反原発運動の集会やデモに参加する他、ＴＶなどマスコミへも積極的に出演し、反原発を訴える活動を続けている。そして、今日の「原発即時全廃を訴える会」の主催による講演会もまた、そのような運動の一つであった。

原発反対を唱える学者、文化人、タレントなどの講演が続いたイベントの最後に、許山一郎は盛大な拍手を浴びながら姿を現した。そして来場客への感謝の言葉を述べたあと、五百人を超える来場客に向かってハンドマイクでこう言った。

「では、この会の締め括《くく》りとして、私から皆さんにお見せしたいものがあります」

その声を合図に、許山議員の右後ろにするすると大きな白いスクリーンが下りてきた。

「これからご覧いただくのは、支援者の皆さんから私のところに送られてきた写真の数々です。原発の恐ろしさをご理解いただくには、これ以上のものはないと思います。

——では、じっくりと御覧下さい」

会場内に不穏な印象の音楽が流れ始めた。同時にスクリーンに、次々と写真が投射された。それを見た満員の会場から、驚いたようなどよめきが起こった。

映しだされたのはタンポポの写真だった。それも見慣れた可憐《かれん》なタンポポではなく、どう見ても奇形としか思えないような、不気味な形のタンポポたちの姿だった。あるものは茎が奇妙にねじくれ、あるものはいくつもの花が合体したように固まり、あるものは押しつぶしたように平たい形をしていた。鏑木も思わず、映像を見ながら眉《まゆ》を寄せた。

「いいですか、これらのタンポポは全て、全国各地の原発から十キロ以内で撮影されたものです。放射能汚染によって遺伝子に異常をきたした結果なんです。この醜く奇形したタンポポは、放射能汚染の恐ろしさを、身をもって私たちに教えてくれているんです。そしてこれが、私たち自身の未来の姿なんです」

許山一郎が映像に深刻な声を乗せた。

「こうしている今も、子供たちの頭上に恐ろしい放射性物質が降り注いでいるんです。妊婦が浴びている放射能が胎児へ、そして生まれてくる子供たちへ恐ろしい悪影響を及ぼしているんです。一刻も早く、いえ、今すぐ原発を全廃して、わが国に安全を取り戻そうじゃありませんか。そして全ての野原が再び、愛らしいタンポポの花で一杯になるよう——」

「やめて下さい！」

突然、一人の中年の女性が叫びながら立ち上がった。

「あなたがこんなことをあちこちで言って回っているから、うちの地方で取れる米も野菜も牛乳も売れないし、近くの海で捕れた魚も売れなくなったんですよ？　ちゃんと放射能検査もやってるし、基準値だって下回っているのに！」

女性は興奮した様子でまくしたてた。

「教えて下さい！　こういう植物の奇形は、本当に全部が原発のせいなんですか？　本当に科学的な根拠があって放射能のせいだと仰《おつしや》ってるんですか？　子供たちにも同じ危険があるんですか？　もしそうならば、証拠を見せてくださいませんか！」

「原発のある地方にお住まいの方ですね？」

許山議員は同情するような顔で、壇上から女性を見下ろした。

「認めたくないというお気持ちはわかります。しかし、これらの写真は、本当に原発の周囲で撮影されたタンポポなんですよ。根拠も何も、一目瞭然《いちもくりようぜん》じゃありませんか」

「あなたの活動は全く逆効果なんですよ！　あなたが原発の恐ろしさを叫べば叫ぶほど、風評被害がどんどん広がって、原発を抱えている地方は苦しむだけなんです！」

女性はなおも必死に叫び続けた。

「大体、あなたたちがいくら原発廃止を叫んだって、原発は一向になくならないじゃありませんか！　こういう集会とかデモをやっていれば、本当にいつか原発はなくなるんですか？　あなたは本当に原発をなくそうという気があるんですか？　もしかしたら、人気取りのために原発を利用してるだけじゃないんですか？」

「どうもありがとうございました。貴重なご意見に感謝いたします」

許山議員が頭を下げると、二名の男性係員が女性に歩み寄り、両側から腕を支えた。女性はもはや逆らう気力はなく、すすり泣きながらよろよろと歩いて退場していった。

「皆さん！　今の女性のお話をお聞きになりましたでしょうか？」

照明が灯《とも》されると、許山議員は会場を見渡しながら声を上げた。

「これほどの証拠を見ても正常な判断ができないくらい、原発のある地方の方々は政府に洗脳され、騙《だま》されているんです！　今すぐ、原発のない社会を実現しなければなりません！　この奇形化してしまったタンポポからの警告、即《すなわ》ち、自然からの警告に耳を傾けて、ともに原発全廃のために行動していこうじゃありませんか！」

満員の会場から盛大な拍手が沸き起こった。その壇上で、許山一郎は満面の笑みでいつまでも右手を振り続けた。


「いや、大変興味深いお話でした」

鏑木が感嘆の表情で言うと、許山一郎は満足そうに頷《うなず》いた。

「へえ。失礼ですけど警察の中にも、ものの わかる方がいるんだなあ。これまで僕は、いつもデモや集会をやっては睨《にら》まれるばっかりでしたけどね」

鏑木は恐縮の体で頭を下げた。

「申し訳ありません。いろいろと誤解を受けやすい活動をされていることはよくわかります。我々も上からの命令で動いておりますもので、何卒《なにとぞ》ご容赦下さい」

三十八歳の若手国会議員は、明らかにこれまでの政治家とは違う、若者口調の喋《しゃべ》り方だった。この身近さというか友達感覚が、若者や主婦層に人気を得た秘密なのだろうか。

鏑木は許山の顔を見ながらそう思った。

午後五時。二人がいるのは、風月ホールの来賓控え室だった。すでに「タンポポの警告」というイベントは終了し、客は全員が帰路についている頃だった。

許山議員は、左手首のロレックスを見た。

「それで、ご用って何ですか？　僕はこれから議員会館に戻らなくちゃならないんですよ。来客が分刻みで続きますもんで。できれば手短にお願いしたいんですが」

「ああ、これはすみません。実はですね」

膝《ひざ》の間で両手を組み合わせると、鏑木は喋り始めた。

「あなたの秘書、河堀哲二さんが殺害された事件なんですが、懸命に捜査を進めてはいるんですけれども、どうにも犯人の手掛かりが摑《つか》めないんですよ。それで困っておりましてね。何でもいいんですが、思い出されたことはないかと思いまして」

「何度も言いましたけれど、『獅子《しし》の牙《きば》』という名前の団体には全く心当たりがないんですよ。なのでおそらく、僕の反原発活動が恨みを買ったんだと思うんです。河堀には申し訳ないことをしたと思いますが」

許山は、眉を寄せながら首を振った。

「反原発活動をやっていますと、身の危険を感じることも多いんですよ。電話で脅されることもしょっちゅうです。政府関係者はもちろん、原発関連企業の関係者には間違いなく恨まれているでしょうし。何しろ原発には莫大《ばくだい》な予算が絡んでいますからね。そんな中に、暴力的な手段を取ろうという人がいないとも限りませんしね」

「はあ、そうですか――」

残念そうに溜《た》め息《いき》をつくと、鏑木は話題を変えた。

「ところで、許山先生。野臥正さんと、天野亘さんという二人の男性をご存じでしょうか？」

許山が不思議そうな顔をした。

「のぶせさんと、あまのさん、ですか？」

「はい。お二人とも十六年前、河堀哲二さんと一緒に、公英大学で『タンポポの会』というエコ活動サークルにいた方です。ご存じありませんか？」

許山は首を捻《ひね》った。

「さあ、知りませんね」

「それはおかしいですね」

鏑木の声が、低くなった。

「あなたは慶安大学の学生だった当時、『持続可能性研究会』という極左系の団体に所属していましたね？『持可研』には『大学サークル会』という内部組織があって、『タンポポの会』もその一員でした」

許山は黙りこんだ。

「それに殺されたあなたの秘書、河堀哲二さんも『持可研』のメンバーでしたね？　つまり河堀さんはもともとあなたの仲間で、『タンポポの会』に潜り込んでいた訳です」

「鏑木さん、でしたね」

急に許山は、助けを乞《こ》うような表情を浮かべた。

「確かに僕も、大学生の時には、左翼運動に片足を突っ込んだこともありました。でも、別に本気でやってた訳じゃないんですよ」

鏑木の眉が、ぴくりと動いた。

「本気では、なかった？」

「当たり前じゃないですか！」

許山は両掌《てのひら》を上に向けた。

「大学生なんかが少々騒いだからって、政府が転覆したり世の中が変わったりする訳がないでしょう？　そんなことを本気で信じているほうがおかしいですよ。僕はただ、将来政治家になるために、政治組織というものの動かし方を勉強するつもりで『持可研』に入ってただけなんです。お陰様で人心掌握術は身につきましたけどね」

喋り続ける許山議員の顔を、鏑木はじっと見つめた。

「その甲斐《かい》あって、僕も今は国会議員だし、ようやく保守系野党第一党の民生党に入党できたばかりですんで、昔のことをほじくり返されるといろいろ困るんですよ。鏑木さん、そのへんのところをわかってもらえませんか」

「問題は、あなたが極左活動をやっていたことじゃないんです」

鏑木は、じっと許山議員の顔を見た。

「十六年前、その『タンポポの会』というサークルが、東京重工業という会社に強盗に入ったことが発覚しました。そしてあなたは、『タンポポの会』を傘下に置く『持可研』にいらっしゃった。何かお心当たりはありませんか？」

許山は、馬鹿馬鹿しい、といった表情で苦笑した。

「僕を恨んでる誰かに、あらぬことを吹きこまれたんですね？　まあ、政治家のところへは、おかしな人もたくさん来ますからね。昔の親友だと言って金をたかりに来る人とか、僕に騙されたんで弁償しろと言ってくる人とか。――ああ、ほら、さっき会場にもヘンなことをヒステリックに叫んでいた女性がいたでしょう？　あんな人ですよ」

「イベント中に発言した、原発のある地方に住む女性のことを言っているようだった。

「あの女性は、おかしな人ではありません」

鏑木は真面目な顔で首を横に振った。

「なぜなら、あなたが見せた写真は、放射能汚染で奇形化したタンポポなどではないからです。あれは『帯化《たいか》』という現象を起こした、普通のタンポポです」

許山の笑みが、そのままぎこちなく歪《ゆが》んだ。

鏑木は内ポケットに手を差し入れた。

「私もこういったことには詳しくないので、科警研にいる友人に教えてもらいました。少々お待ち下さい。——ああ、ここだ」

鏑木は手帳を取り出して開くと、ページに目を落としながら喋った。

「帯化とは、植物が成長する時に、組織分裂に異常が起きて発生する変形、だそうです。茎や根、花などが扁平《へんぺい》に広がったり、複数が癒着した姿になったりするらしいですね。ケイトウなどは帯化が通常の姿になった花だといいます。つまり、自然界に普通に見られる現象なんです。そしてタンポポにも、この帯化がよく見られるそうです」

鏑木は手帳から顔を上げた。

「あなたは十六年前にも、この帯化したタンポポの写真を見せるなどして原発による放射能汚染の恐ろしさを説き、大学のエコ活動サークルを次々と『持可研』の傘下に収めていったそうですね？　そしてあなたはその中の一つ、公英大学の『タンポポの会』に命じて、東京重工業という原発を製造している企業を襲撃させた。その結果——」

鏑木は許山の顔を睨んだ。

「その夜、一人の警備員の男性が殺されました。姫野広志さんという男性です。姫野さんにはご病気のご夫人と、まだ十一歳の男の子がいました」

許山は苛立《いらだ》ちを抑えられなくなった。

「確かに『持可研』にはいましたけど、その傘下のサークルが勝手にやった殺人まで、僕の責任にされちゃかないませんね。きっとその人たちは、反原発思想に凝り固まった挙げ句に暴走しちゃったんじゃないですか？　七〇年代の学生運動でもよくあったことみたいだし」

「そうじゃない」

鏑木は語気を強め、首を横に振った。

「あんたは十六年前、河堀哲二と共謀して『タンポポの会』を誘導し、東京重工業を襲撃させ、結果的に警備員の男性の命を奪ったんだ。さらに襲撃メンバーの一人・日向咲が公安の協力者であると知って、野臥と天野に殺害するよう命令した。そして」

鏑木は怒りを抑えながら続けた。

「今年、檜原村のサイロで日向咲の死体が見つかると、河堀哲二は動揺してあんたに相談した。あんたは河堀の口から十六年前の秘密が漏れるのを恐れ、宿泊していたホテルの屋上に連れ出して、口を塞《ふさ》ぐために殺したんだ」

許山は憤然としてソファーから立ち上がった。

「もう我慢できない！　あんたは警察官の癖に、誰か頭がおかしい人間の言うことを鵜《う》呑《の》みにして、僕を人殺し扱いするつもりなのか？　何の証拠もないのに、なぜそんな口から出任せを言う？　今すぐ訂正して謝罪しないと、名誉毀損《きそん》で訴えるぞ！」

「証拠を見せろと仰《おつしや》る？」

鏑木も立ち上がった。

「では、行きましょう」

許山議員が戸惑った。

「ど、どこへ行こうっていうんだ？」

「ステージですよ」

鏑木は許山議員をじっと睨《にら》みながら、左手で部屋の出口を指した。

「先ほどまであなたがスポットライトを浴びていらっしゃった、あのステージです。何もやましいことがないのならば、ご一緒頂けますね？」


風月ホールの客席には、誰もいなかった。しかし、そのがらんとしたホールのステージの上に、三人の男が立っていた。許山一郎議員は、さっき下りてきた階段を上って、再びステージの上に上がった。

壇上の三人は、警視庁刑事部捜査第一課の正木正也警部補、科警研の澤田時雄心理分析官、それに白い大きなマスクをかけた男、公安部第一課の巽功二警視だった。

許山議員の後からステージに上った鏑木は、そのまま許山議員の背後に立った。

「こんなところで何をしようっていうんだ？」

許山一郎は憤懣《ふんまん》やるかたない顔で、目の前の三人、それに背後に立っている鏑木を睨みつけた。がらんとしたホールに、許山議員の声が響き渡った。

「礼を言ってほしいんですがね、許山センセ。お客さんが帰るまで待ってたんだ」

正木が空の客席に向かって顎《あご》をしゃくった。

「俺は、折角だから満場のお客さんの前でやってやろうぜって言ったんですがね。こっちのハムさんときたら、ちょいとシャイな人でね。人前にゃ顔を出せねえって言うもんだからさ。――じゃあ、トキオ」

澤田は頷《うなず》くと、手に持っていたリモコンのボタンを押した。

するとステージの向かって左端、ちょうど許山議員の後ろに白いスクリーンが音もなく下りてきた。そして、そのスクリーンにプロジェクターから映像が投射された。

遠くに切り立った岩山がそびえ立っている。どうやら山岳部の風景のようだ。さらに映像の奥のほうには、白い雪を頂いた山々が連なっている。

「なんだこれは？　登山の観光ビデオか？」

許山議員が苛立たしげな声を出した。しかし、四人は何も答えなかった。

カメラがゆっくりと、岩山に向かってズームインしていく。すると岩山の頂上に、小さな人影が見えてきた。

岩山の上に立っているのは、黒いおかっぱの髪の、赤い着物を来た女性だった。

その女性は両腕を左右に広げると、突然、断崖《だんがい》から高飛び込みのように飛び降りた。女性は着物の両手両足を広げ、何百メートルあるだろうか、下の岩場に向かってスピードを増しながらどんどん落ちていく。

「う――」

映像を見ながら、公安部の巽警視は焦った。数秒後、女性は間違いなく真下にある岩場に激突して粉々になる。これは自殺者を撮影したビデオなのか――？

だが、巽警視がそう思った瞬間、女性の身体はふわりと宙に浮き、グライダー、いや、ムササビのように水平方向に向かって滑空し始め、そのままゆるい傾斜の山肌の上を、猛スピードで飛び去っていった。

澤田が口を開いた。

「欧米で人気のある競技、『ウイングスーツ』によるベース・ジャンピングです。この服は一九九〇年代の中頃、フランス人のスカイダイバー、パトリック・デ・ガヤルドンが考案した滑空専用スーツで、空気抵抗により揚力を発生します。この競技を行うには、最低でも二百回以上のスカイダイビング体験が必要とされています」

映像が別方向からのカメラのものに切り替わった。滑空する赤いウイングスーツを着たジャンパーの後ろから、もう一人のジャンパーが撮影した映像だ。周囲の岩や灌木《かんぼく》がものすごいスピードで後ろへと流れていく。おそらく時速百キロ以上は出ているだろう。

「人間が、空を、飛んでいる――」

巽警視が、呆然《ぼうぜん》と呟《つぶや》いた。

冒頭、遠くのカメラからの映像で黒いおかっぱ頭に見えたのは、ジャンパーが被《かぶ》った黒い戦闘機パイロット用のヘルメットだった。そして赤い着物に見えたのは、両腕の脇の下と股間《こかん》に膜を張った、赤いウイングスーツだった。

「犯人は、河堀哲二を殺害したあと、ウイングスーツで高層ビルの屋上から脱出した。これが鏑木さんの仮説です」

澤田が説明を続けた。

「被害者を焼き殺す、という方法を犯人が選んだのは、万一目撃者がいた場合に、火のほうに注意を引き付け、屋上から飛び降りる自分の姿を隠すためだとのことです」

許山議員のうしろで、鏑木が声を出した。

「では、次は写真を見て下さいませんか。――澤田」

澤田がリモコンを操作すると、スクリーンには一枚のカラー写真が投射された。

それは三人の青年が、コンクリートの地面の上で並んで笑っている写真だった。その背後には小型飛行機が止まっている。どうやら小さな飛行場のようだった。そして二人の男は、首にゴーグルをぶら下げ、化学繊維でできたつなぎの服を着ていた。

「野臥正と天野亘、それに許山一郎センセ、あんただ。おそらく大学一年生の頃の写真じゃねえかな。野臥と天野は現在国際手配中なんだが、二人の実家に残っていたアルバムに、同じ写真が一枚ずつ貼ってあった。野臥と天野の指紋を採りに行ったんだが、こんな面白え写真がめっかっちまってな」

今度は正木が説明を始めた。

「ここは多摩にある小《ち》っちぇえ飛行場で、小型プロペラ機専用の施設だ。野臥正と天野亘は、ここを利用するスカイダイビング・クラブ『東京スカイ・ハイ』に通ってた。そして二人は、このクラブで知り合って意気投合し、エコ活動サークル『タンポポの会』を結成したって訳だ」

正木はスクリーンの写真を見やった。

「あんた、かなり昔からスカイダイビングをやってたんだってな？　二百時間はとっくにオーバーしてるって、クラブの経営者が言ってたぜ。ウイングスーツの場合、普通はパラシュートで着地するらしいんだがよ、パラシュートを使わねえで海や湖に着水する方法もあるんだってなあ」

「――というのが、私が必死に考えた結果、たどりついた仮説です」

鏑木が許山議員の背後で続けた。

「十日ほど前、ある女性から『着物の大きな袖《そで》は何のためにある？』ってクイズを出されましてね。その時は全くわからなかったんですが、あなたがスカイダイビングの経験者だということで、関連の本を読んで調べたりしているうちに、着物とそっくりな服を着て飛行する競技を見つけたんですよ。ウイングスーツです。これならビルの屋上から飛び降りても、夜の闇にまぎれて誰にも気付かれずに飛び去ることができそうです」

探るように、鏑木が許山に聞いた。

「どうです？　これが、あなたが河堀さんを殺して逃げた方法じゃありませんか？」

許山はゆっくりと鏑木を振り返ると、突然、ぷっと噴き出した。

「あははははっ！」

広い無人のホールに、許山の笑い声が響き渡った。

「いや失礼！　鏑木さん、あなたは面白い人だ！　こんなに面白い話は生まれて初めて聞きましたよ！　僕が空を飛んで高層ビルの屋上から逃げただなんて！」

なおもしばらく笑い続けたあとで、許山議員はようやく息を整え、話を再開した。

「いいですよ？　認めましょう！　僕は河堀を殺したあとで、三十七階建てのビルの屋上から、ウイングスーツで空を飛んで逃げました。そして東京湾に着水して、泳いで汐留まで戻って、再びホテルの部屋に戻りました。さあ、どうぞ逮捕して下さい！」

右手の指の背中で、笑いすぎて出てきた涙を拭《ふ》きながら、許山議員は続けた。

「その代わり、事件直後に警察の方がホテルの僕の部屋に来られた時、僕がそこにいた理由を説明してもらわなきゃいけませんけどね。どうやって東京湾から五分かそこらで戻ってこられたのか、その方法です。ちょっと難しそうだけど、これほどユニークなことを考えられるんだから、きっと鏑木さんなら名案を思い付くんじゃないかな！」

「か、鏑木さん！」

巽が焦りを顔に浮かべながら鏑木を見た。

すると正木が大きな溜《た》め息《いき》をついた。

「カブ、全然違《ちが》うってよ」

正木は口を尖らせながら、責めるような目で鏑木を見た。

「だから俺が、やめとけってあんだけ止めたのによ。全く言わんこっちゃねえや」

鏑木も同じく大きな溜め息をついて、ぽりぽりと頭を搔《か》いた。

「やっぱりダメか。でも万が一ってこともあるし、思い付いた以上は一応確認してみたくなってな。――じゃあ澤田、君の仮説を頼む」

「わかりました」

澤田が頷いた。

「な、何だと？」

許山議員の顔に、急に不安が広がり始めた。

「まず、鏑木さんの仮説が生まれた原因は、汐留の事件に先立って檜原村の廃牧場で発見された、あたかも空を飛んでいたかのように見える死体でした。このため我々は『空を飛ぶ人間』というイメージを視覚的にしっかりと植え付けられてしまい、この事件においても、犯人が空を飛んで脱出したという可能性からなかなか脱却できなかった訳です」

澤田が言うと、正木が鏑木を見た。

「この野郎はいつも、腹が立つくれえに冷静だからなあ。まあ、中身はヒメとおんなじくれえに熱いって、俺は睨《にら》んでるんだけどよ」

澤田は落ち着いた声で、説明を続けた。

「姫野は今回の殺人事件を『開放密室』と呼びました。『開放』という言葉と『密室』

という言葉とは矛盾しますが、あの屋上は出入口が完全に封鎖された状態でしたから、あの屋上で殺人が行われたのであれば、確かに密室殺人と呼ぶに相応《ふさわ》しい状況でした。しかし、あれは密室殺人などではなかったのです」

巽警視が思わず割って入った。

「じゃあ、あの屋上にはどこかに抜け道があったのか？」

澤田が巽を見た。

「いいえ。そのようなものはありません。ただ、河堀が殺害された時、犯人はあの屋上にはいませんでした。別の場所にいたのです」

「そんなはずはない！」

巽が反論した。

「河堀は殺される直前、『今、コンコード東京の屋上だ、殺される』と自分の携帯端末で一一〇番通報した。発信者の位置情報もコンコード東京と一致した。即座に我々警察はコンコード東京に連絡し、全てのエレベーターを停止させ、屋上への出入口を完全に封鎖した。そしてコンコード東京に急行して、屋上で河堀の死体と携帯端末を発見したんだ」

喋《しゃべ》りながら、巽は澤田に歩み寄った。

「つまり犯人は、あの屋上で河堀を殺害したんだ。犯人が別の場所にいたのなら、どうやって河堀を殺害したというんだ？」

澤田は首を横に振った。

「あの一一〇番通報は河堀ではありません。犯人が河堀のふりをして、別の場所からかけたのです」

澤田がリモコンを操作すると、スクリーンの中央に、角の欠けた切手大のプラスチック片の写真が映った。

「SIMカードです。携帯端末の情報は、ほとんどがこの中に収められています。新しい端末を買った時は、これを挿し替えることで、すぐに以前と同じ設定で電話やメールが使えます」

許山はスクリーンを凝視した。その額にみるみる汗が浮かんできた。

「助けてくれ、殺される、今コンコード東京の屋上だ——。発信元の位置情報もコンコード東京と一致しました。屋上では河堀の携帯端末が死体の脇で発見されました。そこで我々は、河堀が本当に屋上から通報してきたのだと思い込んでしまいました」

澤田はちらりと許山を見て、話を続けた。

「ところが、携帯端末の位置情報はあくまでも二次元の座標です。緯度と経度は表示されますが、高度は表示されないのです。つまり屋上からかけても、一階からかけても、二十九階の部屋からかけても、位置情報は同じなのです。標高は地図と組み合わせればわかりますが、建物では何階にいるのかわかりません。このことを我々は見落としていました」

「じゃあ、あの一一〇番通報は、屋上からじゃなかった――？」

巽警視が、呆然《ぼうぜん》とした声で聞いた。澤田は頷《うなず》いた。

「ごくごく、初歩的な偽装だったのです。被害者をスタンガンや薬物で気絶させるなどしたあと、携帯端末からＳＩＭカードを抜き、代わりに新品のカードなどを入れておきます。次に、被害者の身体と携帯端末にガソリンをかけてから、煙草や線香《インセンス》などに火を点《つ》けて、燃えやすいものでくるんで、身体の上に置いておきます。時限発火装置です」

許山一郎は無言だった。しかしその手は、小刻みにぶるぶると震えていた。

「その間に犯人は階下へ移動し、被害者のＳＩＭカードを挿した携帯端末で、被害者のふりをして一一〇番通報します。その頃ガソリンが発火して、被害者の身体は炎上します。携帯端末に挿してあるＳＩＭカードも焼け焦げて、中の情報もわからなくなります。たったこれだけです」

澤田は冷ややかな目で、じっと許山議員を見つめた。

「このことを念頭に置いて、もう一度被害者の死体を調べれば、時限発火装置の痕跡《こんせき》が発見されるでしょう。それから、一一〇番通報の音声も録音されていましたから、さきほど科警研の情報科学第三に、演説中のあなたの声を録音し、音声ファイルで送りました。現在、声紋照合を行っています」

「証拠はどこにある！」

突然、許山議員が大きな声で叫んだ。

「そうやれば俺に河堀を殺せたかも知れんが、俺が殺したという根拠はどこにあるんだ？ 声紋なんかが証拠にならないことを俺は知っているぞ！ そもそも、俺がどうして長年の秘書を殺さなきゃならないんだ！ その動機を言ってみろ！」

「そう。問題は、あなたが河堀を殺した動機です」

鏑木が、許山議員の背中に言った。

「それはたぶん、先に申し上げた十六年前の事件に端を発しています。――正木？」

写真が替わった。白い紙の上に載せられた、四個の青いものが写っていた。

「十六年前、新宿区にある東京重工業が襲撃された時、ビルの前に落ちていたペットボトルのキャップだ。このキャップに付着していた指紋と、さっきの飛行場の写真に残ってた指紋を照合した結果、キャップ四個のうち二個は野臥、天野の指紋と一致した。残る二個のうち一個は、河堀の自宅で採った指紋と一致した」

正木が淡々と説明を始めた。

「そしてもう一つのキャップの指紋は、ある物から採取された日向咲の指紋と一致した。つまり、東京重工業を襲撃したのは、野臥と天野と河堀、それに日向咲なんだ」

床に視線を落として、正木は溜め息をついた。

「あんたは日向咲に命令して、この会社を警備してる姫野さんのアパートに引っ越させた。東京重工業の警備状況を調べるためにだ。そして四人が襲撃した時、そこにゃあ非番でいるはずのねえ姫野さんがいた。そして、正体がバレたことに気が付いた河堀がパニックになり、隠し持ってきてたアーミーナイフで姫野さんを刺した」

正木は顔を上げると、許山議員の顔を睨みながら、ぎりっと歯を噛《か》んだ。

「全部あんたの差し金だ。あんたが警備員の姫野さんを殺したも同然だ。河堀は、この十六年前の事件を自白して、あんたを社会的に抹殺すると言った。だからあんたは河堀を殺したんだ。そうじゃねえのか？」

「あんたら何を言ってるんだ！　頭がおかしいんじゃないか？」

許山議員が三人を睨みつけたあと、正木に詰め寄った。

「どうしてそんな、見て来たような嘘をつくんだ！　襲撃の様子を見ていた奴なんか、誰もいるはずがないじゃないか！」

「いるんですよ」

鏑木が、じっと許山議員の背中を見ながら、ぼそりと言った。

「な、なに？」

振り向いた許山議員に、鏑木は続けた。

「十六年前の東京重工業襲撃事件、その襲撃の現場の一部始終を、その場でじっと見ていた人物が、もう一人いるんですよ。私はその人物にお電話しましてね、全ての真実を教えてもらったんです」

許山議員が激高して叫び始めた。

「そんな人物、いるはずがない！　襲撃したのは四人だと言ったな？　野臥と天野は海外逃亡中なんだろう！　河堀は死んだ！　日向咲は死体で発見された！　それに警備員も死んだ！　それ以外に、その場を見ていた人物なんかいる訳がないじゃないか！」

「鏑木さん、申し訳ないが、私にも全くわからない！」

巽警視が、混乱した顔で首を左右に振った。

「襲撃現場にいたのは、『タンポポの会』の四人と、殺された警備員だけのはずです。監視カメラも止まっていたんですよね？　じゃあ、他に『誰』がその場にいて、一部始終を目撃していたというんです？」

巽の顔を見て鏑木が言った。

「何度も言いますが、いるんですよ。そしてその人物は、許山議員が『タンポポの会』の会合に参加して、東京重工業の襲撃を命じた時にも、その場で全てを見て、聞いていました。だから我々はあなたが『持可研』にいたことがわかったんです。そして今日、その人は証人となることを承諾してくれたんです」

鏑木は腕時計を見た。

「今その人物は、姫野の車で警視庁に向かっています。あと三十分ほどで到着するでしょう。さあ、我々も行きましょうか」

そして鏑木は、許山議員に向かって言った。

「今日の来客は全てキャンセルして下さい。国会の会期中でなくてよかった。あなたに対する逮捕状の発行を裁判所に要請中です。容疑は、河堀哲二の殺害、東京重工業襲撃の共同正犯による強盗致死罪、それに——」

鏑木は念を押すように、ゆっくりと告げた。

「八木百合香の死亡に関する、監禁および殺人の教唆です」

許山議員は驚きのあまり、口を大きく開いた。

「——や、やぎゆりか、だって？　誰だそれは？　俺はそんな女は知らない！」

巽警視もあまりに混乱した結果、もはや完全に言葉を失っていた。

八木百合香——。

これまで事件のどこにも登場したことのない、初めて聞く名前の女性だった。

鏑木は溜《た》め息《いき》をついたあと、巽警視に言った。

「正直に申し上げると、この八木百合香という女性の存在を、私たちも全く知りませんでした。でも、東京重工業襲撃事件を調べるうちに、思わぬところから彼女の存在が浮かび上がってきたんです。それまではこんな女性が事件の陰に隠れていようとは、全く想像もしませんでした」

そして鏑木は、こう付け加えた。

「そしてもう一人、全ての事件の証人となる人物が、ずっと隠れていたことにもです」

21　一九九八年九月　ダンデライオン

今から十六年前、一九九八年九月六日――。

闇の中、強い風が吹いている。

夜――。真正面から吹き付けてくる強い風の中、あたしは懐中電灯を片手に握り締め、足もとに広がる草むらを照らしながら、必死に前に向かって歩いていた。

ブーツカットのデニムパンツの裾《すそ》が、ばたばたと音をたてて両脚にまとわりつき、袖《そで》をまくりあげた白い木綿のシャツは、背中で風を孕《はら》んでぱんぱんに膨れ上がり、あたしの歩みを引き戻そうとしていた。まるであたしが目的地に近づくことを、懸命に思い止《とど》まらせようとしているかのように。

でもあたしは夜の草むらを、嵐の海を渡る帆掛け舟のように、強い風に全身を弄《もてあそ》ばれながら、前に向かって歩き続けた。本当なら今頃は、やかましいほどに鳴き立てているはずの秋の虫たちも、なぜか今日はひっそりと押し黙っていた。その代わり、風が草むらをざわざわと掻《か》き回す音だけが、あたしの周りをひっきりなしに走り回っていた。

ふと、誰かに見られている気がした。あたしは背中に、ぞっと寒気を感じた。あたしがここにいることは誰も知らないはずなのに。視線は、どこか高いところからあたしを見下ろしているようだった。あたしは思わず立ち止まり、そして上を見た。

漆黒の空の中、流れる薄い雲の向こうに、白くて丸い月が煌々《こうこう》と輝いていた。そしてあたしを、じっと見つめていた。雲で輪郭をぼんやりと煙らせたその姿は、まるで巨大なタンポポの綿毛のようだった。

大きな雲が流れてきて、丸い月を徐々に覆い始めた。気が付くとあたしは、背中にぐっしょりと汗をかいていた。急いで月から目を背けると、あたしはまたおぼつかない足取りで歩き始めた。

だんだんと闇に目が慣れてきた。遠くに連なる山々の輪郭が、黒い空の中により黒く見えていた。墨絵のような、切り絵のようなモノクロームの世界を、あたしは強い風に倒されそうになりながら歩いていた。前方に黒く浮かび上がる、小さな円柱形の塔に向かって——。

そう、あたしはサイロに向かって、夜の牧場を歩いていた。いや、ここはすでに牧場じゃなかった。あたしたちはとっくに牛も鶏も山羊《やぎ》も、何もかも手放してしまった。ここはもはやあの美しかった牧場ではなく、ましてやユートピアなんかであるはずもなく、ただの荒れ地なのだ。

どこかに乗り捨ててくれ、と言って野臥が残していった赤い小さな車で、あたしは再びここにやってきた。

初めてここに来た時、野臥はあたしに、何かプレゼントをしたいと言った。その時は何も要らないと言ったけれど、翌朝、野臥の部屋で目覚めたあたしは、野臥に聞いた。

「もし、いつかあの赤い車が要らなくなったら、あたしにもらえますか？」

「あんなオンボロ車でいいのかい？　売ろうったって値段は付かないよ？」

値段じゃないのに――。あたしは内心でちょっとむくれた。

もし、いつか、この人と一緒にあの牧場に住むようになったら、この人はきっと山道を走れるジープみたいな車を買うだろう。そうしたらあたしはあの赤い車をもらって、この人が牧場で働いている間に、町まで食料や日用品の買い出しに行こう。そんな夢みたいなことを勝手に考えたからだった。

「じゃあ、いつか新しい車を買ったら、あの車は君にあげるよ、約束だ」

そう言って野伏は笑った。

でも、そんな約束なんか、野伏はすっかり忘れてしまっていた。

あの車は、明日にでもどこかに捨てるつもりだ。野臥との繋がりは、全て消してしまわなければならない。思い出も含めて、一つ残らず。

その前にあたしには、やらなければならないことがあった。そのためにあたしは、サイロに閉じ込められている、もう一人のあたしに会いにきたのだ。

そしてあたしは、ほんの半年前のことを、遠い記憶のように思い返していた――。

「じゃあさ、あたしが行ってあげるよ！　あんたの代わりに！」

八木百合香があたしに向かって身を乗り出した。

あたしは驚いて百合香に聞いた。

「百合香が？　まさか本気じゃないよね？」

「本気も本気！　だってこんなチャンス二度とないもん。ねえ、お願い！」

百合香は両手を合わせようとして、ドリンクバーで作ってきたばかりのカシスソーダを半透明のシャツにこぼしそうになり、あわててグラスをテーブルの端に置いた。

「あたしさあ、前から女子大生ってヤツに憧《あこが》れてたんだ！　特に公英大学って青山にあんでしょ？　いいとこのお嬢さんばっかりで、オトコにもモテるんでしょ？　他の有名大学の男子や一流企業のサラリーマンと毎日合コンやったり、遊びに行ったりしてさあ。ああもう、夢みたい！」

「でも、百合香――」

あたしは百合香の向かいの席で迷いながら、砂糖を少しだけ入れたカフェオレをスプーンでかき回していた。本当はホットミルクが飲みたいのだが、さすがに十八歳にもなるとあまりにお子ちゃまな気がして、人前ではカフェオレを飲むようにしていた。

ほんの半年前の、三月二十六日、夜の八時すぎ――。

あたしたちがいるのは、ＪＲ国立駅にほど近いファミリーレストランだった。

一時間くらい前。ヒマだからお茶しにいこうよ、と百合香から電話があって、あたしはいつものこの店に来た。他愛のない話をしているうちに、ついあたしはサークルと大学の両立で悩んでいることを百合香に喋《しゃべ》った。そうしたら百合香が、驚いたことに、あたしの代わりに大学に通ってあげると言い出したのだ。

「だってさ、あんたもう入学金も学費も払っちゃってるんでしょ？　行かなかったらもったいないじゃん」

あたしは溜め息をついた。

「そうなの。バイトが忙しいのがわかってるのに、うっかり忙しそうなサークルにも入っちゃって。ちゃんと講義にも出られるかどうか心配なの。でも、大学はちゃんと卒業しないと母親がガッカリしちゃうし。あたしの母親、病気で入院中なの。それに、大学の奨学金と市の助成金も決まっちゃってるし」

「ふうん、お母さん入院中なんだ」

百合香は、あたしに同情の視線を向けた。

「じゃあ、迷うことないよ！　あたしが大学に行ってあげる！　そうしたら咲はバイトの空き時間に、好きなだけサークル活動やれるじゃない？」

百合香はなおも必死にあたしを説得した。

「ほら、咲とあたしって体型も同じくらいだしさ、顔もなんとなく似てるじゃない？　ちょっとあたしのほうが化粧派手だけどさ、大学行く時は咲に合わせて大人しくするよ。

あとは髪の色と髪型を一緒にすれば誰にもわかんないって！　大学は四月一日からで、同級生も先生もみんな初対面なんでしょ？」

「それはそうなんだけど――」

あたしはまだ迷っていた。何しろ、まだ知り合ってから間がない百合香に、偽学生をやらせようというのだ。でも一方で、野臥の顔もちらりと脳裏をかすめた。

突然、百合香が心配そうに言った。

「あ！　もしかして咲、お姉さんに行かせようと思ってんの？　あんた双子のお姉さんがいるって言ってたじゃん。夢ちゃんだっけ？」

あたしはぶるぶると首を横に振った。

「それは無理よ。夢ちゃん、いつか着物の古着屋を始めるんだって、朝から晩まで仕事頑張ってるんだから。それを辞めろなんて言えないわ」

すると百合香は、にっこりと嬉《うれ》しそうに笑った。

「じゃあ、決まりだね！　あ、洋服なんか適当に貸してね？　名門私立大学の女子大生らしいお上品な服って、あたし持ってないからさ！」

「その代わり、絶対に誰にも言わないでよ？　あなたが本当は八木百合香で、日向咲は別にいるってこと」

あたしが念を押すと、百合香は苦笑した。

「わかってるって！　こう見えてもあたし口だけは堅いんだ！」

「それから、選択課目に『民俗学概論』っていうのがあるから必ず取ってね？　それだけはあたしが自分で受講したいから」

「はいはい！　そうするよ！」

そして百合香は、「ちょっとトイレ！」と言って席を立った。

トイレに向かって鼻歌を歌いながら歩く百合香の背中を、あたしは呆《あき》れて見送った。半透明のシャツの向こうに、うっすらと青いものが見える。百合香が気に入っている薔《ば》薇《ら》の花のタトゥー。高校生の時はちょっとぐれたこともあったみたいだけど、本当は単純で気のいい性格なのをあたしは知っている。

まあ、いいか――。あたしはふっと笑った。

百合香があたしの代わりに大学に通ってくれれば、あたしは間違いなく助かる。どうしても聴きたい講義の時は、学生証を忘れたとか言って聴講すればいいのだし、図書館だって入館証は別にあるから自由に使える。あたしは民話の勉強ができればいいのであって、外国語や他の学科まで全部受講する必要はないのだ。

二人とも先のことなんか、全然考えていなかった。あたしはアルバイトを続けながら、大学を辞めずにサークルに通えればよかった。百合香は女子大生という浮《う》わついたイメージに憧れて、大学というものにちょっと通ってみたいだけだった。

百合香と知り合ってよかった。これで全てがうまくいく――。

その時は、あたしはそう思っていた。

「助けて！　咲！　良かった、あんたが来てくれて！」

あたしがサイロの扉を叩《たた》くと、八木百合香は髪を振り乱しながら扉の向こうに駆け寄ってきた。五日もサイロの中に閉じ込められていた百合香は、相当に衰弱していたけれど、それでも扉の覗《のぞ》き窓《まど》にはまっているガラスに顔を押し付けながら、あたしに助けを求めて必死に叫んだ。

強い風は、地上三メートルと五メートルの二ヵ所にある二対の小窓から、サイロの中にもひゅうひゅうと吹き込んでいた。でも、百合香がいるサイロの底は、わずかに風が舞っているだけのようだ。

「知らない男二人にここに閉じ込められたのよ！　もう何日も何も食べてないし、水も飲んでないの！　ねえ、早くここから出してよ！」

その二人の男とは、野臥正と天野亘だとあたしは知っていた。


東京重工業を襲い、警備員の姫野さんを死なせてしまった三日後――。

あたしは野臥と天野と三人で、いつもの喫茶店の二階で落ち合って、どうしたらいいかを相談した。河堀哲二とは連絡が取れなかった、と野臥は言った。

あたしは震える声で二人に訴えた。

「本当は、自首して罪を償うべきなのはわかってるの。でも、できないの。あたしには介護施設に入ってるお母さんがいる。あたしが刑務所に入ったら、お母さんの面倒を見る人がいなくなってしまう」

野臥と天野は顔を見合わせ、そして頷《うなず》き合った。

「咲が自首できないのなら、僕たちも自首できない。僕らが襲撃犯だとわかったら、君との関係もすぐにわかってしまうだろうからね」

野臥は、覚悟したように言った。

「咲をこんなことに引きずり込んでしまったのは僕たちだ。僕と天野は大学をやめて、どこかに身を隠すことにする。そうすれば君にはこれ以上迷惑をかけることもない。親には青年海外協力隊に参加するとでも言うよ。だから、今日で咲とはさよならだ」

野臥は自分に言い聞かせるように言った。他人の人生を奪ってしまった以上、自分たちも平穏な生活を捨て去ることが、死んだ人に対する償いなのだと――。

あたしは何も言えなかった。ただ涙が、両目からぼろぼろとこぼれ落ちた。

でも、仕方ないことだった。人を殺してしまった以上、自首しないのであれば、逃亡者になる他に方法があるとは思えなかった。人殺しの過去を隠して、これまで通り普通にのうのうと学生生活を続けることなど、野臥と天野にできるとも思えなかった。

「それより咲、問題がもう一つある」

野臥は、予想もしなかった恐ろしいことを口にした。

「君が警察のスパイだと、『持可研』の許山が言っている。本当なのか？　君が公安の男と会っている所を『持可研』の誰かが見たらしいが」

あたしは訳がわからなかった。警察の公安のスパイだって？　あたしが、そんなことをやっているはずが——。

そしてあたしはわかった。八木百合香だ。きっと警察は百合香をあたしだと思って、「タンポポの会」経由で「持可研」を探ろうとして、百合香に接触したのだ。それ以外には考えられなかった。

あたしは仕方なく、八木百合香があたしの代わりに大学に通っていることを打ち明け、警察のスパイをやっているのは百合香だろうと言った。そして百合香には、今回の襲撃についても、「タンポポの国」についても、一切喋ってないことを力説した。

「じゃあ、その八木さんを殺すしかないね」

野臥はあっさりと言った。

「そうしないとその八木さんって女性は『持可研』に、自分は日向咲じゃないって喋っちゃうからね。そうしたら、次は咲が狙われることになる」

まるで不要品でも捨てる話のように、野臥は話した。

「彼女を殺せば、日向咲という人間は死ぬ。そうすれば君は『持可研』から逃げられる。それに今回の襲撃事件とも完全に縁が切れる。もう二度と、誰にも追われることはない。君は日向咲じゃない他の誰かとして生きていけばいい」

そして野臥は、隣の天野を見た。

「僕らは明日にでも彼女を誘拐して、そうだな、あのサイロに閉じ込めて餓死させてあげることにするよ。もう血を見るのはイヤだからね。『持可研』には、人目につかない場所で日向咲を始末した、場所は知らないほうがいいと言っておく。そしてそのまま、僕らはどこかに行方をくらますことにする」

天野も隣で空虚な声を出した。

「どうせ同じだよ、もう一人くらい殺したって。僕たちは人殺しになっちゃったんだから。どうせ人生終わりなんだから。――でもさ」

天野が野臥に言った。

「世界のどこかで、今度こそユートピアを作れるかもしれないよね？」

「そうだね。僕たちの夢は、まだまだ終わっちゃいない」

野臥が頷いた。

ユートピアなんて、どこにもないのに。

「しあわせの村」なんて、いつかは消えてしまうのに――。

あたしはそう思いながら、二人の会話を聞いていた。

野臥と天野の目は今もきらきらと輝いていた。でもそれは、まるで歪《ゆが》んだビー玉のような輝きだった。そしてあたしは、どうやっても止められないほどに加速度を増しながら、あたしたちが坂道を転がり落ちていることを知った。

「もう、会えないんですか？」

あたしは必死に涙をこらえながら、野臥に聞いた。

「たぶんね」

野臥は優しく微笑んだ。初めて会った時と同じように。

なんで、こんなことになってしまったのだろう——？

ただ、ペットボトルのキャップを拾い集めることで、世の中の役に立とうとしていただけなのに。子供が秘密基地を作って遊ぶように、牧場を借りてユートピアごっこをしようとしていただけなのに。

それなのになんで、姫野さんを騙《だま》して、強盗に入って、殺して、さらに百合香まで殺してしまうようなことになったのだろう？　あたしは、一体どんな罪を犯したせいで、こんな罰を受けることになったと言うのだろう？

それはあたしには、「夢を見た罰」だとしか思えなかった。これはきっと、何もできない二十歳前後の学生が、何もできないくせに、遊び半分に夢を見た罰なのだ。

夢を見ることは、罪なのだ。

夢を見た者には、罰が下されるのだ。

夢から出られなくなる、という罰が——。

そして罪とは、どんなに後悔しても、どんな罰を受けたとしても、永遠に許されないものなのだ。

「待っててね、百合香。今助けてあげるから」

あたしには、百合香を見殺しにするなんてできなかった。だから、野臥が残していった小さな赤い車に乗って、サイロに閉じ込められている百合香を助けに来たのだ。

でも、サイロの扉を開けようとしたあたしは、自分の愚かさに舌打ちした。扉には大きくて頑丈そうな南京錠が掛けられていた。どうしよう——？　あたしは鍵《かぎ》を持っていない。金具を壊したり、ドアを破ったりする工具も持ってない。

「咲、あんた騙されてるんだよ！」

その時、百合香が叫んだ。

「あたし、巽って警察の人に聞いたんだから！　あんたのサークル、危ない団体と繫《つな》がってるんだって？　話半分に聞いてたんだけど本当だったんだね！　あたしまでこんなひどい目に遭うなんて思わなかった！」

やっぱり百合香は、警察のスパイになっていたのだ。

「百合香、あなた、あたしのふりをしてるってこと、警察の人に言っちゃったの？」

あたしが震える声で聞くと、百合香は激しく首を横に振った。

「言ってないよ！　サークルのこと話せば欲しいもの何でも買ってくれるっていうから、あんたのふりをして適当なこと言ってたの！　だから巽さんは今でもあたしのことを、あんただと思ってるよ！」

あたしは安心したが、百合香はその次にこう言った。

「あたし、ここを出たら、こんな目に遭ったことを、絶対に警察の人に言うから！　そして、あいつらみんな捕まえてもらうから！　咲、あんたすぐにそのサークルやめなよ！　手遅れにならないうちにさ！」

あたしは、足もとの地面が崩れ落ちたかのような絶望感を感じた。

もう手遅れなのよ、百合香――。

あたし、人を殺しちゃったのよ。姫野さんっていう何の罪もない人を。だから、あなたが警察に駆け込んだら、あたしも人殺しの罪で捕まってしまうの。

でもあたし、捕まるわけにはいかないの。お母さんがいるから。あたしがいなくなったら、お母さんの面倒を見る人がいなくなってしまうから。

あなたの言葉を聞いた以上、あなたをここから助け出す訳にはいかなくなった。そして、警察の人はきっとあなたを捜してる。こうしている今にも、警察があなたを助けに来るかもしれない。

だとしたら――。

ごめんね、百合香。本当にごめんね。

あたしはあなたを、ここから生かして帰すことはできない。あなたは今ここで死ななければならない。もう誰にも何も喋《しゃべ》ることができないように。

でも、どうすればいい？　扉には頑丈な南京錠が掛けられている。サイロの壁にある上下二対の小窓は、とても人が通れる大きさじゃない。天窓は地上七メートル、下りられる高さじゃない。じゃあ、どうすれば百合香を――。

あたしは身体中に脂汗をにじませながら、頭が痛くなるほど必死に考え続けた。

そして――。ようやく一つの方法を思い付いた。

「いい？　百合香、聞いて頂戴《ちょうだい》」

あたしは扉の覗《のぞ》き窓《まど》越しに、サイロの中の百合香に話しかけた。

「あいつらが、もうすぐまたここに来るのよ。百合香をあたしだと思って、ここに閉じ込めたあの二人が。あたしを殺すために。つまり、百合香を殺すために」

もちろんそれは嘘だった。誰もここへやって来たりはしない。百合香が悲鳴のような声を上げた。

「咲、あんた一体何をしたの？　誰に、どうして殺されようとしてるの？　ううん、でもそれはあたしには関係ないわ！　だってあたしはあんたじゃないもの！　殺される理由なんてないもの！　早くここから出してよ！」

「聞いて頂戴。あいつらが帰ったら、すぐに百合香を助け出してあげるから」

あたしは百合香を騙すために、必死に話し続けた。

あたしはサイロの扉の鍵を持ってない。だから、扉を壊さないと開けることができない。それには結構な時間がかかる。でも、もうすぐあいつらがここに来てしまう。だから百合香は隠れなきゃいけない。隠れていれば、あいつらは百合香が逃げたと思って立ち去ってしまうから。そうしたら、この扉を壊して百合香を逃がしてあげるから、と。

「隠れろって、どこに隠れればいいのよ！　隠れるところなんてどこにもないわ！」

パニック状態の百合香に、あたしは説明した。

「壁の上のほうにある小窓から、あたしが鎖を垂らして百合香を空中に持ち上げる。三メートルも上がれば、百合香の姿はこの扉の覗き窓からは見えなくなるわ。そうすればあいつらは、百合香が逃げたと思って他を探しに行ってしまうから。そうしたら、ここから出してあげるから。いい？　他に方法はないわよ」

他に方法はないわよ——。そう断定された百合香は、ごくりと喉《のど》を鳴らすと、まるで子供のようにこっくりと頷《うなず》いた。長い間閉じ込められていた百合香は、疲労と飢えと恐怖で、もう考える力もなくなっていたのだろう。

そしてこの時、百合香は扉の内側にカンヌキをかけたようだった。自分を殺しに来る奴らが、南京錠を開けて中に入ってくることを恐れたのだろう。それはあたしには、どちらでもいいことだった。

あたしはサイロの裏に回った。そこには谷川が流れている。その谷川とサイロの間に、要らなくなったいろんなものが捨ててあり、その中に長い長い鎖があることをあたしは知っていた。これは、近くの渓流に「鎖場《くさりば》」を作るために用意してあった鎖だ。鎖場とは、急峻《きゅうしゅん》な細い道に、つかまるための鎖を張った場所のことだ。

あたしはその鎖の端を腰に巻くと、サイロの壁の外側に取り付けてある梯子《はしご》を登った。強い風に吹き飛ばされないように、あたしは鎖を引っ張りながら、慎重に梯子を登り続けた。そしてようやく、地上三メートルと五メートルにある小窓のうち、上にあるほうの小窓まで登ることに成功した。

風がびゅうびゅうと吹きすさぶ中、手を滑らせないように気を付けながら腰の鎖をほどくと、その小窓からサイロの中に向かって、あたしは鎖を少しずつ送り込んでいった。鎖はじゃらじゃらと音を立てながら、サイロの底にいる百合香に向かって下りていき、サイロの底でとぐろを巻いていく。

「咲、あんたの力で鎖ごとあたしを持ち上げられるの？　あたし結構重いよ？」

サイロの底であたしを見上げながら、百合香が不安そうに言った。

「大丈夫よ！　それより、鎖の先に小さな輪っかがあるでしょう？　その中に片足の先を入れて、鎖を両手で握ってて頂戴！」

そしてあたしは、一旦《いったん》梯子を下りて地面に戻り、鎖の反対側を谷川の底に向かって投げ落とした。鎖はするすると崖《がけ》を滑って降り、谷底の川に落ちていく。するとサイロに投げ込んだ部分も、どんどん小窓に向かって登っていく。鎖がぴんと張った。

同時にサイロの中から、百合香の歓声が聞こえてきた。

「上がっていくよ！　すごい力！　ねえ咲、あんたが引っ張ってるの？」

サイフォンの鎖モデル——。理工学部の野臥正はそう言っていた。

高い場所に置いたコップに長い鎖を入れる。それを低い場所に置いたコップに移す場合、一方の鎖の端を下のコップに入れてあげれば、あとは勝手に鎖が下のコップに向かって滑り落ちていく。これが、サイフォンの鎖モデルだ。

——この現象は今まで、大気圧によるものだと理解されて来たんだけど、僕はそうじゃなくって、重力によるものじゃないかと考えているんだ。なぜならサイフォン現象は、水じゃなくて鎖でも起きることがわかっているからね。

サイフォン現象が重力によるものだと証明できれば、おそらく世界中の辞書や百科事典を書き換えることになる。そうなったら面白いと思わないかい——？

原理は全くわからなかったけれど、要するに鎖でもサイフォン現象が起きるということはわかった。そしてあたしは野臥の話と一緒に、サイロの裏に鎖場用の長い鎖が置いてあったことを思い出したのだ。

百合香の身体は鎖で上に持ち上げられて、地上三メートルほどの空中で止まった。つまりそこは、地上三メートルにある小窓の真横だ。その位置で鎖が止まるように、鎖の途中に結び目を作っておいたのだ。

「百合香、すぐにあいつらが来るわ！　そのままじっと、静かにしてて！」

あたしは小声で百合香に命令すると、地面に置いてあった鉄パイプを拾い上げた。河堀哲二が護身用だと言っていた、先を竹槍《たけやり》のように斜めに鋭く削った鉄パイプ。おそらく『持可研』での闘争に備えて作り、あたしたちのユートピアに隠していた、粗末な、でも充分に殺傷能力のある手製の槍。

そしてあたしは、その槍を脇に抱えて、再びサイロの壁に取り付けてある梯子を登り始めた。

ごめんね、百合香。本当にごめんね――。

でもね、あなたがいけないのよ？

あなたが、あたしになりたがったのがいけないの。

あなたが、警察のスパイなんかになるからいけないの。

あなたがいると、全てが終わりになってしまうの。

あなたには最期まで、あたしの代わりをしてもらわなきゃいけないの。

あたしのふりをしている百合香が死ねば、日向咲は死んだことになる。そうしたらあたしは、日向咲とは別の人間として生きていくことができる。あたしは死ぬ訳にも、逃げる訳にもいかないのだ。

だって、お母さんの面倒を見なきゃいけないから。あたしたちを産んでくれたお母さんを。あたしたちを産んだせいで、すっかり心が壊れてしまって、あたしたちがいなければ生きていけない、可哀相なお母さんを――。

あたしは鉄パイプを脇に抱えたまま、強風にあおられて何度も手を滑らせそうになりながら、一段ずつ梯子を登っていった。

その時、突然、一つの言葉が頭の中に浮かんだ。

ダンデライオン――。

英語でタンポポを指す言葉。その意味はライオンの歯、あるいは獅子《しし》の牙《きば》。あんなに可憐《かれん》な花に、こんなに恐ろしい、獰猛《どうもう》な名前が付けられているなんて。あたしはそれを知った時、タンポポが可哀相に思えた。

でも、今のあたしは、この言葉の意味を矛盾なく受け入れることができる。きっとどんなに弱い生き物だって、一つ何かが外れてしまえば、心の中に隠していた凶暴な牙を、猛獣のように剝《む》く時がやってくるのだ。

そう、今のあたしのように——。

気が付くと、風は止んでいた。

あたしは梯子に摑《つか》まったまま、呆然《ぼうぜん》と小窓からサイロの中を見ていた。

飛んでる——？

あたしは自分の目を疑った。

かすかな月明かりの中、あたしの目の前に「空を飛ぶ娘」がいた。

そしてあたしは、ようやく自分が何をやったのかを思い出した。

空中で鎖に摑まっている百合香に向かって、あたしは下の小窓から、力一杯鉄パイプを突き出した。先を斜めに鋭く削った鉄パイプは、目の前にある百合香の柔らかい腹部を、注射針のように貫通した。

百合香がどんな声を上げたのか、悪夢の最中《さなか》にいたあたしには全く聞こえなかった。それでもあたしは恐ろしくて、百合香の身体を少しでも自分から遠ざけようと、ありったけの力でぐいっと鉄パイプを押しやった。やがて鉄パイプの先端は、向こう側の小窓を通ってサイロの外へと突き出た。

そして、あたしがそっと鉄パイプを離すと、百合香はまるで物干し竿《ざお》に掛けられた洗濯物のように、サイロの中にぶら下がった。その時、何かがサイロの床にある飼料の上にぱさりと落ちたような気がした。

怖くなったあたしは急いで梯子を下りて、上下二対の小窓を見上げた。上の小窓からは黒い鎖が垂れ下がり、下の小窓からは鉄パイプの端が突き出ていた。

すると、力尽きた百合香が鎖から手を離したのだろう。百合香という重りを失った長い鎖は、上のほうの小窓から勢いを増してずるずるとサイロの外に流れ出し、そのままサイロの脇を流れる谷川へと滑り落ちていった。まるで、黒い大蛇のように――。やがて鎖は完全に見えなくなった。おそらく、谷川の深い淵《ふち》の底に沈んでしまったのだろう。

あたしはまた梯子を登り、下の小窓からおそるおそるサイロの中を覗《のぞ》きこんだ。

すっかり動かなくなった百合香は、サイロの中の地上三メートルで、空中に浮かんでいた。その身体からしばらくの間、ぽたぽたと血が流れ出ていたが、やがてそれも出なくなった。

そして、百合香の時間は止まった。百合香が高い空に向かって舞い上がろうとしたその時、時の女神が突然仕事を放棄してしまったかのように、百合香は空中で、ぴくりとも動かずに静止してしまったのだ。

空中に浮かんだ百合香の姿を見て、あたしは深い感動に襲われていた。百合香の姿は、あたしたちの好きだった昔話の「空を飛ぶ娘」そのものだった。

あそこを飛んでいるのは、あたしだ。

空を飛んでいるのは、日向咲なのだ。

日向咲は、ついに空を飛ぶという夢を手に入れた。

そして日向咲は、子供の頃から夢見ていたように、空を飛びながら死んだ。

こうしてあたし、日向咲は、十九歳で死んだのだ。

22　二度目のドライブ

四月十九日土曜日、午後三時三〇分――。

姫野広海は、成田国際空港第二ターミナルの到着ロビーに立っていた。税関検査を終えたばかりの旅客たちが、銀色のカートにスーツケースや手提げ鞄《かばん》を載せ、次々と出口から溢《あふ》れ出てくる。姫野の待ち人も、今日は一般客と同じ出口から現れることになっていた。今日はコートは着ていないかも知れないな、と姫野は想像した。この数日で、あの時よりさらに季節は夏に近づいていた。

そして、出口に彼女が現れた。

前回会った時と同じく、角に革の当てられた小さなオレンジ色のトロリーケースを引いていた。その女性の服装を見て、歩み寄ろうとした姫野の足が止まった。姫野は呆然と突っ立ったまま、自分に向かって歩いてくる女性の姿を眺めた。

三十五歳のその女性は、白いコットンのシャツを着て、袖《そで》を肘《ひじ》までラフにまくり上げていた。その中に黒いTシャツ、下は洗いざらしたブルージーンズ。そして素足にデッキシューズを履いていた。

「えみ、さん――」

姫野は自分でも気付かないうちに、その女性をその名前で呼んだ。

姫野に気が付いた女性は、その場で立ち止まり、深々と腰を折り曲げてお辞儀をした。

その両側を、楽しげに談笑する帰国客たちが次々と通り過ぎていった。

やがて女性は顔を上げた。両目が真っ赤に腫《は》れ上がっていた。女性は口を開き、何事かを姫野に言おうとしたが、唇が小刻みに震えるだけで言葉は何も出てこなかった。

姫野が迎えに来たのは、十六年前の強盗殺人事件の容疑者であり、許山一郎議員の犯罪に関する証人でもある日向夢のはずだった。しかしその女性の姿は、十六年前にふらりと姫野一家が住むアパートにやってきて、たった数ヵ月でまたいなくなってしまった女性、日向咲そのものだった。


快晴の空の下、黒い流線型の四ドアセダンが、高速道路を滑るように走っている。姫野が運転するアルファロメオ１５９ｔｉだ。いつもは右端の追い越し車線から出ることのない姫野が、今日は三車線の真ん中の一般走行車線を、法定スピードで流していた。

そしてその助手席には、日向夢――それとも日向咲――が座っていた。

「素敵な車ね」

姫野の左側で、助手席の女性が静かに言った。

「アルファロメオっていいます。えみさんが乗っていたフィアット・パンダと同じで、イタリアの車です」

姫野はフロントグラスの向こうを見たまま答えた。

「また、ひろみくんと二人でドライブする日がくるなんて、想像もしなかった」

助手席の女性も前を向いたまま、独り言のように言った。

「しかも、運転しているのがひろみくんで、助手席にいるのがあたしだなんて」

姫野の脳裏に、あの日の朝の光景が蘇《よみがえ》った。


ある初夏の日曜日――。

十一歳の姫野は窓に両腕を乗せて、アパートの前の道路を見ていた。すると、小さくて四角い形をした赤い車が、バラバラと勇ましいエンジン音を響かせながらやってきて、車道のこちら側に止まった。

パワーウインドウではなかったのだろう、左側の窓ガラスががくがくと小刻みに下に開いて、中から若い女性が満面の笑みで顔を出した。そして、姫野に向かって手を振りながら叫んだ。

「ひろみくーん！　お待たせ！　いいお天気ね！　さあ、ドライブに出かけるわよーっ！」

日向咲だった。

夜勤明けで寝ている父親を起こさないように、姫野は忍び足で歩いてアパートを出た。ドアに鍵《かぎ》をそっと掛け、階段をお気に入りのスニーカーで駆け下り、道路を渡って、小さくて四角くて赤い車――フィアット・パンダの助手席に滑り込んだ。

「すごいや！　これ、えみさんの車？」

「そうよ、可愛いでしょう。パンダっていうのよ？」

シートベルトを掛けてもらいながら、姫野は興奮し、はしゃいでいた。初めてのドライブ。初めての車の助手席。後部座席からはお弁当のいい匂い。そして隣には、自分よりうんと歳上の、とても優しい、とても綺麗《きれい》な女の人。

姫野はふいに思い出した。あの日、赤いパンダに乗っている時も、姫野は今日と同じく右側の席にいて、日向咲も今日と同じく自分の左側の席にいた。あの赤いパンダは、左ハンドルだったのだ。

姫野は日向咲の赤い車がとても気に入った。でも、本当は日向咲の車ではなくて、野臥正のものだった。姫野はその日、日向咲を独占していると思っていた。でも、その日も日向咲の心は、野臥正のものだった。

そして日向咲は、野臥正をどこまでも信じていた。この世の常識も、社会の決まりも、善悪の判断すらも投げ出してついていくほどに。

「じゃあ、いいかしら？　しゅっぱーつ！」

車は眩《まぶ》しい朝の光の中を走り始めた。行き先は教えてもらっていなかった。

これから僕たちは、どこへ行くのだろうか？　姫野はわくわくする気持ちを抑えられないまま、上下左右に揺れる車の助手席で、二人の行く先をあれこれと想像していた。

これから僕たちは、どこへ行くのだろうか？

姫野が小さな車の中で、そんな思いに胸を躍らせた日から十六年がたった。

そして、僕たちは、どこへ来たのだろうか？

十六年の時が流れた今、姫野とその女性は、再びあの日と同じように、車の中で並んで座っていた。でも行き先は、タンポポが咲き乱れる山奥の牧場ではなかった。なぜなら二人は、同じアパートに住む大人の女性と、その女性に密《ひそ》かに憧《あこが》れる小学生の男の子という関係ではないからだ。

今日の二人は、犯罪を追う刑事と、罪を犯してしまった容疑者の女性だった。そして二人が向かっているのは、都心にある警視庁本部庁舎だった。

「何から喋《しゃべ》ったらいいのかしら」

助手席の女性が、前を向いたままぽつりと言った。

「――いえ、あたしは何から、あなたに謝ったらいいのかしら。ひろみくん」

姫野はしばらく無言だったが、やがて思い切ったように口を開いた。

「僕も、教えて欲しいんです」

姫野は助手席に座っている女性を見た。

「僕はあなたを、何と呼べばいいんでしょう？　夢さん？　それとも、えみさん？　どっちが本当のあなたなんです？」

鏑木以下捜査班が犯していた、大きな間違い——。それは、日向夢と日向咲が双子の姉妹だと思い込んでいたことだった。日向夢と日向咲は同一人物だった。生まれた時から、一人しかいなかったのだ。

「あたしにも、わからないの」

日向夢あるいは日向咲は、ぽつりと呟《つぶや》いた。

「あたしは誰なのかしら？　日向夢？　それとも日向咲？　それとも両方？　それともどちらでもない、ただの容《い》れ物《もの》？」

そして女性は、フロントウインドウの向こうを眺めながら言った。

「でもきっと、ひろみくんといる時のあたしは日向咲よ。あたしは、あなたのお父さんを殺した日向咲なの」

姫野は無言のまま、ぎゅうとハンドルを握り締めた。

「物心ついた時、すでに母はあたしを、二つの名前で呼んでいたわ」

助手席の女性——日向咲は、記憶をたどりながら喋り始めた。

母はあたしを、その時によって違う名前で呼んだ。

——ねえ、ゆめちゃん、お手伝いしてくれる？

──さあ、えみちゃん、いつまで寝ているの？

それをあたしは、特に不思議なことだとは思っていなかった。あたしは咲であり、同時に夢でもある、ただそれだけの話だった。そして成長するにつれ、母との会話の中で、夢と咲という女の子がどう違うのかがわかってきた。

夢は健康で、しっかり者。オレンジジュースが好き。

咲は病弱で、お調子者。牛乳が好き。

それは、あたしたち二人に母が望んだ人格だった。だからあたしは、母に呼びかけられたほうの名前の人物になって、母に応対した。

そしてあたしは独りでいる時も、いつも夢と咲の両方になって会話をした。右側にオレンジジュースのコップを置き、左側に牛乳のマグカップを置き、その二つを交互に飲みながら、二人でお喋りして遊んでいたのだ。

多分あたしが五〜六歳だったある日のこと。遠方に住んでいる母の母親、つまりあたしのお祖母《ばあ》さんが、突然あたしの家に遊びに来た。もう電話くらい頂戴《ちょうだい》よ、と言いながら母がお茶の用意をしている間、お祖母さんはあたしを愛《いと》おしげに見ながら話しかけた。

「ええと、あなたはゆめちゃん？　それともえみちゃんかしら？」

困った様子のお祖母さんに、あたしはこう答えた。

「えみだよ。ゆめちゃんは、おそとにあそびにいってるの」

夢はいつも元気で、咲は身体が弱い。だから家に独りでいる今のあたしは咲なのだ。

あたしはそう考えて、そう答えた。

「そう、えみちゃんね。光子もあんたたちの写真を時々送ってくれるんだけどね、光子も気が利かないから、二人並んで写ってる写真は一枚もないのよ。だから、いつもどっちがどっちかわからないの。でも、二人とも元気に育って本当に良かったわ」

そしてお祖母さんは、声をひそめて囁《ささや》いた。

「あなたたち、本当はどっちかが危なかったのよ？　生まれる何ヵ月も前にお医者さんがね、お腹の中の双子をどっちも産むのは難しいって言ったの。ええと、何て病名だったかしら？――そう、確か双胎間輸血症候群、っていったかしらね」

あたしはこの病名を、ずっとあとになって成長してから調べてみた。二人の胎児で一つの胎盤を共有してしまい、胎児の血流に深刻な問題が生じてしまうという病気だった。

「その頃あたしも腰痛で入院してたから、光子に付いててあげることができなくって。だから、光子から二人とも無事に生まれたって連絡があった時には、本当に安心したのよ」

その話がきっかけになって、あたしにはだんだんとわかって来た。

あたしたちは、母のお腹の中にいる時、一卵性双生児だった。

でも、生きて生まれたのは一人だけだった。

あたしたちのどちらかは、いつの間にか母のお腹の中で死んでしまっていた。

逆に言えば、片方が死んだおかげで、もう一人が生き残ったのだ。

そして母は、「二人とも生まれた」ということにした。

母はあたしに、夢と咲という二つの名前を付けた。

そして母は、いつの間にか自分でも、双子の娘が生まれたと信じるようになった——。

心の弱い母は、耐えられなかったのだ。あたしたち二人のうちどちらかが、身籠《みごも》っていた自分のせいで、この世に生まれて来ないまま死んでしまったという現実に。

その頃、他の問題も母の心を蝕《むしば》んでいた。あたしの父親は、母があたしを妊娠している時に外に別の女性を作って、母を捨てて家を出てしまったのだ。気の弱い母は、それは自分が至らなかったせいだと考えて、自分を責め続けたに違いない。だから、さらに自分のせいで大切な娘が死ぬことなど、到底認めることはできなかったに違いない。

父がいなくなったことは、母にとっては経済的にも深刻な悩みだった。父親は慰謝料を払うと言って出ていったのだが、なかなか払おうとはしなかった。だからあたしを出産した時、家計は火の車だった。

だから、あたしたちが二人になった本当の理由が、市から出産時に給付される、子供一人あたり四十二万円の「出産育児一時金」だったとしても、あたしは母を責めることができない。

のちにさりげなく聞いたところによると、母はあたしを産科の病院ではなく、助産師さんの施設で産んだようだった。きっとその助産師さんは、切羽詰まった境遇の母に同情して、二枚の出生届に判を押してくれたのだろう。そして、まさか母がその嘘を延々とつき続けるとは、全く想像もしていなかったのだろう。

だから、あたしは夢でもあり、咲でもあった。

どちらかが、どちらかのふりをしている訳ではなかった。

日向夢も、日向咲も、どちらも間違いなく、あたしだった——。

「あたしが小さい頃、うちは国や市から母子家庭に給付される、補助金や助成金で暮らしていた。だから、とても貧しかった。でもある時、母が一冊の絵本を、あたしたちにくれたの」

日向咲は小さな声で、訥々《とつとつ》と話し続けた。

「いつの間にか、どこかへいってしまったけれど、今にして思えば、それはとても粗末な造りの本だった。きっと母が自分で書いて、自分で綴《と》じて造ってくれた本だったのね。でもその時は、母が買ってくれた本だと信じていて、何度も何度も読み返したわ。あたしたち二人で、一緒に、仲良く」

姫野は、澤田が言っていたことを思い出した。

双子の娘のために書いたのに、なぜか主人公が一人しかいない物語——。

黒くて大きな蛇が、なぜか出てくる物語——。

娘が双子なのだと思い込んではいても、母親の光子は、どこか心の奥底では、本当は一人しかいないことを知っていたのだろうか。

蛇とは「生」と「死」と「悪」の象徴だ、と澤田は言った。娘がこの世に生を受けた喜び。娘の一人が死んでしまった悲しみ。そして、真実を偽って生きているという罪の意識――。それが創作した物語の中に、蛇の形を取って現れたのだろうか。

そして、その物語を読んだことで、日向咲は民話の世界に興味を持ち、日向夢は着物の世界に惹《ひ》かれていった。同じ人物ではあるのだが、それぞれの異なる人格が、それぞれに異なる世界に興味を持ったのだ。姫野はそう思うしかなかった。

「えみさんは、いえ、あの時あなたは夢さんでしたけど、鏑木さんと三人で着物の話をしている時、こう言いましたよね？」

――どうして日本の着物だけに、四角くて大きなたもとがあるんでしょうか？　いろいろ研究した結果、私は二つの夢のある仮説にたどりついたんです――。

姫野の言葉に、日向咲は頷《うなず》いた。

「ええ。一つ目の仮説は、夜具でもある大きな袖《そで》を見せることで、愛しい人を褥《しとね》に誘うということ。そして、二つ目の仮説については、あの時あたしは――日向夢はとうとう喋《しゃべ》らなかった。でも、ひろみくんはそれに気が付いたのね」

「僕じゃないんです」

姫野は首を横に振った。

「野臥と天野と許山がスカイダイビング・クラブで知り合ったことがわかった時、鏑木さんが、もしかして犯人はウイングスーツを着て高層ビルの屋上から飛び降りたんじゃないか、そう言い出したんです。全く、あの人の発想にはついていけませんよね」

ふっ、と姫野は小さく苦笑した。

「そして僕は、ウイングスーツの写真を見て、えみさん——夢さんが言っていた、着物の袖が四角くて大きい、もう一つの夢のある仮説が何なのか、わかったんです。ウイングスーツの形は、僕の伯母《おば》が自宅で衣紋《えもん》掛けに広げている着物の形と、まるでそっくりだったんですよ」

日向咲は、かすかに頷いた。

「昔の人は、着物の袖を広げて、空を飛んだのかもしれない——。それがあたしがたどりついた、夢みたいな着物の秘密だったの。科学的な計算で作られたウイングスーツと、古代から日本に伝わる着物がどうしてそっくりなのか、それは、どちらも空を飛ぶためだからだとしか思えなかったの。可笑《おか》しいわよね」

日向咲は、施設にいる母親について語った。

着物の袖は、空を飛ぶためのものだったんだ——。あたしはこの思い付きが嬉《うれ》しくって、母の見舞いに介護施設に行った時、母にもこの話をしてあげた。

「お母さん、あたしね、空を飛ぶ方法を発見したの。今度、お母さんにも空を飛んでるところを見せてあげるからね。それまで、元気で長生きしてね」

するといつもはお人形のように車椅子に座っているだけの母が、ふいに顔を上げ、目を輝かせてあたしを見た。

「えみちゃん、空を飛べるの？　あたしにも飛んでいるところを見せてくれるの？」

その時初めて、あたしはわかった。

きっと母も、空に憧《あこが》れていたのだ。

父に捨てられ、お腹の中の娘を殺してしまうという受け入れがたい現実から、何もない自由な空に向かって、飛び立っていきたかったのだ。だから、「空を飛ぶ娘」が出てくる物語を書いたのだ。きっとあの娘は、母が願う母自身の姿だったのだ。

もう、お母さんたらまた間違えてる。あたしは咲ちゃんじゃないよ、夢だよ――。

そう言おうと思ったけれど、あたしは黙って母に向かって微笑んだ。


「許山一郎に、殺害予告メールを送ったのはあなたですか？」

姫野が聞くと、日向咲はいいえ、と首を小さく横に振った。

「『裏切り者には死を、獅子《しし》の牙《きば》』――。この言葉は、十六年前に使う予定だった犯行声明の文面よ。タンポポは英語でダンデライオン、つまり獅子の牙――。あの襲撃事件が無事に終わっていたら、翌日、新聞社にこの犯行声明を送る予定だったの。許山にも事前に見せていた。でも、結局送ることはなかった」

送らなかった理由は、姫野にもわかった。もちろん、意図せずして姫野の父親を殺害してしまったからだ。

運転席の姫野が、頷きながら言った。

「許山は、その犯行声明を覚えていて、架空の殺人予告メールに利用して、自分で自分に送ったんですね。あわよくば河堀殺害の容疑者として、『タンポポの会』の野臥と天野に捜査の目が向くことを期待したのかも知れません」

「あたしたちは何もかも、許山に利用されてしまったのね」

助手席の日向咲が、自虐的に呟《つぶや》いた。

そして日向咲は、右側に座っている姫野を見た。

「ひろみくん、子供の頃から、あなたはとても頭のいい子だったわ。でもまさか、百合香を吊《つ》り上げた方法までわかったなんて、とても信じられなかった」

この言葉に、姫野は小さく肩をすくめた。

「二〇一〇年、オーストラリアの物理学者スティーブン・ヒューズが、世界中の辞書や百科事典に書いてあるサイフォンの説明は誤りだと指摘しました。大気圧ではなく、正しくは重力によるものだと。これを受けてオックスフォード英語辞典は、次の版で約百年振りにこの指摘を反映すると発表しました。僕、このニュースを覚えていたんです」

「二〇一〇年――」

日向咲は呆然《ぼうぜん》とした。

「じゃあ、あの一九九八年か、少なくとも数年後に野臥が発表していれば、世界中の辞書や百科事典を、野臥が先に書き換えていたかも知れないのね」

しかし野臥は、この研究を続けることはできなかった。そして現在は、おそらく天野と二人して、世界のどこかで逃亡生活を続けているのだ。

日向咲は、なおも姫野に聞いた。

「百合香があたしのふりをしていたことは、どうしてわかったの？　大学の同級生たちも、警察の公安部の人も、誰も気が付いていなかったのに」

「きっかけは、八木百合香さんの死体がはめていた指輪です」

ハンドルを握ったまま、姫野は淡々と説明した。

「指輪には『0125』という数字が刻印されていました。最初はみんな、ダイヤのカラット数だと思って疑いもしませんでした。でも、正木さんという先輩刑事が、ついに売っていた店を探し当てて、公安部の巽さんが協力者への供与として贈ったものだとわかったんです。そして巽さんはその数字を、日向咲に頼まれて彫ったと言いました」

何の数字かと聞いたら、日向咲はラッキーナンバーだと答えた――巽警視はそう言っていた。

「僕は、やはりこの四桁《けた》の数字は日付で、それも誕生日じゃないだろうかと考えました。巽さんと出会ったのは四月だからその記念日という訳でもないし、独身の女性が指輪に彫るのに、他の数字は考えにくかったからです。でも、学生証にあるえみさんの誕生日は、四月十一日でした。そこで、僕は考えました」

姫野は、高速道路の前方を見据えたまま喋り続けた。

「この死体で発見された人は、えみさんじゃないんじゃないか。この女性は、一月二十五日生まれの別人なんじゃないんだろうか、と——」

日向咲は無言のまま、じっと姫野の話を聞いていた。

「僕がそう考えたのはどうしてだろう——。初動捜査の結果、あらゆる状況があの死体がえみさんであることを示していました。でも、それでも僕はえみさんが死んだという実感が湧かなかったんです。自分でも不思議でした。そして、全ての事実が判明したあとになって、ようやくその理由がわかったんです」

姫野は静かに喋り続けた。

「一つには、高価なアクセサリーと背中のタトゥーが、どうしても僕の知っているえみさんと結びつかなかったからでした。えみさんは、そんな人じゃなかった。もっと素朴で可憐《かれん》な、まるで野原に咲いているタンポポのような人でした。そしてもう一つは」

姫野は日向咲を見た。

「日向夢さんと会ったからです。一卵性双生児の姉だと聞いてはいましたが、会ってみたらあなたは、どう見ても僕の知っているえみさんでした。するとますます、あの死体がえみさんだという実感が薄れていったんです」

相変わらず窓の外は、快晴だった。

姫野は室内気温が上がったように感じて、ダッシュボードに左手を伸ばすと、フルオートエアコンの温度設定を、運転席側だけ一度下げた。

「そこで、生年月日が一月二十五日の女性を、失踪《しっそう》者リストの中に探しました。そうしたら、八木百合香さんがヒットしたんです。失踪したのは十六年前の九月、住んでいたのは東京都国立市、年齢は十九歳、地方から単身上京して一人暮らし、定職はなくいわゆるフリーター、背中に青い薔薇《ばら》のタトゥー——。全ての特徴が一致しました」

姫野は、助手席の日向咲を見た。

「僕と鏑木さんが日向夢さんと、つまりあなたと会った時、僕はあなたにハンカチとボールペンをお貸ししましたよね？　覚えていますか？」

日向咲は無言で頷《うなず》いた。

「あの時は、そんな気は全然なかったんですけど、あとになって、ハンカチにはあなたの皮膚細胞、ボールペンには指紋が残っていることに気が付きました。そこで僕は鑑識の瀧村さんに、夢さんとサイロで発見されたえみさんとのDNA型の照合をお願いしました。夢さんとえみさんは一卵性双生児だから、DNA型は完全に同じなはずです」

「でも、一致しなかった。だからサイロの死体は、日向咲じゃない——」

日向咲の言葉に、姫野は頷いた。

「鏑木さんが、ペットボトルのキャップが落ちていたことから、もしかしたら東京重工業を襲撃したのは『タンポポの会』なんじゃないかと言い出したんです。つまり、野臥正と天野亘と河堀哲二と、そしてえみさんの四人なんじゃないかと。えみさんはその下調べのために、僕のアパートに引っ越して来たんじゃないかと」

ゆっくりと姫野は、首を左右に振った。

「僕はそんなこと、信じられませんでした。だって、僕の父さんを殺した犯人の中に、えみさんがいたなんて――」

日向咲は無言のまま、身じろぎもしなかった。

「そんなことがあるはずがない。絶対にえみさんじゃない。僕はえみさんの無実を証明するために、キャップに付いていた四つ目の指紋と、夢さんに貸したボールペンの指紋を照合しました。――そうしたら」

姫野はじっと唇を噛《か》んで、ようやく声を絞り出した。

「完全に一致してしまったんです。東京重工業事件で採取された指紋と、あなたの指紋が――。一卵性双生児は、もとは一つの卵子です。だから同じ人間なんです。外見や声はもちろん、血液型も全く同じだし、ＤＮＡ型まで完全に同じなんです。でも、たった一つだけ、一卵性双生児でも全く違う点があるんです」

日向咲は、ただじっと姫野の言葉を聞いていた。

「それは『指紋』です。たとえ同じ遺伝子を持って生まれた一卵性双生児であろうと、指紋だけは違うんです。だから指紋が一致した以上、あなたとえみさんが双子の姉妹なんかじゃなくて、同一人物であるということがわかりました」

日向咲が小さく息を吸い込む音が、姫野にも聞こえた。

「ここに至って、僕も事実を受け止めなければならなくなりました。あなたは、父さんから東京重工業の警備状況を聞き出すために、僕が住んでいるアパートに引っ越してきたことを。そして、子供だった僕にご飯を作ってくれたり、ドライブに連れてってくれたり、優しくしてくれたのも、全部、父さんに近づくためのの」

「違う！」

日向咲が叫んだ。

「違うの――。本当にひろみくんが、独りぼっちのひろみくんが可哀相で。そしてお父様もお母様も、本当にいい人で。だからあたし、絶対にお父様がいない時にと思って、それであの日にしようって言ったのに。そうしたら――どうしてか――」

日向咲は、唇を震わせながら必死に喋《しゃべ》り続けた。

「あの時、姫野さん――あなたのお父さんは、あたしを助けようとしてくれたの。間違った道に足を踏み入れようとしている馬鹿なあたしを、必死に助けようとしてくれたの」

あの忌まわしい、東京重工業を襲撃した夜――。

破裂しそうな心臓を押さえながら、あたしがシャッターの前で周囲を見張っていると、階段の上から小さな声が聞こえてきた。

「咲？　いるか？　二階に上がって来てくれ」

その、どこか諦《あきら》めたような声は、野臥だった。

一体、何が起こったんだろう――？　あたしは訳もわからないまま、それでも言われた通りに階段を上って、ビルの二階へと上がった。

野臥、天野、河堀の背中が見えた。三人は事務所の奥を見ながら、途方に暮れたように佇《たたず》んでいた。そしてあたしは、三人の視線の先に、制服の警備員がこちらを向いて立っているのに気が付いた。その警備員の顔を見た途端、あたしは全身が凍りついた。

「姫野、さん――？」

そこにいるのは、あたしが同じアパートに引っ越して警備情報を聞き出した、姫野広志さんだった。

なぜ？　どうして？　あたしはパニックに陥った。姫野さんは今日はお休みの日だって言ってたのに。だからわざわざ今夜を襲撃の日に選んだのに。なのにどうして、姫野さんがここにいるの？

「やっぱり君だったんだね、咲さん」

姫野さんは穏やかな声で、あたしに言った。

「咲さん、大丈夫だよ。監視カメラは切ってある。君たちの姿が映ったテープも消した。だから安心しなさい」

愚かなあたしたちは知らなかった。ビルの前には赤外線の監視カメラが、わからないように取り付けてあったのだ。その映像を見張っていた姫野さんは、ビルに入ろうとしている四人組を発見した。通報しようと思ったその時、四人の中にいる女が、自分の知っている日向咲という女子大生によく似ていることに気が付いた。

姫野さんは急いで監視カメラを停止させ、テープを巻き戻して再生した。そして確かにあたしだということを確認すると、その映像を消去した。あたしが越えてはならない一線を越える前に、踏み込もうとしている間違った道から引き返させるために——。

姫野さんは、残る三人のほうを向いた。

「君たちも安心しなさい。私は警察官じゃない、ただの警備員だ。ほら、銃だって持ってない。だから君たちが逃げようと思えば、今すぐにでも逃げられるんだよ」

そして姫野さんは、またあたしに向かって懸命に語りかけた。

「咲さん、どういう事情があるのかは知らない。でもね、泥棒なんて馬鹿なことをやっちゃいけないよ。今すぐ、この人たちと一緒に帰りなさい。そして、今日のことは忘れてしまいなさい。私も今夜のことは、誰にも言わないから。ね？」

姫野さんはいつものように真面目で、いつものように誠実で、いつものように優しかった。あたしは何も言えなかった。ただ深い後悔だけが、あたしの胸に渦巻いていた。

「咲さん、今なら間に合う。引き返せる。君はまだ、何も罪を犯してはいないんだ。君が罪を犯したら、お母さんは悲しまれるだろう？　それに、君が可愛がってくれた、息子の広海だって」

ひろみくん――。あたしの脳裏に、ひろみくんの姿が浮かんだ。タンポポの綿毛が舞う牧場を、嬉《うれ》しそうに走り回っているひろみくんの姿が。

「広海は君のことが、本当に大好きなんだ。心から慕っているんだ。だから、広海を悲しませないためにも、こんなことは止めてくれないか。ね？　咲さん」

あたしは下を向いたまま、顔を上げられなかった。

ごめんなさい、姫野さん。そしてごめんね、ひろみくん――。

あたしたちは、危うく馬鹿なことをしてしまうところだった。でも、姫野さんのおかげで間に合った。あたしたちは、引き返すことができる。あたしの両目からぽろぽろと熱い涙がこぼれ始めた。それは安堵《あんど》の涙だった。涙は次から次へとあたしの頬を伝って、顎《あご》の先から床の上へと、ぼやけた視界の中を滴り落ちていった。

だから、その時河堀が、隠し持っていたアーミーナイフをこっそり抜いていたことに、あたしは気が付かなかった。

河堀は恐れたのだ。このまま逃げてしまったあと、姫野さんがやっぱりあたしたちのことを警察に通報してしまうことを。そして警察に逮捕され、『持可研』による企業襲撃計画が明るみに出ることになり、二十代という二度とやってこない輝かしい日々を、刑務所で過ごさなくてはならなくなることを。

そしてあたしも、とうとう自首することはなかった――。

助手席に座っている日向咲の頬も、涙に濡《ぬ》れていた。日向咲は嗚咽《おえつ》を漏らすこともなく、ただ涙だけを流し続けていた。取り返しのつかない罪に対する、自分の愚かさに対する、深い後悔の涙。それはまるで、ぼろぼろの心から流れ出る血のような涙だった。

「ようやく、わかりました。どうやって、父さんが亡くなったのか」

姫野が呟《つぶや》いた。その声には、どこかほっとしたような響きがあった。

そして姫野は、助手席の日向咲を見て微笑んだ。

「話してくれて、ありがとうございました。やっぱり父さんは、僕が信じていた通り、立派な人だった」

そう言った途端に、姫野の顔が歪《ゆが》んだ。それでも姫野は喉《のど》から声を絞り出した。

「そうですよね？　えみさん――」

日向咲は、両手で顔を覆った。

「ごめんね、ひろみくん。ごめんなさい。本当にごめんなさい――」

二人がいる車の中は、しんとした静寂に包まれた。

そのまま、無限とも思えるような、長い長い時間が流れていった。二人を乗せた車はあくまでも静かに、アスファルトの高速道路の上を滑るように走り続けた。

「ねえ？　えみさん」

どれくらいの時間が経っただろうか。先に口を開いたのは姫野だった。

「夢さんが本当にえみさんだってわかった時、僕、嬉しかったんです。亡くなってたと思ったえみさんが生きていた。そのことが嬉しかったんです。父さんと、それに八木百合香さん、二人が亡くなっているというのに、本当にひどい話ですよね。でもそれは、父さんが殺されてから、十六年という時間がたっていたからだと思うんです」

姫野は小さく、ゆっくりと首を横に振った。

「僕、これ以上誰かを憎むのはもう嫌なんです。だから、こう思うようになったんです。罪を犯した人が悪いんじゃない。人間の中には、生き残るために飼っている魔物がいるんだ、時として人間は、その魔物に自分自身が喰《く》われてしまうんだ、だから、人間がその魔物と決別する日がくるまで、僕たちは刑事でいるんだって」

そうですよね？　鏑木さん。

僕、間違っていませんよね——？

今頃は許山一郎議員を連行して、同じく警視庁に向かっているであろう鏑木に、姫野は心の中で話しかけた。


警視庁の地下駐車場に入ると、姫野は車をエレベーター乗り場の前に停めた。そこには、三人の男が姫野の到着を待っていた。鏑木鉄生と、正木正也、それに澤田時雄だった。

姫野が運転席のドアを開けて降りると、正木が助手席に回って外からドアを開けた。

日向咲は車を降りると、正木と鏑木と澤田に向かって、順に一礼した。

そして、振り返って姫野を見ると、日向咲は一瞬泣きそうな顔になった。しかし、何も言わずに前を向くと、正木に促されるままにエレベーターに向かって歩き始めた。

「えみさん！」

姫野が叫んだ。

日向咲は、歩みを止めた。

「どうして、野臥正なんかについていったんです？」

聞くつもりはなかった。でも、姫野は聞かずにはおれなかった。

「どうして野臥みたいな、夢のようなことばっかり考えて、他の人まで巻き込んで、そして悪い奴に簡単に騙《だま》されて、犯罪に手を染めて、外国に逃げなきゃならなくなって、一生を棒に振ってしまうような男についていったんです？　あんなどうしようもない男に、どうしてついていったんです？」

日向咲の両目から涙がつうっと流れた。それでも日向咲は懸命に笑顔を作った。

姫野に向かって、泣きながら、そして微笑みながら、日向咲はこう言った。

「子供にはわからないのよ、ひろみくん」

エピローグ01　決　着

「許山の野郎が吐いたそうだな。さっき公安一課の課長から電話があった」

元原良彦課長が、つまらなそうにも聞こえる声でぼそりと言った。

「許山の秘書の河堀は、許山議員の民生党入りに、つまり保守転向に激しく怒っていたんだそうだ。極左グループ『持可研』の元メンバーだった男だからな。許山の裏切りが許せなかった河堀は、どうしても民生党を脱退しないなら、十六年前の人死にが出た東京重工業襲撃を自首して出ると言ったらしい」


四月二十一日月曜日、午前十一時――。

許山一郎参議院議員に、河堀哲二殺害の重要参考人として任意同行を求めた翌々日。

鏑木鉄生は捜査第一課の課長・元原良彦に呼ばれた。

「それで、河堀の口を塞《ふさ》ぐために殺《や》ったんですね」

元原の机の前で、鏑木鉄生が立ったまま頷《うなず》いた。

許山は、河堀の死体から指紋を消す必要があると判断した。河堀の指紋は、東京重工業襲撃犯として警察の指紋データベースに登録されている。万一、死体の指紋が照合されれば、河堀が犯人の一人とわかり、この十六年間行動を共にしている許山の過去も詮索《せんさく》されることになる。だから許山は、指紋を消すために河堀を焼いた。

死体を焼くには、周囲に何も燃えるものがなく、誰にも目撃されない場所でなくてはならなかった。だから許山は、議員研修で宿泊するホテルの屋上を選んだ。もしかしたら薬物を使って、河堀の身体の自由を奪ってから運んだのかもしれない。それは改めて検視を待つしかない。

「あの野郎、屋上への行き方は堂々とホテルの従業員に聞いたんだってな。全く、ふざけた野郎だ」

元原課長が、顔に嫌悪感を露《あら》わにした。

「ホテルの防犯・防災設備の状況が知りたいとか言って、非常階段はどうなってる、屋上には逃げられるのか、ヘリは降りられるのか、防犯カメラはあるのかとか、いろんな従業員に少しずつ聞いたらしい。従業員たちも、なんせ相手が議員先生なもので、正直に教えたって訳だ」

鏑木は、また頷いた。少しずつ聞かれたために、一人一人はその質問を怪しいと思わなかったのだろう。

「しかし――」

元原良彦課長が、溜《た》め息《いき》混じりの低い声で呟いた。

「あの跳ねっ返りが、餓鬼の時分にそんな目に遭ってたなんてなあ」

元原が言っているのは、もちろん鏑木鉄生の部下、姫野広海のことだった。

警察官は採用時に身上調査を受ける。親兄弟はもとより四親等あたりまでの犯罪歴が調べられるが、姫野の父親は強盗容疑はかけられたものの、死亡により不起訴となっていた。そのため身上調査には引っかからなかったのだ。もっとも、採用にあたって主に問題とされるのは、極左やカルト、暴力団などの反政府組織との関係である。

「それで、ヒメは大丈夫なのか？　相当こたえてると思うんだが」

机の前に立っている鏑木が答えた。

「心配ないようです。今日も朝イチで出社して、正木、澤田と一緒に公安部に出向いて報告書の作成を手伝っていますから。どうもありがとうございます」

「そうか」

元原は小さく数回頷くと、薄いサングラスの奥で鏑木を見上げた。

「ああ、それからカブ。さっきタタリが俺んところに礼を言いにきたぞ」

「斉木管理官が？」

鏑木が驚くと、元原は肩をすくめた。

「知っての通り、タタリは警察庁《サッチョウ》採用のキャリア組だが、刑事部《ウチ》に来る前に公安部《ハム》に出向してたことがある。その時タタリの指導役が、巽だったんだそうだ。タタリの野郎、何度も鼻っ柱を折られたらしくて、今も全く頭が上がらねえみてえでな」

「知り合いだったんですか」

鏑木が納得したように何度も頷いた。

「サイロでホトケさんが見つかった時、タタリが帳場の担当になると聞いて、巽が直談判しに来た。どうしても自分の手で殺された協力者の仇《かたき》を討ちたい、そうでないとホトケさんに申し訳ない、自分も死んでも死に切れない、ってな。タタリの野郎、その巽の覚悟に動かされて、サイロのヤマをハムに渡すことにしやがったんだ」

それで斉木管理官は、カルトとか何とか、無茶苦茶な理屈を――。

鏑木は呆《あき》れて、思わず顔を左右に振った。

斉木崇管理官は、最初から日向咲殺しの捜査を――実際には被害者は、八木百合香という女性だったのだが――公安部の巽に任せるつもりでいたのだ。もちろん最近起きた殺人事件ではなく、十六年前の死体だということもあったのだろうが。

初動捜査もそうだが、どうしても力を借りなければならない鑑識課は、刑事部の一部門だ。だから鑑識結果が出るまで刑事部で捜査を進め、そのあと公安部に投げるという方法を、斉木管理官は選んだのだ。

「全く、とんでもねえ浪花節《なにわぶし》野郎だぜ。巽って男も、それにタタリもな」

元原課長は、口の端を持ち上げた。

その言葉を聞いて鏑木は、昨夜遅くに巽警視からかかってきた電話を思い出した。

深夜一時を回った頃だった。自宅に戻った鏑木の携帯電話が鳴り、液晶画面に巽警視の番号が表示された。

「鏑木さん、お陰様で日向咲の、いえ、八木百合香の無念を晴らすことができそうです。改めてお礼を言います」

「ええ、何とか。あとは巽さん、よろしくお願いします」

鏑木が言うと、巽は別人のような柔らかな声で言った。

「これで私も、思い残すことなく警察を去ることができます」

鏑木が驚いた。

「辞職するつもりですか？」

「はい。いかに駆け出しの頃の話とは言え、警察官として、捜査に協力してくれた民間人を死なせてしまった責任は重大です。それが判明した以上、このままのうのうと現職を続けることはできません。部下に顔向けすることもできません。事件が全て解決し次第、辞表を提出します」

巽は、協力者だった女性の死体が発見された時から、事件が落着したら警察を辞める覚悟を決めていたようだった。

「巽さん」

「はい」

「あなたにとって今回の事件は、耐え難いほどに辛《つら》い出来事だったと思います。責任を取って潔く辞職しようという覚悟も立派です。ですが、辞めることだけが責任の取り方ではないと思いますよ」

巽は黙り込んだ。

「あなたには、今後の捜査を通じて、今回の苦い経験を若い公安部の捜査員たちに伝えていくことができる。それは、大きな失敗をしたあなたにしかできないことです。そう考えることはできませんか？　辞めるよりも辛いことかも知れませんが」

巽がようやく口を開いた。

「私に、公安に留《とど》まって、生き恥をさらせと？」

「ええ、あの、つまり――」

鏑木は口籠《くちご》もった挙げ句に、こう言った。

「もし私が巽さんだったら、このままやめてしまったら、一生後悔しそうな気がするんですよ。その、上手《うま》くいえないんですが」

すると巽は、電話の向こうでかすかに笑ったようだった。

「ひどい人だ。鏑木さんという人は」

「申し訳ありません。勝手なことを言いました」

鏑木が謝ると、巽はしばらくの間無言だった。しかしようやく口を開き、再び鏑木に礼を述べた。

「今回は本当にお世話になりました、鏑木さん」

そして巽は、こう付け加えた。

「ああ、この携帯端末の番号はこれで使えなくなります。公安部員の個人情報が漏れるのは、捜査上不都合ですので。――では」

そこで巽の電話は切れたのだった。

元原課長が、独り言のように呟《つぶや》いた。

「聞くところだと、巽ってのも面白れえ男だな。意固地で、協調性がなくて、執念深くて。ハムに置いとくのはもったいねえ。ヤツもハムには居づらいだろうしな」

鏑木は内心で苦笑した。どう聞いても褒め言葉には聞こえなかったが、その口調はまるで、他人の物を欲しがる子供のようだった。もしかしたら、本気で刑事部に引っ張ろうと考えているのかも知れなかった。

「でも、巽警視は公安部に留まると思いますよ。きっと」

「そうか？」

訝《いぶか》しげな元原課長に鏑木は頷《うなず》くと、頭を下げて元原課長のデスクを辞した。

六階の廊下を歩きながら、鏑木は考えていた。

河堀哲二は、許山の保守転向がどうしても許せなかった。そのため、自分たちの過去の犯罪を自供してまでも、許山を制裁しようとした。それが河堀が殺害された理由だった。

　しかし、こう考えることはできないだろうか。檜原村のサイロで、奇妙な死体が十六年たって発見されたことに、河堀哲二は本能的な恐怖を抱いたのだと。死体発見の報道を見て、河堀は骨の髄まで思い知らされたのだ。いくら覆い隠していても、罪を犯した事実は未来永劫《えいごう》消えることはない。真実は何年たとうと、いつかは必ず発覚するのだということを——。つまり、あの八木百合香の空中浮遊死体は、日向咲が意図せずして仕掛けた、「時を超える罠《わな》」だったのだ。

　そこまで考えて、ふいに鏑木は、立ち止まった。

　あの女性は今、日向咲なのだろうか？　それとも、日向夢なのだろうか——？

　生まれてからずっと彼女は日向咲であり、そして日向夢でもあった。しかし裁判では、おそらくどちらか片方の人格が、もう片方を一人二役で演じていたと解釈されるのではないだろうか。現在は、日向咲と日向夢、二人の人間の戸籍が存在する。ならばどちらかの戸籍を、虚偽のものとして抹消しなければならない。

　おそらく彼女は日向夢なのだろう。日向咲の戸籍を抹消して日向夢として生きることを選ぶだろう。鏑木はそう思った。十六年前、日向咲を演じていた八木百合香の命を奪った時、彼女の中で日向咲は死んだのではないだろうか。

　——いや。

　もしかしたら日向夢は、自分の中にいる日向咲を消してしまうために、八木百合香を殺したのではないか。二人の異なる人間として生きることに疲れ果て、片方と決別したかったのではないか。そして八木百合香を殺すことで、ようやく彼女は日向夢という一人の人間になれたのではないだろうか。

つまり、彼女が殺したのは八木百合香ではなく、日向咲だったのだ。

鏑木はそう結論付けた。

日向夢は、裁判でどれくらいの刑を受けるのだろうか。八木百合香を手にかけた殺人罪、東京重工業を襲った強盗致死罪、大学の奨学金や市の助成金を不当に得た詐欺罪、他にもあるかも知れない。軽い刑ではないだろう。

しかし、全てを自白して警察の捜査に協力しているし、許山一郎の逮捕にも貢献したといえる。裁判でもある程度の情状は酌量されるだろう。早く罪を償って、それからは日向夢として、母親と一緒に穏やかに暮らしてほしい。

タンポポの花言葉は、「解き難い謎」――。

姫野が教えてくれた言葉が、ふいに鏑木の脳裏に浮かび上がってきた。

そして、数奇な運命のもとに生まれた女性が、罪を償い、いつか立派に更生することを、鏑木は心から祈った。

エピローグ02　夢と咲

五月十六日金曜日。

東京地方裁判所、四二六号法廷――。


「被告人、前へ」

その声で、黒いスーツ姿のあたしは立ち上がり、法廷の中央にある合板製の立ち机に向かって、一人で歩き始めた。裁判官が入場した時、手錠と腰縄《こしなわ》は外されていた。

あたしは少し歩いたところで右を向き、立ち机の前に立った。左側に書画カメラ、正面にタッチペンの備えられた液晶タブレットが置いてある。

あたしは法廷の中を見回した。

窓のない、白い壁だけの部屋。天井には四角い蛍光灯照明がいくつも埋め込まれ、白い光を落としている。両側の壁には、大きな液晶のモニターが架けられている。

正面奥の一段高い所に長机がある。中央に黒い法服を着た三人の裁判官、その両側に三人ずつ、計六人の裁判員。長机の手前、低くなった所に書記官席。右側が検事席、左側に弁護人席。あたしの後ろには鉄製の柵《さく》があり、その向こうが傍聴席。大勢の人たちの視線を浴びながら、たった一人で法廷の真ん中に立っていると、あたしは急に心細くなった。

思わず弁護士の先生を見ると、老齢の男性弁護士は小さく頷いた。全てを正直に認めなさい、そしてあなたが心から後悔して反省していることを、皆にしっかりと伝えなさい——弁護士の先生はそう仰《おつしや》っていた。そしてあたしも、そうするつもりだった。

裁判の開始が告げられた。裁判長があたしを見て、人定質問を読み上げ始めた。

「被告人の氏名は日向夢。生年月日一九七九年四月十一日、三十五歳。和装会社経営。住所・東京都国立市東一丁目×番×号の五〇一。——以上で間違いありませんか？」

「はい」

とあたしが答えた、その時だった。

(ねえ、ゆめちゃん?)

頭の中で、あたしがよく知っている誰かの声がした。

忘れるはずがない声。十六年振りに聞いた、とても懐かしい声。

(なあに？　えみちゃん)

あたしは嬉《うれ》しくなって、すぐにそう返事をした。

(この人、間違ってるよ？　あたしはえみなのに)

独りぼっちだと思っていた法廷で、あたしは一人じゃなかった。えみちゃんは、日向咲はちゃんと一緒にいてくれたのだ。

あれ以来十六年間、ずっとあたしは——日向夢は独りぼっちだった。あたしがあの時、百合香と一緒にえみちゃんも殺してしまったからだ。そう思っていたけれど、えみちゃんは消えてなんかいなかったのだ。

この法廷がたった一人ではあまりに心細かったからだろうか？　十六年振りに、ひろみくんと会ってしまったからだろうか？

それとも、いつの間にかあたしの耳にタンポポの綿毛が入ってしまって、あたしの耳がおかしくなってしまったのだろうか——？

でも、それはどうでもいいことだった。

あたしはえみちゃんに言う。

（間違ってないよ？　あたしはゆめだもの。でも、どっちでもいいよね？）

えみちゃんもあたしに言う。

（うん。どっちでもいい。だってあたしたち、いっしょに生まれて、いっしょに育ったから、いつも二人でおんなじことをやってきたし、いつもおんなじことを考えてるんだもん）

あたしは心の中で頷く。

（そうだよね。いつもいっしょだもんね）

えみちゃんも頷く。

（だってあたしたち、双子なんだもんね）

起訴状を読み上げる検察官の声が、法廷に流れ始めた。

あたしたちは、いかなる罰も受ける覚悟はできていた。

そして、安らかな心で、じっとその声に耳を傾けていた。

了

主要参考資料

【書籍】
『君は一流の刑事になれ』久保正行（東京法令出版）
『アブダクション《Abduction》　仮説と発見の論理』米盛裕二（勁草書房）
『狼の牙《きば》を折れ』門田隆将（小学館）
『飛行の古代史』ベルトルト・ラウファー、杉本剛訳（博品社）
『ユートピア』トマス・モア、澤田昭夫訳（中公文庫）
『O・ヘンリ短編集（一）』O・ヘンリ、大久保康雄訳（新潮文庫）
『ピーター・パン』ジェームズ・バリー、本多顕彰訳（新潮文庫）
『異人論』小松和彦（ちくま学芸文庫）

【ウェブサイト】
『PETボトルリサイクル推進協議会』　http://www.petbottle-rec.gr.jp/
『兵庫県立農林水産技術総合センター』　http://hyogo-nourinsuisangc.jp/
『日本ユニセフ協会』　http://www.unicef.or.jp/
『北京晨报网』　http://www.morningpost.com.cn/
（ほか、多数）

解説

大矢博子

上り調子の陸上選手が、走るたびに記録を更新する——河合莞爾『ダンデライオン』を読んだとき、そんな喩《たと》えが頭に浮かんだ。それほどまでにこの〈鏑木《かぶらぎ》特捜班〉シリーズは、一作目より二作目、二作目より三作目と、面白さの記録が塗り替えられていく。

横溝正史ミステリ大賞を受賞したデビュー作『デッドマン』も、続く第二作『ドラゴンフライ』も、不可思議にしてダイナミックな謎と仕掛け、そして人間ドラマが隅々まで堪能《たんのう》できる、実にレベルの高い警察小説であり本格ミステリだった。特に『ドラゴンフライ』の、複数の謎が絶妙に絡み合いながらクライマックスで鮮やかに融合を遂げる様は見事の一言に尽きる。デビューからまだ二作目とは思えない出来だった。

それがシリーズ第三作の本書はさらにパワーアップしているのだから、もう驚くしかない。すべての要素が謎解きに奉仕し、その謎解きが哀切きわまるドラマへと収斂《しゅうれん》する。そこに1ミリの無駄もない。特に瞠目《どうもく》すべきは、著者のテクニックが光る構成にある。読者は著者の手のひらの上で転がされ、ミステリを読む喜びと物語を味わう恍惚《こうこつ》を経験するだろう。

どういうことか。詳しく説明する前に、まずは物語のアウトラインを紹介しておく。

東京都檜原村《ひのはらむら》、打ち捨てられた廃牧場のサイロで、生前の姿をほぼ保ったままミイラ化した「永久死体」が発見される。しかもその死体は胸を貫く鉄パイプによって空中に固定されていた。サイロは完全な密室で、現場と死体の様子からは、まるで被害者が宙を飛んでいるところをめがけ、窓の外から鉄パイプを突き刺したようにしか見えない。現場に落ちていた学生証から、死体は十六年前に行方不明になっていた当時女子大生の日向咲《ひなたえみ》と推察された。それを聞いた警視庁捜査第一課の姫野広海《ひめのひろみ》巡査は、その場で失神する。日向咲は、姫野が幼い頃に同じアパートに住んで親しくしていた女性だったのだ。

遺体の様子からカルト宗教による犯行と判断され、事件は公安へと引き渡された。しかし納得できない鏑木鉄生《てつお》警部補はその方針に抵抗。鏑木の班だけが、公安の補佐として継続捜査を許可される。咲の家族は、若年性認知症を発症して施設で暮らす母親と、和装会社を設立し海外出張中の双子の姉・夢《ゆめ》のふたりだけだという。鏑木班が彼女たちにコンタクトをとる中、今度は高層ホテルの屋上で殺人事件が発生。こちらも出入り不可能な屋上で、犯人は空を飛んで逃げたとしか思えない状況だった……。

この流れと並行して、日向咲の過去が綴《つづ》られるというのが本書の構成だ。一九八八年、八歳だった咲と夢の「いつか空を飛びたい」という可愛らしい会話。一九九八年、日向咲が大学に入学して「タンポポの会」という環境ボランティアのサークルに入ったときの様子。これら〈死者によって語られる過去〉が現代の事件にどうつながっていくのかが大きな読みどころである。

デビュー作『デッドマン』のときから、その不可能興味たっぷりな謎とケレンに満ちた演出は「島田荘司ばり」と言われてきたが、今回もまた派手な謎を登場させてきた。第一の殺人では被害者が、第二の殺人では犯人が、空を飛んだとしか思えない。まさにイリュージョンと呼ぶにふさわしい道具立てである。

そこに加わるのが、民話を彷彿《ほうふつ》とさせる事件であることや、親でも見分けがつかない双子という設定だ。空中浮遊ミイラ、密室、見立て、双子……ミステリ好きなら思わず前のめりになってしまうようなキーワードがずらりと並ぶ。これだけでもう、わくわくせずにはいられない。

さらに姫野の父親にまつわる過去の事件の謎解きや、「タンポポの会」の内情、ありし日の咲が口にした謎めいた言葉などなど、タイプの異なる複数の謎が重なってくるわけだが、本書の魅力は謎にだけあるのではない。最大のポイントは、〈伏線の見せ方〉だ。

読み進めるうちに「あ、これ、絶対何かのヒントだ」と感じる箇所があるはずだ。「これって何か怪しいぞ」と首をかしげる箇所もある。中には「わかった!」と思わずニヤリとする瞬間すらある。このあたり、餌の撒《ま》き方が実に巧《うま》い。幾分あからさまとも思えるほどに繰り出される〈情報〉の数々が、読者をどんどん能動的に謎解きへと向かわせるのだ。

ところが、部分は見えても全体が見えない。これは絶対あとで関係してくると予想がつくにもかかわらず、それがどうつながるのかがわからない。まるで、調理台の上にすべての材料が用意されているのに、その食材を見ても何の料理ができあがるのかわからないようなもどかしさ。まったく何もわからないところから真相を知るよりも、「途中まではわかってたのに！ そこ怪しいと思ってたのに！」という状態から真相を知る方が何倍も焦《じ》れるし、何倍も悔しい。その加減が、河合莞爾は抜群に巧いのである。

それだけ翻弄《ほんろう》されたあと、読者が「怪しいと思っていた」部分が、読者の予想をはるかにしのぐ形で暴かれるのだから堪《たま》らない。特に多くのミステリファンが「ここには絶対あの手のトリックが使われているはずだ」と考えるであろう箇所は、本格ミステリの〈定石〉を踏まえた上で逆手に取っている。

本稿の冒頭で、「1ミリの無駄もない」と書いたことを思い出されたい。読者が怪しいと思っていた箇所はあますところなく解消される。のみならず、「そっちだったか！」という〈気づけなかった伏線〉の存在にしてやられる。先ほどの食材の例でいうならば、材料を骨や皮まですべて使ってまったくゴミが出ない上、そこにあることは知っていたが材料だとは思っていなかったものまで使われるわけだ。書かれている会話、登場人物、エピソード、それらすべてが過不足なく謎解きに結びつく驚き。慌ててページを遡《さかのぼ》る。ああ、ちゃんとそう書いてある！

だが、「1ミリの無駄もない」のは、決してミステリの技巧のことだけではない。そしてすべての材料がおさまるべきところにおさまり、正しい方法で調理されたとき——そこに浮かび上がる悲しみが、読む者の胸を揺さぶる。ミステリの技巧すら、本書に隠された哀切きわまる人間ドラマと硬派なメッセージのために存在するのである。

過去二作で仄《ほの》めかされていた姫野の過去。日向咲の思い。日向夢の思い。そして彼女たちに関わった人物ひとりひとりのドラマ。事件が解決に向かうプロセスの中で、多くの登場人物が持つドラマが、一本の筋へと縒《よ》り合わされていく。ここにもまた、1ミリの無駄もない。だからこそ、悲しい。誰かひとりが途中で別の道を選んでいれば、この悲劇は起きなかったかもしれないのだから。

もうひとつ、本書の魅力として忘れてはならないのが、鏑木警部補率いる〈鏑木特捜班〉の個性的なキャラクターだ。

皆を引っ張るリーダーの鏑木鉄生警部補はバツイチの四十七歳。鏑木と同い年で下町育ちの常識派、明るいムードメーカーの正木《まさき》正也《まさや》警部補。東大法学部卒なのにノンキャリアとして入庁した警察オタク、小姑《こじゅうと》っぽい面倒見の良さがキュートな姫野広海巡査。

派。そして科警研の心理分析官で姫野と同じ二十七歳の澤田時雄《さわだときお》は、冷静沈着クールな頭脳派。

この四人をそれぞれ一言で表すなら、直観の鏑木、行動の正木、情の姫野、論理の澤田といったところだろうか。突出した個性で役割が分担され、各々《おのおの》の得意技が絶妙に嚙《か》み合って真相へ向かう様子は、お馴染《なじ》みの手法とはいえやはり楽しい。その個性の違いは、個人で動く場面、ペアで助け合う場面、三人、四人で会話する場面それぞれで違った化学反応を起こす。会話のひとつひとつがときには漫才のように、ときには熱いバディもののように、読者を笑わせたり感動させたりしてくれる。それが、ともすれば重くなる事件の展開に、絶妙にメリハリをつけているという構成上の効果も見逃せない。

各登場人物にファンがつくのも当然だ。戦隊ヒーローもののような、あるいはアイドルユニットから推しメンを選ぶような楽しさがある。BL的な想像を楽しむ読者も少なくないと聞いたときには頷《うなず》いた。というか、どうも著者もそれをわかって書いている節もある(日向夢が「断袖の交《だんしゅうのまじわり》」について話す場面を読まれたい)。

他に、頼りになる捜査第一課長の元原《もとはら》、冷徹な管理官の斉木《さいき》、そして今回初登場の公安の巽《たつみ》など、脇キャラたちも目立っている。特に斉木は冷徹仮面の奥に潜む意外な素顔がチラリと覗《のぞ》くこともあり、今後の展開に期待しているひとりだ。

今回は姫野の過去が明かされたが、それによってますます姫野は強くなり、新たな魅力が増した。特に妙子伯母《たえこおば》と犬のカンジ(!)はぜひとも再登場願いたいナイスキャラだ。今後、他の人物たちのプライベートや過去が語られることもあるかもしれない。楽しみにしていよう。

サプライズに満ちた謎解きを味わえる、本格ミステリの醍醐味《だいごみ》。人の心の襞《ひだ》に触れる、物語の醍醐味。魅力的な刑事たちの捜査に興奮する、警察小説の醍醐味。それらすべてが本書に詰まっている。全方位のミステリ好きに向けて、自信を持ってお勧めする。もっともっと読まれていいシリーズだ。

今から次作が待ち遠しい。きっとまた、著者は〈記録更新〉してくれるだろう。

本書は二〇一四年九月に小社より刊行された
単行本を加筆修正の上、文庫化したものです。

ダンデライオン

河合《かわい》莞爾《かんじ》

平成28年 7月25日　初版発行
令和6年 12月15日　再版発行

発行者●山下直久

発行●株式会社KADOKAWA
〒102-8177　東京都千代田区富士見2-13-3
電話　0570-002-301（ナビダイヤル）

角川文庫 19853

印刷所●株式会社KADOKAWA
製本所●株式会社KADOKAWA

表紙画●和田三造

ISBN978-4-04-104113-0　C0193

◆◆◆

角川文庫発刊に際して

角川源義

第二次世界大戦の敗北は、軍事力の敗北であった以上に、私たちの若い文化力の敗退であった。私たちの文化が戦争に対して如何に無力であり、単なるあだ花に過ぎなかったかを、私たちは身を以て体験し痛感した。西洋近代文化の摂取にとって、明治以後八十年の歳月は決して短かすぎたとは言えない。にもかかわらず、近代文化の伝統を確立し、自由な批判と柔軟な良識に富む文化層として自らを形成することに私たちは失敗して来た。そしてこれは、各層への文化の普及滲透を任務とする出版人の責任でもあった。

一九四五年以来、私たちは再び振出しに戻り、第一歩から踏み出すことを余儀なくされた。これは大きな不幸ではあるが、反面、これまでの混沌・未熟・歪曲の中にあった我が国の文化に秩序と確たる基礎を齎らすためには絶好の機会でもある。角川書店は、このような祖国の文化的危機にあたり、微力をも顧みず再建の礎石たるべき抱負と決意とをもって出発したが、ここに創立以来の念願を果すべく角川文庫を発刊する。これまで刊行されたあらゆる全集叢書文庫類の長所と短所とを検討し、古今東西の不朽の典籍を、良心的編集のもとに、廉価に、そして書架にふさわしい美本として、多くのひとびとに提供しようとする。しかし私たちは徒らに百科全書的な知識のジレッタントを作ることを目的とせず、あくまで祖国の文化に秩序と再建への道を示し、この文庫を角川書店の栄ある事業として、今後永久に継続発展せしめ、学芸と教養との殿堂として大成せんことを期したい。多くの読書子の愛情ある忠言と支持とによって、この希望と抱負とを完遂せしめられんことを願う。

一九四九年五月三日